黑刀星

검은별

허담 新무협 판타지 소설

FANTASTIC ORIENTAL HEROES

검은 별 1

허담 新무협 판타지 소설

초판 1쇄 찍은 날 § 2014년 10월 17일
초판 1쇄 펴낸 날 § 2014년 10월 24일

지은이 § 허담
펴낸이 § 서경석

편집부장 § 권태완
편집책임 § 박가연

펴낸곳 § 도서출판 청어람
등록번호 § 제387-1999-000006호
등록일자 § 1999. 5. 31
어람번호 § 제2-2537호

주소 § 경기도 부천시 원미구 부일로 483번길 40 서경B/D 3F (우) 420-822
전화 § 032-656-4452 팩스 § 032-656-4453
http://www.chungeoram.com
E-mail § chungeorambook@daum.net

黑星

검은 별

1

북산이걸

허담 新무협 판타지 소설

FANTASTIC ORIENTAL HEROES

청어람
도서출판

서장

은밀한 종말 。

마천이 멸망했다. 기이한 일이다. 마천사십구마가 강호에 출도한 것이 칠 년 전, 소름 끼치는 마력으로 강호의 육 할을 장악한 것이 일 년 전이다. 그런데 그 후 일 년 사이에 마천이 멸망했다. 아무도 예상치 못했던 종말이었다.

세상은 평온을 되찾았다. 강호는 다시 구천맹의 명문대파들 손에 들어갔다.

마천의 몰락 후 구천맹은 마천에 동조했던 문파와 고수들을 용서 없이 베어냈다. 자비란 없었다. 억울한 죽음도 생겨났다. 그럼에도 극악했던 마천의 도발을 끝냈으니 사람들은 순순히 구천맹의 거친 군림을 받아들였다.

그런데 그 와중에 섬서 마곡산이라는 곳에서 큰 불이 일어났다. 세속을 벗어나 산골에 들어 살던 산사람들이 화마 속에서 죽어갔다. 그러나 강호의 그 누구도 마곡산이 불탄 것에 관심을 갖지 않았다. 강호의 관심을 끌기에 벽촌 한미한 산꾼들의 죽음은 너무 가벼웠다.

제1장

북산의 두 젊은이

강호의 지배자 구천맹은 아홉 개의 거대 문파로 이뤄져 있
다. 그중 하나인 북산 제룡가의 본산은 무선북산에 자리한다.

어두운 밤, 멀리 북산의 그림자가 거인처럼 바라보이는 곳
에 창포라는 이름을 가진 작은 포구가 자리 잡고 있다. 그 창
포의 외곽, 사람의 인적이 거의 없는 외진 숲의 허름한 오두막
에서 한창 도박판이 벌어지고 있었다.

지붕은 헐고 벽은 곳곳이 뚫려 차가운 밤공기가 막힘없이
들어온다. 그러나 도박에 미친 노름꾼들에게 찬바람은 대수가
아니었다.

"후욱!"

누군가 크게 연초의 연기를 내뿜었다. 아마도 자신의 생각

대로 패가 돌아가지 않는 모양이다.

"이것 참, 미안해서⋯⋯."

바짝 마른 체형에 살쾡이처럼 핏줄이 선 붉은 눈을 가진 사내가 도박판 위에 쌓여 있는 지전을 자신 쪽으로 끌어들인다. 이미 그의 앞에는 지전이 수북하게 쌓여 있었다.

"더 하겠수? 더 할 생각이 없다면 오늘이 이만 판을 텁시다. 밤도 깊었는데."

판 위의 지전을 모두 끌어모은 자가 건너편을 보며 물었다. 그의 맞은편에는 그늘에 얼굴을 가린 자 둘이 앉아 있다. 개중 한 명의 입가에 금자를 잃은 자의 씁쓸한 미소가 흐른다.

"노름꾼이 언제 시간 따졌수?"

다른 한 사내가 퉁명스레 대답했다. 굵은 목소리기는 하나 앳된 기운이 묻어난다.

"더 하시겠다? 나야 뭐 나쁠 것 없지. 오늘 재신이 내린 듯한데. 그런데 판돈은 있소? 보아하니 수중에 더 이상 금자가 없는 듯한데⋯⋯."

노련한 도박꾼은 상대의 주머니 사정도 능히 읽는 법이다. 그에 따라 패를 풀었다 조였다 하면서 상대가 가진 모든 것을 내놓게 만드는 것이 고수의 노름판 행보다.

"좀 꿔주시오."

"저런, 이제 보니 도박판의 생리를 잘 모르시나 보군. 대저 투전판에서 판돈을 빌려주는 일은 없소."

살쾡이 얼굴의 사내가 고개를 저었다.

"이상하군. 내 친구 주남이 말하기를 자기는 금자 오천 냥을 빌려 판을 계속했다고 하던데."

순간 살쾡이 눈을 한 사내는 물론 투전판 곳곳에서 몇몇 사내가 이를 번쩍인다.

"지금 주남이라고 했소?"

"그렇소."

"시전에서 포목을 파는 그 장사치의 아들 맞소?"

"그렇소. 참, 이젠 포목상의 아들이 아니지. 그 포목상은 당신들이 차지했다고 하던데?"

순간 살쾡이 눈을 한 자가 잠시 상대편을 노려보더니 냉혹함이 느껴지는 목소리로 물었다.

"처음부터 노름판에 드나들기에는 너무 어리다고 생각했더니 그 애송이의 친구였군. 너희들, 내가 충고 하나 하마. 지금 즉시 이곳을 떠나거라. 내 개평은 넉넉히 주지."

사내가 탁자 위의 지전을 몇 장 집어 반대편으로 던졌다. 그의 손을 떠난 지전이 상대편 두 사내 앞에서 흐트러진다. 그러자 건너편의 사내가 흩어진 지전을 천천히 주우며 말했다.

"개평치고는 후하군. 그러나 우린 제법 통이 큰 사람들이오. 개평으로 만족할 수 없지. 아직은 이 판을 떠날 생각이 없소."

"좋다, 뭘 걸겠느냐?"

살쾡이 눈의 사내가 물었다.

"지전은 다 떨어졌고, 가진 거라고는 이것밖에 없군."

툭!

건너편의 사내가 도박판 위에 무거운 도를 올려놓았다. 순간 살쾡이 눈의 사내 표정이 변했다. 본래 이 도박판은 살쾡이 눈의 사내와 그의 동료들이 제룡가 몰래 은밀히 운영하는 곳이다. 북산 제룡가 근방에서 허락 없이 도박을 하는 것은 철저히 금지되어 있으므로 그들도 목숨을 걸고 하는 짓이라고 할 수 있었다. 그래서 이 비밀 도박판에 들어오려는 도박꾼들은 절대 도검을 패용할 수 없었다.

그런데 어떻게 이자가 자신들의 눈을 피해 도를 가지고 들어온 것일까. 오직 두 가지 경우에만 가능한 일이다. 미리 이곳에 숨어들어 도를 숨겨놓았든지, 아니면 몸속에 도를 숨길 수 있는 특별한 재주를 지녔든지. 후자라면 고수다.

"원하는 게 뭐냐?"

"알면 줄 거요?"

사내가 투박하게 물었다.

"들어보고 결정하지. 주든 받든."

살쾡이 눈 사내의 눈에 살짝 살기가 돈다. 그러자 도를 도박판 위에 올려놓았던 자가 지금까지 말없이 앉아 있는 옆의 사내에게 시선을 돌리며 말했다.

"비영, 거래가 되겠는데?"

"이 바보 자식아, 그는 지금 우리 목을 달라잖아?"

"어? 그런 말이었어?"

사내가 노한 시선으로 살쾡이 눈의 도박꾼을 노려봤다. 그러자 살쾡이 눈 사내의 입꼬리가 살짝 올라간다. 미소를 짓는 것 같기도 했다.

"어린놈이 제법 머리가 잘 돌아가는군. 재주가 아까우니 다시 한 번 기회를 주겠다. 지금 조용히 자리에서 일어나 이곳을 떠나거라. 너희도 도박판을 드나들었으니 알 것이다. 세상사는 본래 오 할의 승부를 하는 곳이다. 떠나든지 남든지, 혹은 죽든지 살든지. 어느 패를 받겠느냐?"

"일단 네놈 패를 먼저 봐야겠다!"

한순간 어둠을 가르며 시퍼런 검이 번뜩였다. 누구도 예상치 못한 일이다. 칼부림이 난다면 필시 도박판 위에 올라와 있는 도에 의해서일 거란 예상을 깨고 어둠 속에서 검이 움직인 것이다.

"헉!"

검이 향한 곳은 살쾡이 눈을 한 도박꾼의 팔이었다. 사내가 재빨리 지전을 쥐고 있던 팔을 움츠렸다. 순간 그의 팔을 자르려던 검이 팔은 자르지 못하고 사내의 팔소매를 베어냈다.

투투툭!

잘려진 사내의 소매 안에서 대나무 패가 쏟아져 나왔다. 그러자 검을 날린 자가 도박판을 훌쩍 날아 넘어 살쾡이 눈 사내의 옷자락을 휘어 감아 단단하게 그의 팔을 옭죄어 도박판 위에 내리눌렀다.

"무, 무슨 짓이냐?"

살쾡이 눈의 사내가 두려움과 노기가 함께 묻어나는 눈으로 검의 주인을 노려보며 소리쳤다. 그러자 검의 주인이 대답 대신 허공에서 한 차례 검을 회전시켜 거꾸로 잡은 후 그대로 살쾡이 눈 사내의 손등에 꽂았다.

"악!"

자신의 손등을 꿰뚫고 들어간 시퍼런 검을 보며 살쾡이 눈의 사내가 비명을 질렀다. 그러자 검의 주인이 심드렁한 목소리로 말했다.

"평생을 도박판에서 살아왔으니 투전판의 규칙은 잘 알고 있겠지? 속임수를 쓰는 자는 손목을 자른다. 그러니 불만 없지?"

"너… 내, 내가 누군 줄 알고?"

"그러는 넌 내가 누군지 아냐?"

그러자 살쾡이 눈의 사내는 그제야 이자의 정체가 궁금해졌다. 새삼스레 고통을 잊고 검의 쥔 자의 얼굴을 살피던 살쾡이 눈 사내의 얼굴이 다시 일그러졌다. 자신의 손등에 검을 꽂고 있는 자의 얼굴이 예상보다도 너무 젊었기 때문이다. 아니, 젊다기보다는 어리다는 말이 맞는 얼굴이다.

"이 머리에 피도 안 마른 놈이!"

살쾡이 눈의 사내가 검의 주인이 너무 어린 것을 알고는 아픔을 잊고 욕설을 해댔다.

"이거 왜 이래? 이래 봬도 엊그제 스물두 번째 생일 밥을 먹었어. 우리 부친께서 얼른 계집 하나 데려와 애부터 낳으라고 성화란 말이지. 내가 좀 동안이라 본래 나이보다 어려 보이기는 하지만⋯⋯."

"비영, 쓸데없는 소리 지껄이지 말고 어서 끝내!"

검의 주인 뒤쪽에서 처음 도를 꺼내놓고 살쾡이 눈의 사내와 대거리를 하던 자가 소리쳤다. 불빛 속에 온전히 드러난 도의 주인은 검의 주인에 비해 훨씬 육중한 체구를 가지고 있었다. 그렇다고 비대한 것은 아니어서 온몸이 단단한 돌처럼 보이는 장부였다. 물론 그 역시 몸에 비하면 얼굴이 무척 젊었다. 하지만 체구 때문인지 검의 주인보다는 서너 살 정도 많아보였다.

"맞아, 내 나이야 문제가 아니고. 이봐, 사기꾼. 나도 두 개의 패를 가지고 있다. 선택은 네가 해. 하나는 주남에게 사기친 점포를 돌려주고 서로 더 이상 얼굴을 보지 않는 것, 다른 하나는 이 자리에서 지옥문을 열고 저승으로 가는 것이지. 어느 패를 고르겠어?"

비영이라 불린 젊은이가 살쾡이 눈의 사내에게 얼굴을 들이대며 물었다. 그러자 살쾡이 눈의 사내가 검이 꽂힌 손의 고통에 얼굴이 일그러지며 말했다.

"지옥문을 연 것은 내가 아니라 네놈들이다."

사내가 고통에 일그러진 얼굴로 좌우를 돌아보았다. 그러자 도박판에 있던 자들 중 대여섯 명이 어디에 숨겨두었는지 시퍼런 칼을 들고 살쾡이 눈 사내를 협박하고 있는 두 젊은이를 에워쌌다.

"역시 떼거리로 몰려다니며 사기 도박판을 벌이는 놈들이었군."

"흐흐흐, 이런 곳에 찾아올 때는 이런 정도의 각오는 했어야지 않겠느냐, 애송이?"

살쾡이 눈을 한 자가 살기 가득한 웃음을 흘리며 말했다. 순간 비영이라 불린 젊은이가 사내 손등에 꽂힌 칼을 비틀었다.

"악!"

사내의 입에서 비명 소리가 터져 나왔다. 사내의 손에서 흐른 피가 지전을 적신다.

"우리 목숨보다 네놈 목을 먼저 잘라주마!"

비영이란 젊은이가 다른 한 손으로 사내의 머리를 움켜쥐며 말했다. 그사이 도를 든 젊은이가 어느새 칼을 뽑아 그들을 둘러싼 자들의 공격에 대비하고 있다.

"자, 잠깐! 좋다, 이대로 물러가면 너희를 살려주겠다."

살쾡이 눈의 사내가 급히 말했다. 이 젊은 놈들이 정말 자신의 목을 자를 수도 있다는 것을 깨달은 것이다.

"계산이 틀려. 먼저 포목점 문서를 내놓으라니까. 다른 자들 것은 상관없어. 우린 주남이 놈 포목점만 돌려받으면 돼. 별로 손해나는 일도 아니잖아?"

비영이 지그시 검을 누르며 말했다.

"으으, 아, 알겠다. 가져와!"

살쾡이 눈의 사내가 결국 굴복하고는 소리쳤다. 그러자 두 젊은이를 에워싸고 있던 자 중 하나가 급히 한 장의 문서를 가져왔다. 살쾡이 눈의 사내가 성한 손으로 서둘러 문서를 받아

도박판 위에 놓았다.

"여기 있다. 가지고 떠나라."

"확인해!"

비영이란 젊은이가 말하자 도를 든 장대한 체구의 젊은이가 급히 문서를 집어 들고 그 안의 내용을 살폈다.

"맞아."

"좋아, 거래는 끝났군. 그럼 이제 길을 열어야지?"

비영의 말에 살쾡이 눈의 사내가 소리쳤다.

"길을 터줘!"

사내의 외침에 그의 동료들이 뒤로 물러나며 길을 내준다.

"흐흐, 좋아. 이건 덤으로 생각해."

도를 든 젊은이가 재빨리 도박판 위에 널려 있는 지전을 한 움큼 움켜쥐고 품속에 쑤셔 넣었다. 그리고는 도박꾼을 제압하고 있는 친구의 등을 툭 치며 말했다.

"가자고!"

그러자 비영이란 젊은이가 살쾡이 눈의 사내를 보며 경고했다.

"우리 뒤를 칠 생각은 마. 사실 우린 생각보다 훨씬 성질이 더러운 놈들이야. 오늘은 무척 조용히 놀아준 거라고. 만약 뒤를 노리면 한 놈도 살려주지 않겠다. 그리고 서둘러 이곳을 떠나는 것이 좋을 거야. 네놈들 배포도 작지 않다는 것은 알지만 감히 제룡가의 권역에서 도박판을 벌였으니 말이야. 어제오늘 네놈들에 대한 소문이 시전에 파다하게 퍼졌어. 당장 지금이라도 제룡가의 고수들이 들이닥칠지도 모른다고.”

“어서 꺼지기나 해라! 우리 걱정은 우리가 한다!”

살쾡이 눈의 사내가 씹어뱉듯 말했다.

“좋아, 내가 남 걱정할 때는 아니지. 손은 몇 달 치료하면 나을 거야. 힘줄은 피했으니까. 가자!”

비영이란 젊은이가 번개처럼 검을 뽑더니 순식간에 사람들 사이를 가로질러 도박판을 벗어났다. 그러자 살쾡이 눈의 사내가 짐승처럼 소리쳤다.

“따라가서 모두 죽엿!”

쾅!

도박장 문을 박차고 나서자 살벌한 상황과는 어울리지 않게 휘영청 밝은 달이 두 젊은이를 맞이한다. 그들의 뒤쪽에서 두 사람을 쫓는 자들이 시퍼런 도검을 휘두르며 달려 나오고 있다.

두 사람은 뒤도 돌아보지 않고 남쪽으로 몸을 날렸다. 그런데 막 두 사람이 도박장을 벗어나 어두운 숲으로 들어서려는 찰나, 숲에서 세 사람이 떠오르며 벼락처럼 두 젊은이를 공격했다.

“이놈들, 어딜 가느냐!”

“젠장, 어쩐지 일이 잘 풀린다 했어!”

단단한 체구의 젊은이가 투덜거리며 도를 휘둘렀다.

쾅!

단번에 그의 도에 상대의 검 두 개가 동시에 걸렸다. 그럼에도 불구하고 오히려 밀린 것은 두 개의 검이었다. 도를 쓰는 젊은이가 신력을 타고난 장사임이 드러나는 순간이었다.

그런데 거구의 사내에게 밀려난 자들의 사정은 그래도 나은 편이었다.

"악!"

비영이란 젊은이를 향해 날아든 자가 비명을 지르며 그 자리에 고꾸라졌다. 검에 베인 것은 아닌 듯 보였는데 쓰러진 자는 숨도 제대로 쉬지 못했다.

퍽!

숨도 쉬지 못하는 자에게 비영이란 젊은이가 매섭게 발길질을 했다.

"커억!"

쓰러진 자가 배를 움켜쥐며 토악질을 했다.

"멈춰라, 이 악독한 놈들!"

어느새 도박장에서 몰려나온 살쾡이 눈의 사내가 그의 무리와 함께 비영란 젊은이와 거구의 사내를 에워싸며 소리쳤다.

"이자들이 정말 말귀가 어둡군."

거구의 사내가 인상을 쓰며 중얼거렸다. 그러자 갑자기 조금은 호방해 보이던 그의 분위기가 일변했다. 마치 저승에서 내려온 야차와 같은 모습으로 급변하는 그였다. 그러자 살쾡이 눈의 사내가 흠칫하며 한 걸음 뒤로 물러났다.

"내가 뭐랬어? 약쟁이하고 노름꾼은 절대 말을 알아들을 놈

들이 아니라고 했잖아!'

비영이란 젊은이가 투덜거리며 말했다.

"그렇다면 모두 죽이자는 말이냐?"

"죽이진 않아도 손발 몇 개는 잘라줘야 고분고분해진다고."

"야야, 비영, 그랬다간 우리 신세가 어찌 되는 줄 알지? 가뜩이나… 젠장! 이보슈, 당신 이름이 관저요?"

"이제 보니 네놈들이 제법 많은 것을 알고 있구나. 내 이름은 어떻게 알았지?"

"그럼 호랑이 굴에 들어오면서 그런 것도 모르고 왔겠소?"

"도대체 네놈들 정체가 뭐냐?"

"그야말로 내가 묻고 싶은 말이오. 도대체 당신들 정체가 뭐요?"

장한의 질문에 관저란 이름을 가진 살쾡이 눈의 사내가 흠칫한다. 마치 기습을 당한 것 같은 반응이다.

"뭘 그리 놀라시오?"

"놀라긴 누가 놀랐다고 그러느냐?"

"음, 아무래도 이상해."

거구의 사내가 턱을 손으로 잡으며 고개를 갸웃한다. 도검을 든 적이 사방에 깔려 있지만 전혀 겁을 먹은 눈치가 아니다.

"네놈들 정체나 말해보거라."

"우리야 친구 점포를 되찾으러 온 사람들일 뿐이고, 당신들은 현 강호의 주인 구천맹의 일문인 제룡가의 권역에서 비밀리에 도박판을 벌이기엔 실력들이 너무 부족한데… 비영, 어떻게 생각해?"

"믿는 구석이 있다는 말이겠지."

비영이라 불린 젊은이가 대답했다.

"흐흐, 어째 더 이상 알면 다칠 것 같다는 생각이 드는군."

거구의 사내가 실실거리며 웃음을 흘린다. 그러자 기이하게도 그의 기도가 더욱 소름 끼치게 느껴진다.

"이보시오, 우리 오늘 일은 그만 없던 것으로 하고 서로 갈길 가는 것이 어떻겠소?"

"누구 마음대로 이곳을 떠나겠다는 것이냐?"

살쾡이 눈의 사내 관저가 이를 갈며 말했다.

"보내주지 않으면 후회할 텐데? 겪고도 모르겠소?"

거구의 젊은이가 능글거리며 말했다.

"네놈들이 제법 도검을 다루는 재주가 있다는 것은 알겠다. 그러나 너희는 절대 이곳을 벗어날 수 없어. 네놈들의 정체를 알아봐야겠다."

도박꾼 관저의 말에 거구의 사내가 어깨를 으쓱하고는 비영이란 젊은이를 보며 말했다.

"어쩌지?"

"죽겠다면 죽여주면 되지."

"하지만 비영, 사람을 죽이는 것은 큰 문제가 될 수 있어."

"싫으면 중광 네가 죽든지."

"그럴 수야 없지."

"그럼 어쩌겠다는 말이냐?"

"뭐… 네 말대로 팔다리를 잘라주는 정도로."

"젠장, 그거야 처음에나 통했을 수고. 이미 피를 봤는데 그 게 마음대로 되냐?"

"그래도 노력은 해봐야지. 이봐, 관저!"

갑자기 거구의 젊은이, 중광이란 이름을 가진 사내의 말투 가 변했다. 마치 자기 수족을 부르는 듯한 모습이다. 일단 싸 우기로 결정한 이상 상대의 체면 따윈 안중에 없는 듯했다.

"이 애송이 놈이?"

"당신이 싸우겠다고 고집을 피워서 여러 사람 피곤하게 생 겼어. 그렇다고 우리가 싸움을 피할 놈들은 또 아니지. 각오해 야 할 거야. 나야 조심해서 칼을 쓰겠지만 내 친구 놈은 워낙 독종에 망나니라 사람 죽이는 일도 예사로 생각하거든. 어쨌 든 뭐, 시작해 볼까?"

거구의 젊은이 중광이 경고를 하고는 휙휙 도를 휘두르기 시작했다. 그러자 그의 주변으로 광풍 같은 도풍이 일어났다. 그 기세를 본 관저의 표정이 일변했다. 지금까지 이 젊은 녀석 들이 보여준 실력이 전부가 아니라는 것을 깨달은 것이다.

관저의 눈이 본능적으로 다른 적에게로 향했다. 그의 눈에 심드렁한 표정으로 검날을 매만지고 있는 비영이란 자가 들어 온다. 어찌 보면 광풍 같은 도풍을 만들어내는 중광이란 녀석 보다 더 신경 쓰이는 놈이다. 그러나 관저로서도 이대로 놈들 을 포기할 수 없는 이유가 있었다.

"어떻게든 놈들을 잡아야 한다."

관저가 스스로에게 다짐하듯 동료들에게 말했다. 그러자 그의 동료들이 살기를 흘리며 두 젊은이를 에워쌌다. 그 숫자가 십여 명에 이른다. 더군다나 도검을 든 자들의 흉흉함은 보통이 아니어서 비록 두 젊은이의 기도가 심상치 않아 보여도 이 사지에서 벗어나기는 쉬워 보이지 않았다.

"딱 절반씩이다."

중광이 비영이라 부른 젊은이를 보며 말했다.

"늦는 쪽이 오늘 일을 모두 감당하기로 하지."

"좋아. 그럼!"

쿵쿵쿵!

중광이 육중한 체구로 무거운 발걸음 소리를 만들어내며 앞으로 전진했다. 본래 무공을 수련한 자들은 아무리 무거운 몸을 가졌어도 싸움에 임해서는 깃털처럼 가벼운 보법을 사용하게 마련인데 중광은 온몸의 무게를 두 발에 실은 듯 큰 소리를 내며 움직였다. 그런데 놀라운 것은 그의 몸이 광풍처럼 빠르다는 것이다.

"죽여 버렷!"

살쾡이 눈의 사내 관저가 날카롭게 소리쳤다. 비영에 의해 한 손을 쓰지 못하게 된 그조차 다른 손에 검을 들고 앞으로 뛰쳐나갔다. 그의 동료 절반은 어느새 비영을 에워싸고 공격하고 있었다.

"뒷일은 나도 모르겠다. 먼저 끝내면 비영 놈이 알아서 하겠지."

중광이 중얼거리면서 자신을 향해 달려드는 자들을 향해 도를 휘두르기 시작했다.

꽝꽝꽝!

벼락같은 도검의 충돌음이 황홀한 달밤을 어지럽힌다. 중광의 주변으로 몰려들었던 도박꾼들이 그의 신력에 밀려 날파리처럼 사방으로 흩어진다. 그러나 뒤로 물러났던 자들은 금세 중광을 향해 다시 날아들었다. 그들의 움직임에선 두려움을 넘어선 무엇인가가 느껴졌다. 단순한 도박꾼들로 보기에는 지나치게 치열하게 검을 쓰고 있었다.

"이것들이 정말 보통이 아니구나!"

중광이 상대를 칭찬하면서도 한순간 눈가에 살기가 번들거렸다. 그의 도가 다가오는 적의 검을 쳐내는 대신 슬쩍 옆으로 밀어냈다. 그러자 검을 든 자가 중심을 잃고 앞으로 휘청거렸다. 순간 중광이 도로 적의 검을 휘어 감아 움직임을 제압하고는 왼손으로 적의 옆구리를 강하게 쳤다.

"악!"

우두둑 소리가 나며 검의 주인 입에서 비명이 터져 나왔다. 갈비뼈가 부러져 나가는 소리일 터였다. 자신의 주먹에 맞아 쓰러지는 사내의 목덜미를 중광이 잡아 들었다. 그리고는 큰 고함 소리와 함께 사내를 그의 동료들에게로 던졌다.

"으핫!"

동료가 자신들을 향해 날아오자 중광을 공격하려던 자들이 얼떨결에 날아오는 동료를 안아 들었다. 그 순간 중광이 그들 사이로 뛰어들며 가차 없이 도를 휘둘렀다.

중광의 도에서 서걱거리며 뼈와 살 베어지는 소리가 이어졌다. 그러자 순식간에 두 명의 적이 중광의 도에 쓰러졌다.

"네놈들도 어서 와라!"

중광이 이제는 두 명 남은 적을 향해 비릿한 웃음을 흘리며 말했다. 일단 피를 본 중광의 모습이 야차와 같아서 노름꾼들은 차마 그를 향해 달려들지 못했다.

그런데 그 순간 문득 중광의 등 뒤에서 비영의 목소리가 들렸다.

"아직도 안 끝난 거냐?"

순간 중광이 아차 하는 표정을 지으며 고개를 돌렸다. 그러자 그의 눈에 피를 흘리며 쓰러져 있는 다섯 명의 노름꾼이 보였다. 개중에는 몸에 작은 비도를 꽂고 있는 자도 보였다.

"제길, 역시 네놈이 손은 빨라!"

"흥, 곰같이 미련한 놈이 힘만 세서…… 그나저나 이젠 끝을 내야지?"

비영이 두려운 눈을 하고 멀찍이 떨어져 있는 살쾡이 눈의 사내 관저를 보며 물었다.

"네, 네놈들은 도대체……?"

관저가 자신에게 일어난 일을 도저히 믿을 수 없다는 표정으로 비영과 중광을 보며 중얼거렸다.

"그러게 서로 좋게 끝내자고 했잖아. 일을 복잡하게 만든 것은 당신이야. 뭐, 어쨌든 일이 이렇게 되었으니 아예 끝장을 봐야겠다. 도대체 어떤 놈들이기에 배포 좋게 제룡가의 권역에서 노름판을 벌였는지 떠들어봐."

비영이 검을 획획 휘두르며 노름꾼 관저에게로 다가가기 시작했다.

그런데 그때였다. 갑자기 주변의 숲이 소란스러워지더니 일단의 인물이 장내에 모습을 드러냈다.

"모두 움직이지 마라! 손끝 하나 움직이는 놈은 목을 베겠다!"

괄괄한 목소리가 들려오자 관저를 향해 다가가던 비영과 중광이 숲에서 나타난 자들을 향해 시선을 돌렸다. 그리고는 이내 쓴 약을 먹은 표정을 하며 나직하게 투덜거렸다.

"젠장, 내 이럴 줄 알았지."

"시간을 너무 오래 끌었어."

중광이 씹어뱉듯 말했다. 그러는 사이 숲에서 나타난 자들이 둥글게 도박꾼들을 에워쌌다. 그리고 그중 한 사내가 천천히 말을 타고 앞으로 나서며 말했다.

"참으로 담대한 놈들이 아닌가? 감히 제룡가의 권역에서 노름판을 벌인 것도 모자라 칼부림을 하다니, 어떤 놈들이기에 감히 본가의 권위를 무시하고 이러한 일을 벌였단 말인가?"

순간 중광의 거구가 급히 고개를 숙였다.

"어이쿠야! 그가 직접 왔군."

아마도 그는 말에 올라 있는 자를 아는 모양이었다. 그리고 아마도 그에게는 자신의 얼굴을 보이고 싶지 않은 듯했다. 그러나 채 십여 장도 안 되는 거리에서 얼굴을 숨기기엔 중광의 머리가 너무나 컸다.

"가만, 넌 중광이 아니냐?"

문득 도박꾼들을 제압해 나가던 중년 무사 한 명이 중광을 발견하고는 아는 척을 했다.

"권 대협께서 오셨군요."

중광이 그답지 않게 공손한 태도로 인사를 한다. 그러자 권 대협이라 불린 자가 비영까지 발견하고는 눈살을 찌푸리며 말했다.

"이 녀석들, 이젠 도박까지 하느냐?"

"그게 아니오라, 주남이 놈이 이자들에게 점포 문서를 빼앗겼다고 해서……."

"닥쳐라, 이놈들! 명색이 제룡가의 문하에 있는 놈들이 도박장 출입을 해? 그것도 감히 제룡가의 허락도 받지 않은 도박장을 말이야!"

"글쎄, 주남이 녀석이 점포 문서를 잃어서 찾으러 왔다니까요."

중광이 투덜거렸다.

"이놈이 뭘 잘했다고!"

중년 사내가 손을 들어 중광의 머리를 치려는데 멀리서 말에 오른 자의 목소리가 들렸다.

"권이, 무슨 일인가?"

그러자 중년 사내가 재빨리 손을 내리고는 얼른 말 탄 사내 앞으로 다가갔다. 그리고는 자신보다 십여 살은 젊어 보이는 사내에게 머리를 조아리며 무어라 공손하게 말했다.

권이라 불린 중년 사내의 설명이 끝나자 말을 탄 사내가 날카로운 눈으로 두 젊은이를 바라봤다.

"너희 둘, 이리 와보거라!"

"젠장, 그냥 넘어가 줄 것이지."

말 위의 사내가 결국 두 사람을 부르자 중광이 투덜거리면서도 어기적거리며 사내 앞으로 다가갔다. 비영 역시 마뜩찮은 표정을 지우지 않고 중광의 뒤를 따랐다.

비영과 중광이 다가오자 사내가 한동안 두 사람을 바라봤다. 사내는 두 사람을 알아본 권이라는 중년 무사에 비해 십여 살은 젊어 보였지만 두 젊은이보다는 십여 살 많아 보였다. 그래서인지 사내 앞에 선 비영과 중광은 거북스런 표정을 짓고 있었지만 제법 예의를 지키는 모습이다.

"너희의 이름을 들어본 적이 있다. 비산 궁가와 격포 중가의 자손이라지?"

"그렇습니다."

중광이 대답했다.

"내가 누군지 아느냐?"

"어찌 외가의 식솔로서 삼 공자님을 모르겠습니까?"

"좋아, 그럼 묻는 말에 이실직고하렷다!"

"여부가 있겠습니까? 하문하십시오."

중광이 불편해하면서도 넙죽넙죽 대답한다.

"이곳의 일은 너희가 한 짓이냐?"

사내가 중광과 비영에게 당해 피를 흘리며 널브러져 있는 도박꾼들을 돌아보며 물었다.

"그렇습니다."

"단지 너희 둘이서?"

"그, 그렇습니다."

중광이 다시 대답했다.

"소문이 사실이었군. 비산 궁가와 격포 중가의 후손들이 제법 재주가 있다더니. 단지 그 행실이 고약하다지?"

"그건 사실 조금 오해가 있는……."

"이놈, 어디서 말대꾸냐?"

두 사람을 알아본 권이라는 중년 사내가 매섭게 호통을 쳤다. 그러자 중광이 입을 비쭉이면서도 결국 입을 닫았다.

"친구의 점포를 찾아주려고 이리했다고?"

"그렇습니다."

"불가한 일이다. 너희들 친구가 이들에게 점포를 빼앗겼다면 당연히 본가에 고변을 해 일을 바로잡으면 될 것을 어찌 네놈들이 스스로 나서서 칼부림을 했단 말이냐? 도박을 한 것도 큰 죄지만, 본가의 경내에서 허락 없이 칼부림을 한 것 역시 용서받지 못할 죄임을 알고 있지 않느냐?"

사내가 추상같이 호령한다.

"물론입지요. 그저 죽을죄를 지었습니다. 한 번만 용서해 주십시오."

"네 녀석들이 그동안 적지 않은 말썽을 피운 것을 알고 있다. 이미 그 죄를 여러 번 물었어야 하는데 가주께서 과거 너희 두 가문의 선조들이 세운 공적을 생각하고, 또한 너희 아비들이 이번 마천과의 싸움에서 목숨을 걸고 싸운 공을 생각해 모른 척해주었던 것이다."

"은혜에 감사드릴 뿐입니다."

중광이 거대한 체구에 어울리지 않게 한껏 머리를 조아린다.

"좋아, 네놈들이 잘못을 인정한다니 이번 일은 용서를 하마. 그러나 향후에는 절대 그냥 넘어가지 않을 것이다."

"알겠습니다. 다신 말썽을 피우지 않겠습니다."

중광이 다시 대답했다.

"그만 가보거라. 내일 다시 네 아비들이 가주를 모시고 출정할 예정이니 오늘은 가서 얼굴을 뵈어야 하지 않겠느냐?"

그러자 중광과 비영의 눈에 의혹이 생긴다.

"출정이라니, 그게 무슨 말씀이신지? 마천이 몰락해서 당분간 강호에 출도하는 일은 없을 거라 들었습니다만."

"네놈들이 어찌 강호의 정세와 가문의 행보를 모두 알겠느냐? 아무튼 그리 알고 그만 물러가거라."

"아, 알겠습니다. 가자!"

중광이 비영을 재촉했다. 그러자 비영이 급히 사내에게 허리를 숙여 보이고는 서둘러 장내를 벗어났다. 그러자 두 사람을 닦달하던 사내가 권이라 불린 중년 무사에게 물었다.

"저놈들의 나이가 올해 몇이지?"

"스물두어 살쯤 되었을 겁니다. 중광 녀석은 체구가 커 나이가 더 들어 보이고, 궁씨 성을 쓰는 비영이 놈은 얼굴이 곱상해 어려 보이지만 사실은 동갑이죠."

"음, 이자들을 상대해 놓은 것을 보니 제법 쓸 만한 재주를 지닌 것 같은데……."

"재주로야 사대외가를 제외하고는 외가의 후기지수 중 제일이랄 수 있을 겁니다."

"그런데 어째서 저 녀석들이 지금껏 본가의 부름을 받지 않은 것인가? 약관이 넘으면 재주 있는 외가의 후손들은 본가에 들게 되어 있지 않은가?"

"그것이… 녀석들의 재주는 쓸 만하나 성정이 워낙 고약해서 하루가 멀다 하고 술판을 벌이고 싸움질을 하는 통에 놈들을 데려다 쓸 사람이 없었지요."

"그래? 이상하군. 궁가와 중가의 가주들은 진중한 사람들이 아니던가?"

"호부에 견자 없다는 말이 저놈들에게는 통하지 않는 경우지요."

"음, 그래? 하지만 망아지는 길들이기 나름이지. 이번 행사를 마치면 녀석들을 현무기에 불러들여야겠다."

"골치 아픈 놈들이라서……."

중년 사내 권이는 별로 찬성하지 않는 모습이다.

"놈들도 정신을 차리지 않을 수 없을 거야."

"무슨 말씀이온지……?"

"그럴 일이 있다. 그나저나 정리는 끝났는가?"

사내가 묻자 멀리서 다른 사내가 대답했다.

"모두 제압했습니다."

"좋아, 내 처소로 데려가라!"

"본가가 아니고 말입니까?"

권이가 놀란 표정으로 묻는다.

"쓸모가 있는 자들이야."

"하지만 가주께서 아시면……."

"아버님께는 내가 말씀드리겠다."

"알겠습니다, 삼 공자님."

권이가 더 이상 반대를 하지 않고 주변을 돌아보며 소리쳤다.

"돌아간다! 서둘러라!"

궁씨 성에 비영이라는 이름을 가진 젊은이와 태산 같은 체구의 중광은 달빛을 가린 어두운 숲에서 멀어지는 제룡가의 무사들과 그들에게 끌려가는 노름꾼들을 바라보고 있었다.

"후레자식 같으니라구! 카악, 퉤!"

중광이 입에 침을 모아 땅에 뱉는다.

"낄낄, 잘도 아부를 떨더니만……."

궁비영이 중광을 비웃는다.

"이 자식아, 네놈 대신 내가 아부를 떨었으면 고맙다고나 해."

중광이 눈을 부라리며 주먹을 들어 보인다. 그러자 궁비영이 얼굴빛을 고치며 말했다.

"우리 생각이 맞는 것 같지?"

"그러게 말이야. 그렇지 않다면 어떻게 때맞춰 나타났겠어. 아니, 애당초 아무리 배포가 큰 놈들이라 해도 노름꾼 주제에 제룡가의 권역에서 도박판을 벌인다는 것은 상상할 수 없는 일이지. 더군다나 그 관저란 놈이 삼 공자를 보는 눈빛이 마치 주인을 보는 듯했단 말이야."

"참 더러운 인간일세. 도박꾼을 이용해 은밀히 재물을 모으다니."

"그게 다 제룡가의 권력 다툼 때문이지. 마천이 무너진 후엔 구천맹의 모든 문파가 권력 다툼에 빠져들고 있다고 하더군."

"그러고 보면 마천이 있을 때가 좋았던 건가?"

"뭐, 비슷한 거지. 어느 놈이 세상을 요리해 먹느냐의 차이일 뿐이니까. 그런데 이 양반들이 다시 출정을 하게 되었다니 도대체 무슨 일일까?"

"낸들 아냐? 집에 들어가지 않은 지 달포가 넘었는데……."

궁비영이 어깨를 으쓱한다.

"오늘은 들어가 봐야겠군."

"숙부께서도 널 가만히 놔둘까?"

궁비영이 빙글거리며 물었다.

"흐흐, 네놈 걱정이나 하거라."

"우리 집 어른은 내 일에 크게 관여치 않으시는 것 모르냐?"

"언젠가는 한번 크게 경을 치실 거다. 궁 가주께서 외유내강하심은 제룡가의 모든 사람이 아는 일이라……."

"내강이라……. 글쎄 과연 그렇게 봐야 하나? 아둔하신 것 아닐까?"

"이런 망나니 같은 놈을 봤나? 자기 아버지를 두고 그런 말을 하다니."

"네 아버지나 우리 집 양반의 꿈을 알지?"

궁비영이 중광의 욕설에는 화를 내지 않고 되물었다.

"당연히 알지. 과거 궁가와 중가 두 가문이 북산 제룡가 사대외가일 때의 영화를 재현하는 하는 것 아니냐. 그래서 가문의 식솔 팔 할이 죽어나가도록 그렇게 제룡가를 위해 마천과 싸운 것이고."

"그게 가능할 것 같아?"

"글쎄……."

중광이 말을 얼버무린다. 그러자 궁비영이 중광의 머리를 후려치며 말했다.

"이놈아, 글쎄는 무슨 글쎄야? 그건 불가능한 일이야. 설혹 두 양반이 제룡가를 위해 가능할 수 없는 공을 세웠다 해도 제룡가가 궁가와 중가를 다시 사대외가로 지목할 수는 없어. 왜냐하면 지금의 사대외가 세력을 제룡가조차도 무시할 수 없기 때문이지. 반면에 궁가와 중가는 마천과의 싸움에 문파의 모든 것을 내놨지. 때문에 싸움이 끝난 지금은 세력이랄 것도 없고, 당장 끼니를 걱정해야 할 상황이 아니냐. 그런데 어떻게 사대외가가 되겠냐?"

"그렇긴 하지만 그야 제룡가에서 후원을 해준다면……."

딱!

다시 궁비영의 주먹이 중광의 머리를 후려쳤다.

"이놈아, 제발 말이 되는 소리를 해라. 토사구팽도 마다하지 않을 자들이 마천과의 싸움에 모든 것을 내던져 쇠락해 버린 궁가와 중가를 도와준다고? 설마 진심으로 하는 말은 아니겠지?"

"뭐… 나도 그럴 가능성은 없다고 생각한다."

중광이 머리를 긁적이며 대답했다. 그러자 궁비영이 다시 입을 열었다.

"그러니 두 양반이 어리석다 할밖에. 이리 재고 저리 재도 도저히 두 가문은 사대외가가 될 수 없어. 그런데 마지막까지 그 허황된 꿈을 위해 자신과 가문의 모든 것을 쏟아붓고 말았으니……."

궁비영의 말에 중광이 우울한 표정으로 잠시 생각에 잠겼다가 입을 열었다.

"그래도 말이다, 제룡가의 외가로 살아가자면 그런 꿈이라도 가져야 하는 것 아닐까? 그런 꿈이 없다면 두 분은 벌써 무너졌을 거야. 난 비록 우리 중가와 너희 궁가가 세력에서는 다른 사대외가에 크게 부족하지만 가주 두 분의 무공은 사대외가 가주들을 능가한다고 생각하거든. 그런 능력을 가지고 어찌 사대외가를 꿈꾸지 않겠어?"

"다른 길도 있지."

궁비영이 단호하게 말했다. 그러자 중광이 고개를 저으며 말했다.

"또 그 소리냐? 아서라. 네 말대로 하려다간 멸문을 면치 못할 거다. 제룡가의 외가들은 말이 좋아 외가지 사실은 제룡가에 매여 사는 무노(武奴)들이란 말이다. 그런데 제룡가를 떠나 독립을 한다고? 어느 주인이 노예를 그냥 놓아준다든? 그래서야 강호의 패자로 군림할 수 없지."

"죽음을 건 승부를 한 번쯤은……."

탁!

이번에는 중광이 궁비영의 머리를 쳤다.

"정신 차려! 그나마 남아 있는 식솔까지 몰살시키지 말고. 궁 가주께서 내게 항상 당부하셨다. 네놈이 허황된 생각 하지 못하게 하라고."

"그러는 중 가주께서도 내게 항상 부탁하셨지. 네놈이 미련한 짓 하지 못하게 하라고."

궁비영이 재빨리 중광을 향해 주먹을 내밀었다. 그러자 중광이 슬쩍 고개를 틀어 비영의 주먹을 피하며 손을 휘둘러 파리 쫓듯 비영의 주먹을 밀어내고는 걸음을 옮기기 시작했다.

"그만 가자. 오늘 일이 알려지면 또 한동안 사람들의 눈총을 받을 거야. 제길, 이젠 도박꾼 소리까지 들어야 하나?"

"그래도 주남이 놈 점포는 찾았잖아?"

"하긴 언제 우리가 남들 눈총 따위 신경 쓰며 살았냐?"

중광이 히쭉 웃음을 흘린다.

*　　　*　　　*

투툭투툭!

화로에서 쑥 향이 일어난다. 여름이 일찍 올 모양인지 벌써부터 모기가 극성을 부려 모기를 쫓기 위해 화로에 만들어놓은 연기다. 매캐한 쑥 향이 안개처럼 허름한 기와집 마당을 휘어 감는다.

여러 군데 무너진 담과 언제 비가 샐지 모르는 낡은 기와를 얹은 오래된 집. 그러나 과거에는 제법 번성한 가문이었을 법한 크기를 가진 집 마당에 중년 사내가 모깃불을 피우며 혼자서 있다.

사내의 나이는 대략 오십여 세 전후, 날렵해 보이는 몸집에 속을 알 수 없는 깊은 눈을 가지고 있다. 허리에는 낡은 검을 차고 있었는데 얼마나 오랫동안 그를 지켜왔는지 검집의 손잡이가 기름칠을 한 것처럼 반짝였다.

끼이익!

화로 위의 젖은 쑥을 들척이던 사내의 손길이 등 뒤에서 들려오는 소리에 멈췄다. 그러나 고개를 돌려 열린 문으로 들어온 사람을 확인하지는 않았다. 보지 않아도 누가 들어왔는지 이미 알고 있기 때문이다.

몇 걸음 걷는 소리가 나더니 이내 사내의 등 뒤에서 걸음 소리가 멈췄다.

"왔느냐?"

사내가 입을 열었다.

"웬 모깃불이에요?"

"올해는 여름이 빨리 오는구나. 집안 곳곳에 모기가 많아."

"다른 사람을 시키면 되지 그걸 직접 하세요?"

퉁명스런 질문이 이어진다.

"음, 모두들 바쁘구나."

"다시 강호로 나가신다고요?"

"어찌 들었느냐?"

사내가 신형을 돌렸다. 그러자 그 앞에 도박판에서 한바탕 소란을 피운 궁비영이 서 있다.

"권이 아저씨께 들었어요."

차마 제룡가의 삼 공자를 만났다는 말은 하지 못하는 궁비영이다.

"무슨 일이 있느냐?"

"그냥 뭐, 소소한 말썽이에요. 그런데 이번에는 어디로 가세요? 마천과의 싸움은 이미 오래전에 끝난 것 아닌가요?"

"글쎄, 이번에는 나도 잘 모르겠구나."

중년 사내가 고개를 저었다.

"목적지도 모르고 출도를 하신단 건가요?"

"그만큼 중요한 일이겠지."

"위험한 일이기도 하겠군요."

"강호의 일 중 위험하지 않은 것이 어디 있더냐? 그러나 마천이 몰락했으니 위험해 봐야 얼마나 위험하겠느냐."

사내가 중후한 미소를 지으며 말했다. 그런 사내를 보며 궁비영이 조금 의아한 표정을 짓는다. 평소와 다른 모습이다.

사내의 이름은 궁도요, 제룡가의 오랜 방계 가문인 비산 궁가의 당대 가주이자 궁비영의 아비다. 평소 궁도요는 그 성정이 침착함을 넘어 싸늘하기까지 하다고 알려져 있었다. 일신의 무공과 지모는 제룡가의 외가 고수 중 손에 꼽히는 인물이었으나 그의 조부와 부친이 연이어 젊어서 요절한 탓에 쇠락한 가문을 이어받은 불운한 인물이기도 했다.

그래서인지 평소 궁도요는 무척 어두운 기운을 가지고 있었다. 그런 그가 웃는 경우는 오직 그의 오랜 친구이자 동병상련의 아픔을 가지고 있는 격포 중가의 가주 중천산과 술잔을 기울일 때뿐이라던가.

그런 궁도요가 아주 오랜만에 부드러운 미소를 지어 보이고 있다. 궁비영에게는 오히려 그것이 더 불안했다.

"짐작 가는 일도 없습니까?"

궁비영이 물었다.

"음, 듣자 하니 마천의 잔당들이 귀주 인근에서 발견되어 곤륜 동쪽으로 도주했다던데 그들을 쫓는 일이 아닐까 싶기도 하구나."

"곤륜이라면 사천의 문파들도 있지 않습니까?"

궁비영이 의아한 표정으로 물었다. 그러자 궁도요가 다시 미소를 지으며 말했다.

"물론 그렇기는 하다만… 너도 알다시피 가주께서는 욕심이 많으신 분이 아니더냐?"

"제룡가는 이미 하북 전역에 군림하고 있습니다. 그것으로 부족하단 말인가요?"

궁비영이 눈살을 찌푸리며 물었다.

"세상과 인간은 결코 멈추지 않는다. 그 이유는 인간의 마음이 항상 움직이기 때문이지. 마천이 사라졌다고 세상이 갑자기 평화로워지는 것은 아니지 않느냐? 그 정도 이치야 알고 있을 나이고."

"구천맹 간의 세력 싸움이 시작되었다는 건가요?"

"이미 오래전부터 있어온 일이다. 가주는 구천맹의 경쟁에서 뒤처지고 싶지 않으신 거지."

"그런데 왜 기분이 좋으신 겁니까?"

궁비영이 처음부터 의아하게 생각하던 것을 물었다. 그러자 궁도요가 다시 미소를 지으며 대답했다.

"어쩌면 이번 출행이 끝나면 우리가 원하던 것을 얻을 수 있을지도 모르겠구나."

순간 궁비영의 표정이 딱딱하게 굳었다. 마치 듣지 말아야 할 말을 들은 것 같은 표정이다. 그리고는 씹어뱉듯 말했다.

"그 일은 아버님이 원하시는 것이지 제가 원하는 것은 아닙니다."

"네게도 좋은 일이 될 게다."

"비록 가주께서 약속을 하셨다 해도 우리 궁가가 다시 사대외가가 되는 것은 쉽지 않을 겁니다. 사대외가가 되길 원하신다면 이렇게 가문의 모든 힘을 모아 싸움에 나서는 대신 힘을 감추고 안으로 세력을 기르는 것이 더 좋은 방법입니다. 가주라 해도 사대외가를 함부로 교체할 수는 없습니다. 우리가 다른 외가보다 세력이 약한데 어찌 가주의 말 한마디에 사대외가가 될 수 있겠습니까. 그리고 사대외가가 된들 제룡가의 무노(武奴)로 살아가야 하는 운명이 변하지는 않지요. 비단옷 입은 노예도 노예는 노예지요. 쉬십시오."

궁비영이 안에서 들끓는 화를 참기 어렵다는 듯 고개를 숙여 보이고는 횅하니 자신의 방으로 들어갔다. 그러자 마당에 홀로 남은 궁도요가 빙그레 미소를 지으며 중얼거렸다.

"원, 녀석. 성질하고는. 언제 내가 원하는 것이 궁가가 다시 제룡가의 사대외가가 되는 것이라고 했더냐? 나도 네가 평생 나처럼 누군가의 수족으로 살기를 원하지는 않는다. 죽은 네 어미에게 약속했지. 내 대에서 그 족쇄를 끊어주기로."

궁도요가 아들이 들어간 방을 한 차례 바라보고는 쑥에서 일어나는 연기를 따라 하늘로 시선을 돌리며 허리에 매달린 검을 강하게 움켜쥐었다.

제2장
뜻밖의 파국

"저 물건 아직도 저러고 있냐?"

궁비영이 육포를 씹으며 물었다.

"그러게 말이다. 벌써 한 달이 다 돼가는데 걱정이다."

중광이 술병을 들어 벌컥벌컥 술을 들이켜며 말했다. 백주에 이제 갓 스물을 넘긴 놈들이 술병을 들고 다니는 모습 역시 보기 좋은 것은 아니었으나 그들의 눈에는 자신들보다 더 한심하게 보이는 사람이 있는 모양이었다.

"아니, 그깟 노름꾼에게 당할 수도 있지, 그게 뭐가 그리 중요하다고 저 난리냐?"

"주남에겐 중요한 문제지."

궁비영이 대답했다.

"어째서? 점포 되찾아줬잖아?"

"점포가 문제가 아니지. 녀석은 자신에게 실망한 거야."

"하긴, 난 지금도 이해가 가지 않아. 저 똑똑한 놈이 도박판을 기웃거리다니. 아무리 금자가 급해도 그렇지 말이야."

"십 할의 확신이 있었기 때문이지."

"돈을 딸 거라고 생각했단 거야?"

"알아보니까 녀석이 도박판에 뛰어들기 전에 이미 여러 번 그곳을 찾았다고 하더군. 녀석은 그곳에 드나들며 도박판 돌아가는 사정을 자세히 살폈을 거야. 그리고는 자기만의 계획을 세웠겠지."

"음, 미리 준비를 했단 말이지? 하긴 녀석은 무슨 일이든 계획을 하고 나서 실행하니까."

"아마도 자신의 계산대로라면 도박판에 깔린 판돈을 모두 끌어모을 수 있을 거라 생각했을 거야. 그러나 한 가지 사실을 몰랐던 거지."

"놈들이 속임수를 쓴다는 것 말이지?"

"그래. 본래 주남이 녀석이 머리는 비상해도 순진한 면이 있잖아. 노름꾼들이 중요한 순간에 속임수를 쓸 수 있다는 걸 간과했던 거지."

"멍청한 놈!"

중광이 혀를 찼다.

"흐흐, 저놈이 멍청하면 넌 뭐냐?"

"제길, 글 많이 읽고 계산 잘한다고 똑똑한 거냐? 이 형님이

한 가지 가르침을 주마. 사람은 말이다, 머리에 든 게 많다고 똑똑한 게 아냐. 머리에 든 걸 어떻게 쓰느냐가 중요한 거지. 그리고 인간의 본성을 알아야 해. 그걸 모르고서는 만 권의 서책도 무용지물이지."

"사람을 알기 위해 책을 읽는 거야."

"사람은 서책으로 아는 게 아니다."

"그럼? 네놈처럼 주먹과 도검으로 아는 거냐?"

"그게 제일 확실하지. 하하하!"

중광이 크게 웃음을 터뜨렸다. 그러자 궁비영이 중광의 손에서 술병을 뺏어 들며 말했다.

"가보자. 저러다 굶어 죽겠다. 술이라도 먹여야지."

"망할 놈아, 그런데 왜 하필 내 술이냐? 네놈 육포를 먹여!"

"육포는 소화가 안 돼. 녀석은 너무 오래 굶었어."

어느새 궁비영이 한참 앞서 걸으며 대답했다.

"육포는 안 되고 술은 되냐? 한참 굶은 놈한테?"

"그래서 약주 아니냐?"

"야야, 정말 먹이려고? 아서라. 그거 독주야. 빈속에 먹으면 주남이 녀석 죽을 수도 있어!"

중광이 손사래를 치며 궁비영을 쫓아갔다.

툭!

"좀 먹으면서 고민해라. 죽든 살든."

다행히 궁비영이 시전 포목점의 주인인 주덕의 아들 주남에게 던져준 것은 중광에게서 뺏은 술병이 아니었다. 술은 이미 궁비영의 뱃속에 들어갔고, 대신 궁비영이 주남에게 던져준 것은 소금으로 간을 한 주먹밥이었다.

"어라, 주먹밥이네? 언제 준비했냐?"

뒤늦게 궁비영을 따라온 중광이 안도하며 물었다.

"난 네놈처럼 미련하지 않아."

궁비영이 대답했다.

"이런 망할 놈! 사람들은 항상 내 체구만 보고 내가 미련할 거라 생각하지만 그렇지 않다는 걸 넌 잘 알잖아? 난 적어도 네놈들보다 똑똑해!"

중광이 어깨를 으쓱거리며 말했다.

"오냐. 그렇게 잘났으면 도성에 가서 과거라도 봐라. 야, 주남! 얼른 먹어! 굶어죽을 거야?"

궁비영이 무릎을 끌어안고 멍하니 강물을 바라보고 있는 주남에게 소리쳤다. 그러자 주남이 불쑥 물었다.

"뭐가 잘못되었던 걸까?"

"무슨 소리야?"

"난 그놈들이 낼 수 있는 모든 패를 예상하고 갔어. 백전백승의 자신이 있었지. 그런데도 가진 걸 모두 잃었어. 뭐가 잘못된 거지?"

주남의 물음에 궁비영이 어이없다는 표정을 지었다.

"지금까지 그걸 고민하고 있었던 거냐?"

"그래. 뭐가 잘못되었는지 알아야지."

"야, 이 자식 이거 이럴 때 보면 완전히 바보일세."

궁비영이 난감한 표정으로 중얼거렸다. 그러자 중광이 거들었다.

"본래 천재와 바보는 종이 한 장 차이야."

"무슨 소리야? 내가 바보라니?"

주남이 어리둥절한 표정으로 두 사람을 보며 물었다.

"야 이 멍청한 놈아, 네가 도박판에서 재물을 잃은 것은 놈들이 속임수를 썼기 때문이야! 아직 그걸 몰랐던 거야?"

"속임수라니?"

주남이 다시 물었다.

"그 관저란 자의 소매 속에 패가 몇 개 더 들어 있었다고, 놈이 네가 눈치채지 못하게 계속 패를 바꿔치기했던 거야. 그런데 네놈이 어떻게 이겨?"

"그, 그랬다고? 그럼 결국 내 계산이 틀린 건 아니라는 거지?"

주남의 얼굴에 희색이 돈다. 그는 자신이 도박꾼들에게 속았다는 것보다 자신의 계산이 틀리지 않았다는 것이 더 기쁜 모양이었다.

"이놈 이거 정말 알고는 있었지만 이렇게까지 괴상한 놈일 줄은 미처 몰랐네."

중광이 주남을 보며 혀를 찼다. 그러자 주남이 갑자기 두 사람에게 화를 냈다.

"이 빌어먹을 놈들아! 그런데 왜 내게 그 말을 안 해줬어?"

"응? 우리가 말해주지 않았어?"

"그냥 점포 문서만 던져 주고 갔잖아?"

"아! 그, 그랬나?"

궁비영이 당황한 표정으로 중광을 바라봤다. 그러자 중광이 머리를 긁적이며 대답했다.

"아마 그런 모양이다. 그때 가주들께서 출정하신다고 해서 사정을 설명하지 않고 서둘러 돌아갔던 것 같아. 하지만 그렇다고 놈들에게 속았다는 걸 여태껏 몰랐단 말이냐? 벌써 한 달이 되어가는데?"

중광이 어이없다는 표정으로 주남을 보며 물었다.

"말해주지 않는데 어떻게 알아, 이 못된 놈아?"

주남이 화를 낸다.

"야, 정말 이거 이해불가한 놈일세. 이런 놈이 정말 천재 소리를 들어도 되는 거야?"

중광이 궁비영을 툭 치며 물었다.

"그러게 말이다. 뭐 이런 멍청한 녀석이 다 있어? 밥이나 먹어라!"

궁비영이 주먹밥을 들어 주남의 입에 밀어 넣었다.

"캐캑! 야, 이 자식아! 누구 죽일 일 있어?"

주남이 사레가 들려 밥알을 뱉어내며 소리쳤다.

"술 먼저 마실래?"

궁비영이 주남에게 술을 내밀었다. 그러자 주남이 궁비영의 손에서 술병을 낚아채더니 벌컥벌컥 마셨다. 그러다가 갑자기 술을 뱉어낸다.

"에이, 써. 이런 걸 왜 마시냐?"

평소 주남은 술을 즐기지 않았다. 그런 그가 주먹밥에 목이 메어 물 대신 술을 마셨다가 쓴맛을 견디지 못한 것이다.

"이놈아, 술을 마셔야 세상을 아는 법이다. 이 형님들이 술을 마시는 데는 다 그럴 만한 고매한 이유가 있어. 그러니 너도 이제부터 우리에게 술을 배우도록 해라. 그럼 다시는 노름꾼에게 속는 일은 없을 것이다."

"젠장! 그 망할 놈들은 어디 있지?"

"글쎄… 제룡가로 끌려간 이후에는 소식을 들을 수 없군."

궁비영이 갑자기 심각한 표정으로 말했다.

"그래? 한번 찾아봐야겠군."

"찾아서 어쩌려고?"

"날 속였으니 대가를 치러야지."

"아서라. 그놈들, 보통 놈들이 아냐. 점포를 찾은 것에 만족해."

궁비영이 고개를 저으며 말했다.

"보통 놈들이 아니라니, 그건 또 무슨 소리냐?"

"제룡가의 삼 공자와 관련이 있는 자들 같아."

"삼 공자? 척벽 말이냐?"

주남의 되물음에 중광이 황당한 표정을 지으며 말했다.

"이놈 봐라? 삼 공자가 네 친구냐?"

"흥! 네놈이 매일 신세타령을 하면서도 제룡가의 외가라고 그의 편을 드는 거냐?"

주남이 가소로운 표정으로 중광을 보며 말했다.

"삼 공자 편을 드는 게 아니라 네놈 걱정을 하는 거야. 낮말은 새가 듣고 밤말은 쥐가 듣는다고, 누가 네놈 말을 듣기라도 해봐라. 당장 잡혀가 치도곤을 당하는 것은 물론 북산 인근에서 장사를 할 수 있을 것 같아?"

"누가 본다고. 네놈들만 입 다물고 있으면 괜찮아."

"그게 아니지. 사람은 버릇이라는 것을 고치기 힘들어. 이렇게 삼 공자의 이름을 마구 불러대다가 다른 사람들이 있는 곳에서도 그런 실수를 할 수 있단 말이다. 그러니 처음부터 조심해."

"곰 같은 놈이 잔소리는! 알았어. 알았으니까 삼 공자와 그 노름꾼들 일을 자세히 말해봐."

주남이 팔을 걷어붙이며 궁비영에게 다가앉았다. 그러자 궁비영이 침착하게 입을 열었다.

"애초에 네놈에게 그 도박판에 대해서 들을 때부터 조금 이상했다. 아무리 배포가 큰 자들이라도 감히 제룡가의 권역에서 비밀 도박판을 벌일 수가 있을까 해서 말이야. 들키지 않기도 어렵거니와 들키는 날이면 목이 달아날 일인데 과연 그런 용기를 낼 자들이 있을까 하는 의심이 들었지."

궁비영의 말에 주남이 고개를 끄떡였다.

"그건 그래. 나도 그 점이 이상하기는 했지. 하지만 그때는 나도 워낙 금자가 급한 때라……."

"아무튼 그래서 우린 그들이 누군가에게 비호를 받고 있을 거라 생각했다. 그래서 한바탕 난리를 치고 나면 그 배후가 나타나 그들을 데리러 올 거라 생각했지. 그런데 그날 밤 모습을 드러낸 자가 바로 삼 공자와 현무기의 고수들이었단 말이야."

"우연의 일치일 수도 있지 않아?"

"물론 그럴 수도 있지. 해서 이후에 좀 더 놈들에 대해 알아봤어. 제룡가의 권역에서 비밀 도박장을 열었다면 목을 베는 벌을 당하거나 적어도 팔 하나는 잘려야 한단 말이지. 그런데 놈들은 삼 공자에게 끌려간 이후 금옥에 갇혔다는 말만 있지 다른 형벌을 받지 않았어."

궁비영의 말에 주남이 다시 고개를 끄떡인다.

"음, 그렇다면 확실히 의심할 만하군. 한 달이 지났으니 벌을 내리려면 벌써 끝냈을 텐데. 결국 삼 공자의 묵인하에 도박판이 벌어졌다는 말인가?"

"삼 공자의 재력이 세 공자 중 가장 부족하다는 것은 비밀이 아니지."

중광이 말했다.

"결국 그 일이 모두 삼 공자에 의해 일어난 일이란 말이지?"

"뭐, 어디까지나 우리 추측이지만. 그러니 빚을 갚는다느니 마느니 하는 소리는 말라고."

궁비영이 경고하듯 말했다. 그러자 주남이 고개를 주억거리다가 말했다.

"이곳을 떠날까?"

"뭐?"

궁비영과 중광이 놀란 표정으로 주남을 보았다. 너무 갑작스런 말이기 때문이다. 그러자 주남이 말했다.

"내가 이번 일을 겪으면서 생각한 건데, 세상을 배우려면 서책만으로는 부족한 것 같아."

"흐흐흐, 이제야 네놈이 철이 들었구나. 처음부터 내가 그랬지. 네놈이 서책에 빠져 사는 이상은 결코 세상을 제대로 알 수 없다고. 세상은 몸으로 부딪쳐 봐야 아는 거야."

중광이 두 손을 허리에 올리며 말했다.

"이 미련한 놈아, 그렇다고 일 년에 한 권의 서책도 읽지 않는 네놈은 무식한 거야. 너 같은 놈은 그저 다른 사람에게 이용이나 당하며 노예처럼 살아가……."

말을 하다 말고 주남이 흠칫 입을 닫는다. 어느새 중광의 시퍼런 도가 그의 목젖에 닿아 있다.

"죽고 싶냐?"

"미, 미안하다. 나도 모르게 그만……."

주남이 얼른 사과를 한다. 그러자 중광이 도를 거두며 경고한다.

"다시 말하지만 그 노예라는 말은 내 앞에서 하지 마. 나도 내 처지를 잘 아니까 말이야. 그 말을 들으면 아주 심하게 누군가를 죽이고 싶거든."

다른 때와 다른 중광의 서늘한 살기가 주남을 다시 주눅 들게 한다. 그러자 궁비영이 얼른 두 사람 사이에 끼어들었다.

"자자, 그만들 하고. 그래서 주남이 너, 세상을 배우기 위해 북산을 떠나 세상으로 나가겠다는 거냐?"

"아무래도 그래야겠어."

"아버지 대신 점포를 맡아 장사를 하는 건 어때? 장사만큼 사람을 배우는 데 좋은 일은 없을 텐데."

"맞아, 맞아. 인간에 대해 알고 싶으면 장사가 최고지. 자고로 사람은 재물 앞에서 자신의 본성을 적나라하게 드러내는 법이거든."

중광이 언제 화를 냈냐는 듯 말참견을 한다. 그러자 주남이 고개를 저었다.

"그러고도 싶지만 그건 아버지가 원치 않으셔."

"하긴 어르신께선 네가 장사하는 걸 원치 않으시지."

궁비영이 고개를 끄떡인다.

"마침 좋은 기회가 생겼어. 개봉 인근에 먼 친척이 한 분 계시는데 이번에 북산에 다니러 오신다고 하더군. 그분을 따라갈까 해."

"음, 개봉?"

"큰 도읍이니 배울 것도 많겠지. 유명한 학사도 많으니 아버지도 허락하실 거야."

"개봉이라……."

"너희도 함께 가면 좋겠지만… 불가능하겠지?"

주남의 말에 궁비영과 중광의 얼굴이 동시에 일그러졌다.

"이 미친놈아, 우리 처지를 몰라서 하는 말이냐? 우리 이름을 지어준 사람이 우릴 보내겠어?"

대대로 제룡가는 자신들이 거느리는 외가에 자손이 태어나면 그 이름을 제룡가의 가주가 지어주었다. 외가의 무사들에게는 그것이 명예로운 일로 여겨졌고, 제룡가로서는 외가에 대한 지배력을 유지하고 있다는 증거로서 받아들여졌다.

"빛 좋은 개살구라……."

주남이 중얼거렸다.

"망할 놈, 꼭 그렇게까지 말해야겠냐?"

중광이 투덜댄다.

"강호와 북산 인근에서 제룡가의 십팔외가 출신이라면 누구보다 중한 대접을 받는다지만 평생 제룡가의 그늘에서 벗어날 수 없으니 어찌 빛 좋은 개살구가 아니겠어? 참 안됐다, 너희들."

"이놈이 정말 죽고 싶냐?"

중광이 다시 도를 꺼내 들려는데 궁비영이 손을 저으며 두 사람을 말렸다.

"야야, 그만해! 아무튼 떠난다는 말이지?"

"아마도."

"언제 갈 건데?"

"글쎄, 백부께서 얼마나 머무실지 모르겠지만 한 달 안에는 떠나지 않겠어?"

"음, 그럼 떠나기 전에 질펀하게 한번 놀아야겠군."

"미친놈! 네놈 아버님들은 도검이 난무하는 강호행을 하고 있는데 또 술추렴을 하잔 말이냐?"

주남이 눈살을 찌푸리며 타박했다.

"제길, 술이라도 먹어야 답답한 마음이 풀리지!"

중광이 소리쳤다.

"그리고 우리 역시 시간이 그리 많지 않아."

이번에는 궁비영이 말했다.

"그건 또 무슨 말이냐?"

"외가의 장정 중 스물이 넘고도 제룡가의 일을 하지 않는 사람은 별로 없어."

"음, 곧 불려 들어갈 거란 말이냐?"

"그렇겠지. 지금까지야 가주들께서 마천과의 싸움에서 제룡가를 위해 목숨을 걸고 싸운 덕에 우리를 불러들이지 않은 거지만 그런 호의도 곧 끝나겠지."

"우울한 소리다."

주남이 고개를 저으며 말했다. 그러자 중광이 크게 손뼉을 치며 말했다.

"자자, 그러니까 골치 아픈 이야기는 그만하고 말 나온 김에 한잔하러 가자. 배도 출출하고. 주남, 이번에는 네놈이 사라. 점포 찾아준 값은 치러야지?"

"알았다. 가자."

주남이 자리를 털고 일어났다. 그런데 그때였다. 북산 제룡
가에서 이어진 큰길을 따라 한 필의 말이 먼지를 일으키며 달
려 내려왔다. 그리고는 궁비영 등을 발견하고는 바람처럼 세
사람 앞으로 말을 몰아 왔다.

"여기들 있었구나."

말 위의 중년 사내가 궁비영과 중광에게 아는 척을 했다.

"부당주께서 어쩐 일이세요?"

궁비영이 의아한 표정을 지으면서도 고개를 숙이며 물었
다. 사내의 이름은 소남흥(昭南興), 제룡가 삼당사기 중 수풍
당의 부당주로 제룡가에서 손꼽히는 고수다. 그런 자가 한낱
한미한 외가의 후손을 찾아왔으니 놀랄 일이 아닐 수 없었
다.

"채비를 하거라. 가주께서 찾으신다."

소남흥의 입에서 그가 이곳에 나타난 것보다 더 놀랄 만한
소리가 흘러나왔다.

"지금 가주님이 찾으신다고 했습니까?"

중광이 믿지 못하겠다는 듯 물었다.

"귀가 먹었느냐?"

"그게 아니라 가주께서 우리 같은 놈들을 왜……?"

"가보면 안다. 서둘러 준비해라."

"준비랄 것이 뭐 있습니까? 이대로 가면 되지요."

중광이 어깨를 으쓱거리며 말했다. 그러자 소남흥이 궁비영

과 중광을 스윽 훑어보고는 혀를 찬다.

"쯧쯧, 행색하고는. 에이, 어쩔 수 없지. 옷 차려입을 시간은 없으니. 급하니까 얼른 따라오너라!"

소남홍이 급히 말머리를 돌렸다. 그러자 주남이 궁비영의 어깨를 쳤다.

"얼른 따라가. 꾸물거리다 경치지 말고."

"이따 저녁에 보자."

"점포로 와."

"알았다."

궁비영이 고개를 끄떡이고는 서둘러 소남홍의 뒤를 따르기 시작했다.

"이상한 일이군. 수풍당의 부당주가 직접 오다니. 두 분 어른께 무슨 일이 생긴 건가?"

주남이 그늘진 얼굴로 중얼거렸다.

*　　　*　　　*

궁비영과 중광이 수풍당의 부당주 소남홍을 따라 무선북산 남쪽 기슭을 넓게 차지하고 있는 제룡가의 거대한 장원에 도착했을 때는 이미 산기슭에 노을이 지고 있었다.

"부당주님을 뵙습니다."

장원의 정문 앞을 지키던 제룡가의 경비무사들이 소남홍을 보자 일제히 고개를 숙인다.

"별일 없느냐?"

"특별한 일은 없습니다."

"알겠다. 상황이 엄중하니 경계를 철저히 하도록 하라."

"명심하겠습니다."

"절대 혼자 돌아다녀서는 안 된다. 반드시 두 명씩 짝을 이뤄 순찰을 돌고 경계를 서라."

"알겠습니다."

"들어가자!"

소남홍이 경비무사들에게 단단히 당부를 하고는 길을 재촉한다. 생각지 않게 엄중해진 제룡가의 분위기에 궁비영과 중광이 조금은 주눅이 들어 얼른 소남홍의 뒤를 따라 제룡가 안으로 들어갔다.

제룡가가 무선북산에 터를 잡은 것은 지금부터 이백 년 전의 일이다. 물론 처음부터 강호에 군림하는 명문대파로서 출발한 것은 아니었다. 무선북산 역시 지금처럼 번성한 곳이 아니라 산서의 이름 없는 야산에 지나지 않았다. 물론 경치는 그때나 지금이나 변함없이 빼어났지만.

제룡가의 개파조사로 통하는 무선 척행로는 세상을 등지기 위해 당시에는 그저 북산으로 불리던 이곳에 은거했다. 은거 당시 그가 데리고 온 가솔은 처자식을 포함해 겨우 열 명. 그는 북산에 은거해 그가 원하던 대로 조용한 삶을 살았다. 그러나 그의 후손들은 척행로의 삶을 따를 생각이 전혀 없었다.

가뜩이나 강호무림에서 무선이라는 별호를 얻을 만큼 뛰어난 무공을 지닌 척행로의 후손들이었다. 세상을 향한 야망을 묻어두기에는 그 재주들이 지나치게 뛰어났다.

　그래서 그들은 무선 척행로의 은거지인 북산을 강호무림의 중심으로 만들기로 결심했다. 그리하여 이백 년, 척씨 일가는 그들의 꿈대로 북산을 천하무림의 아홉 기둥 중 한 곳으로 만들었다. 또한 척행로의 행보를 신비로운 전설로 만들기 위해 북산이라는 이름 앞에 척행로의 별호인 무선을 붙여 부르기 시작했다.

　이백 년을 일궈온 장원은 그 자체로 위대했다. 사람의 손에 의해 만들어졌지만 세월이 장원을 스스로 영험한 힘을 지닌 존재로 만들어가고 있었다.

　가뜩이나 정문을 통과하며 주눅이 든 궁비영과 중광은 어둑해진 제룡가의 장원에서 뿜어져 나오는 기이한 중압감에 더욱 의기소침해졌다.

　"처음이냐?"

　문득 소남홍이 물었다.

　"무슨……?"

　"본가에 드는 것 말이다."

　"어릴 때 두어 번 와본 적이 있지만 기억이……."

　중광이 머리를 긁적이며 대답했다.

　"그렇구나. 그렇다면 한 가지 충고를 하마."

　"말씀하십시오."

중광이 공손히 대답했다.

"북산 인근에서도 그렇지만 특히 이 본가 안에선 말과 행동을 극히 조심해야 한다. 장원에 든 사람들이 행하는 모든 행동, 그들이 하는 모든 말은 가주의 귀에 들어간다. 장원 곳곳에 보이지 않는 감시자들이 존재한다는 의미다. 장원 안에서는 그 어떤 비밀도 있을 수 없다. 그러하니 각별히 언행에 조심하도록 하거라."

"명심하겠습니다."

궁비영과 중광이 동시에 대답했다.

"내가 굳이 이런 말을 너희에게 해주는 것은 네놈들의 아비와 난 제법 친분이 있기 때문이다."

"그, 그러셨습니까?"

중광이 고개를 갸웃하며 되물었다. 궁비영에게도 뜻밖의 일이다. 아버지인 궁도요로부터 수풍당의 부당주와 특별한 친분이 있다는 말을 들은 적이 없기 때문이다.

"음, 모르고 있었느냐?"

"들은 바가 없습니다."

궁비영이 대답했다. 그러자 소남홍이 가볍게 탄식을 흘린다.

"참으로 고지식한 사람들이군. 하나밖에 없는 혈육에게조차 제룡가의 일을 함구하다니. 아무리 비밀이 좋다지만……."

"본래 그런 분들이죠."

궁비영이 퉁명스레 대답했다. 제룡가에 대한 충성심에 가득이나 어려운 가문의 살림을 거덜 낸 궁도요가 아닌가.

"음, 맞는 말이다. 그들은 누구보다 진중한 사람이었지."

소남홍이 혼잣말처럼 중얼거렸다. 그러나 그의 말을 듣는 순간 궁비영이 걸음을 멈췄다. 제룡가의 가주 척담산이 기다리고 있는 제룡비궁 바로 앞에서였다.

"왜 그래?"

갑자기 걸음을 멈춘 궁비영을 보며 중광이 의아한 표정으로 물었다. 그러자 궁비영이 싸늘해진 시선으로 소남홍을 보며 물었다.

"좀 전에 뭐라 하셨습니까?"

"음……!"

순간 소남홍이 자신이 실수를 했다는 것을 깨닫고는 나직하게 침음성을 흘렸다. 아직은 말하지 말아야 할 것을 이 눈치 빠른 녀석이 자신의 말에서 깨달아 버린 것이다.

"무슨 일이냐니까?"

여전히 무슨 일인지 짐작하지 못한 중광이 조금 거칠게 궁비영에게 물었다. 그러나 궁비영은 중광의 물음에 대답하는 대신 다시 소남홍에게 물었다.

"부당주께서는 지금 진중한 사람들이었다고 말씀하셨습니다. 그 말은… 두 분에게 무슨 일이 일어났다는 뜻입니까?"

궁비영의 말이 끝나는 순간 중광도 소남홍의 말뜻을 깨달았다.

"두 분께 무슨 일이 있는 겁니까?"

중광이 거칠게 물었다.

"들어가자. 가주께서 말씀해 주실 거다."

소남홍이 대답을 회피하고는 서둘러 제룡비궁으로 다가갔다.

"부당주님!"

제룡비궁을 지키는 경비무사가 고개를 숙여 보인다.

"가주께서는?"

"기다리고 계십니다."

경비무사의 말에 소남홍이 고개를 끄떡이고는 궁비영과 중광을 보며 말했다.

"들어가자."

"먼저 말씀해 주십시오."

궁비영이 다시 물었다. 그러나 소남홍은 냉정하다.

"내가 할 이야기가 아니다. 문을 열어라!"

소남홍의 말에 경비무사들이 제룡비궁의 문을 좌우에서 활짝 열었다.

제룡비궁은 제룡가의 개파조사 척행로가 처음 움막을 지었던 자리에 세운 제룡가 가주의 거처다. 제룡가의 대소사가 모두 결정되는 곳이니 그 웅장함과 화려함이 장원의 다른 건물에 비할 바가 아니다.

궁비영이 얼핏 열린 문을 통해 비궁 안을 바라봤다. 무거운 공기가 흘러나와 궁비영을 밀어내는 듯하다. 한눈에 보기에도 여러 명의 고수가 들어 있는 것을 알 수 있었다.

"들어오너라."

문 안쪽으로 먼저 들어간 소남홍이 궁비영과 중광을 불렀다. 두 사람이 굳은 얼굴로 제룡비궁 안으로 들어갔다. 그러자 소남홍이 나직한 말로 입을 열었다.

"가주께서 계시는 자리다. 행동을 조심하라."

순간 궁비영이 살기가 돋은 눈으로 소남홍을 노려봤다. 그 안광이 너무도 강렬해서 소남홍이 흠칫한 표정을 짓는다. 그런 소남홍을 보며 궁비영이 차가운 목소리로 물었다.

"두 분이 잘못되셨다면 그 충고의 대가를 감당하셔야 할 겁니다."

"이, 이놈이?"

"나에게 중요한 것은 내 아버지지 가주가 아닙니다."

"네 녀석이 감히……!"

소남홍이 당황한 표정으로 화를 내자 중광이 입을 열었다.

"보아하니 부당주께 들을 말은 없을 것 같다. 가주를 만나보자. 무슨 말을 하는지."

"그게 낫겠군."

궁비영이 고개를 끄덕이고는 소남홍을 지나쳐 사람들이 모여 있는 대전의 중앙으로 걸어가기 시작했다.

"이놈들아, 경거망동 말거라."

소남홍이 낮은 목소리로 경고하며 급히 두 사람의 뒤를 따랐다.

"왔느냐?"

사자 같은 목소리가 대전을 흔든다. 그 위압감에 당장 제룡
가주의 멱살을 잡고 아버지의 생사를 따질 기세이던 궁비영과
중광이 자신도 모르게 고개를 숙인다.

"가주를 뵙습니다!"

생각지도 않던 말이 흘러나온다. 머리를 숙인 궁비영의 얼
굴이 일그러진다. 자신의 몸과 입이 자신의 머리를 따르지 않
고 본능적인 두려움에 굴복하는 것이 마음에 들지 않았다.

"오랜만에 보는구나."

강호를 지배하는 아홉 명의 절대자 중 한 명인 제룡가주 척
담산의 입에서 평소와 다르게 부드러운 목소리가 흘러나온다.
그제야 궁비영과 중광은 허리를 펴고 고개를 들어 척담산을
바라볼 여유가 생겼다.

"제 아비에게 무슨 일이 생긴 것인지요?"

사라져 버린 용기를 억지로 끌어내어 궁비영이 물었다.

"좋지 않은 소식이다."

척담산은 말을 망설이지 않았다.

"무슨 일이……?"

이번에는 중광이 어렵사리 다시 물었다.

"궁 가주와 중가의 가주가 곤륜에서 마천의 잔당들을 쫓다
가 놈들의 함정에 빠져 실족하였다는 소식이 왔다."

"돌아가셨다는 말입니까?"

궁비영이 급히 묻는다. 아버지의 실족 소식에 어느덧 척담산에 대한 두려움도 옅어졌다.

"생사를 확인할 수 없는 지경이라고 하더구나. 그러나 아마도 살아 돌아오기는 힘들 듯하다. 온몸에 독이 묻은 암기를 맞고 급류에 휘말렸다 했으니……."

"결국 죽었다는 말이군요?"

중광이 큰 소리로 묻는다.

"가주께 예를 갖춰라!"

척담산 주위에 있던 노고수 한 명이 호통을 친다. 그러자 척담산이 손을 들어 노고수를 만류한다.

"아비의 죽음을 듣는 아이들이오. 어찌 예를 따지겠소. 두 사람의 생사 여부는 함께 출도한 청룡기의 형제들이 확인하고 있을 것이다. 그러나 큰 기대는 할 수 없는 상황이다."

척담산의 말은 부드럽지만 냉정하다. 궁도요와 중천광이 살아 있을 거란 허망한 기대를 하지 못하게 만드는 말투다. 궁비영과 중광은 흙처럼 검어진 얼굴로 입술을 깨물 뿐 입을 열지 못했다. 그러자 척담산이 다시 말했다.

"집으로 돌아가 있어라. 그 두 사람이 그리되었으니 이제부터는 너희들이 궁가와 중가를 책임져야 한다. 가솔들을 잘 다독이고 한 가문의 주인으로서 흔들리지 말거라."

척담산의 말에 궁비영과 중광은 여전히 묵묵부답 답이 없다. 그러자 다시 척담산 곁의 노인이 한마디 하려는데 척담산이 손을 들어 그를 제지하고는 두 사람을 데려온 수풍당의 부당주 소남홍에게 명을 내렸다.

"아이들을 데려가 주시게."

"알겠습니다."

"그리고 지금당주!"

"하명하십시오."

척담산의 부름에 날카로운 인상을 지닌 초로의 노인이 앞으로 나서며 대답했다.

제룡가 삼당 중 하나인 지금당의 당주 표유매다. 신산이라 일컬어지며 지모와 이재에 밝아 가문의 재정을 책임지는 척담산의 심복이다.

"궁가와 중가의 살림을 살펴 가주들이 없어도 그 생활에 부족함이 없도록 도와주시오."

"그리하겠습니다."

"좋아, 그럼 그만 물러들 가거라. 내 조만간 다시 너희를 부를 것이다."

척담산의 말에 소남홍이 얼른 궁비영과 중광에게 다가섰다.

"가주께 인사를 드리거라!"

궁비영과 중광의 눈에 언뜻 반발의 기운이 서렸으나 이내 자신들의 처지를 깨닫고는 척담산에게 고개를 숙여 보인 후 소남홍을 따라 대전을 벗어났다. 두 사람이 대전을 떠나자 척담산이 잠시 생각에 잠겼다가 지금당주 표유매를 보며 물었다.

"지금 당주는 어찌 생각하시오?"

"무슨 말씀이온지……?"

"그 두 사람이… 죽었을 것 같소?"

"살아 있기 힘든 일이지요. 맹독의 암기와 화살이라면… 하물며 온 산이 불탔습니다."

기이한 일이다. 표유매가 하는 말 중에 방금 전 척담산이 궁비영과 중광에게 한 말과 다른 점이 있었다. 척담산은 두 사람이 암기와 화살을 맞고 급류에 휘말렸다 했는데 표유매는 온 산이 불탔다고 하고 있다.

"음, 그러나 시신을 찾지 못했으니……."

"그 불길에 시신이 온전하기가 쉽지 않을 것입니다."

"그래, 그렇겠지. 아무튼 그들이 갔으니 다시 새로운 흑성을 준비해야 할 듯싶소."

"다른 곳에서도 준비 중일 것입니다."

"그렇겠지. 마천을 상대하면서 구천맹의 문파들은 흑성과 같은 존재가 얼마나 중요한지 깨달았을 테니. 그러니 각 문파에선 더 강력한 흑성을 길러내려 할 것이오. 당연히 우리도 준비를 단단히 해야 하오."

"혹 보아두신 재목이 있으신지요?"

"방금 전에 보지 않았소? 두 마리의 늑대를 말이오."

"설마……?"

표유매가 놀란 눈으로 척담산을 바라본다. 그로서는 생각지도 못한 일인 듯싶었다.

"호부에 견자 없다고 했소. 저 아이들만큼 좋은 재목이 또 있을까. 근골의 뛰어남은 모두들 확인하지 않았소?"

척담산이 물었다.

"그렇긴 하지만 그들의 자식들이라는 것이……."

"물론 부자를 연이어 흑성을 만드는 것이 꺼려지기는 하오. 하나 큰일을 위해선 사사로운 동정심은 거둬야 하는 법이오."

"알겠습니다. 그런데 소문에 의하면 녀석들의 그간 행실이 썩 좋지 않았다고 하더군요. 과연 그런 놈들에게서 그 아비들 같은 성실함을 바랄 수 있을지……."

"아비들의 죽음으로 마천의 잔당들에 대한 적개심이 강렬할 테니 달리 보면 그 아비들보다 더 뛰어난 흑성이 될지도 모르지."

"듣고 보니 가주님의 말씀이 옳습니다."

표유매가 공손하게 머리를 조아리며 수긍했다.

쿵!

무거운 나무 상자가 낡은 마루에 올려졌다. 궁비영이 제룡가의 무사들 손에 들려 온 나무 상자를 물끄러미 바라보다가 지금당주에게 물었다.

"무엇입니까?"

제룡가의 가주 척담산을 대할 때와는 확연히 다른 모습이다. 길들여지지 않은 모난 성정이 고스란히 드러나는 궁비영이다. 그러자 지금당주 표유매가 살짝 아미를 모으며 대답했다.

"가주께서 보내신 것이다. 열어보거라."

표유매의 말에 궁비영이 나무 상자의 뚜껑을 열었다. 그러자 상자 안에서 은병들이 눈부신 빛을 쏟아낸다.

"이게 뭡니까?"

"궁 가주와 중 가주는 평소 원하던 것이 있었지. 이번 출행에서 돌아오면 그 일에 전력을 다할 생각이었다고 알고 있다. 이건 그 일의 기반이 될 물건들이지."

얼핏 기억이 나기도 한다. 궁도요가 강호행에 나가기 전, 이번 출행이 끝나면 자신이 원하는 것을 얻을 수 있을 거라 말했다. 그런데 그것이 은자였던가?

"아버님이 출행의 대가로 재물을 원하셨단 말입니까?"

궁비영이 믿기 어렵다는 표정으로 물었다. 평소 궁도요는 재물에 욕심을 가진 사람이 아니었다.

"그건 아니다."

"하면 이건 무슨 뜻입니까?"

"궁 가주는 평소 궁가가 과거 제룡가 사대외가로서 누렸던 영광을 다시 찾기를 바랐다."

짐작하고 있는 일이다. 그 염원으로 가문의 모든 것을 마천과의 싸움에 내놓은 궁도요가 아닌가.

"그러셨겠지요."

궁비영이 조금은 퉁명스럽게 대답했다. 자신은 동의할 수 없는 가문의 꿈이었다. 그래 봐야 제룡가의 외가에 불과한 것을…….

"가주께서는 이 은자가 궁가가 다시 과거의 영화를 되찾는 기반이 되길 바란다고 하셨다. 만약 궁 가주가 살아 돌아왔다면 마땅히 그에게 전해졌을 물건이니 대신 네게 전하라 하셨다. 이 은자로 다시 예전의 영화를 이루는 것은 네 몫이란 말도 하셨다."

순간 궁비영의 입가에 싸늘한 미소가 감돈다.

'결국 목숨 값이라는 건데…….'

"적지 않은 재물이니 잘 다루거라. 네가 도박판에 드나든다는 소문이 있던데……."

표유매가 의심스런 표정으로 물었다.

"무가에 재물이 무슨 소용입니까?"

궁비영이 퉁명스레 대답했다.

"무인은 도검으로 강호에 서지만 강호의 문파는 그렇지 않다. 그것이 비록 무가라 해도 재물이 없이는 결코 강한 가문이 될 수 없지."

"이것으로 사대외가가 되겠습니까?"

궁비영이 비웃듯 물었다.

"이놈! 감히 가주의 은혜를 비웃는 것이냐?"

"사대외가를 약속하셨다면 그 약속을 지키셔야지요."

척담산이라면 모를까, 지금당주 표유매에게 기가 죽을 궁비영은 아니다.

"가주께서는 결코 네 아비에게 사대외가의 자리를 약속한 적이 없으시다. 단지 약간의 도움을 주시겠다고 했을 뿐, 사대 외가의 자리를 얻는 것은 결국 궁가 스스로의 몫인 것이다. 그리고 또한 설혹 가주께서 당장 궁가에 사대외가의 지위를 내린다 하자. 네가 과연 그 자리를 지킬 수 있겠느냐?"

표유매가 차갑게 물었다.

"제게는 큰 의미가 없는 일입니다. 단지 약속이 그러했다면 약속을 지켜야 한다는 거지요. 물론 그 약속이 없었다니 달리 할 말은 없습니다만."

"역시 듣던 대로 반골의 기질이 다분하구나!"

"덕분에 스물이 넘어서도 제룡가에 불려 들어가지 않았지요."

궁비영이 한마디도 지지 않고 대답했다. 그러자 그런 궁비영을 잠시 노려보던 표유매가 정색을 한 목소리로 말했다.

"잘 듣거라. 궁 가주와 중 가주는 네가 생각했던 것보다 제룡가에 훨씬 중요한 사람들이었다. 그들이 마천과의 싸움에서 세운 공은 강호에 알려진 것의 수배에 이른다. 가주께서 두 가문이 사대외가로 복귀하는 것을 지원하실 생각을 가지셨던 것도 그 이유 때문이었느니라."

"정말 가주께서 두 가문이 사대외가로 복귀하는 것을 지원하실 생각이셨습니까?"

궁비영이 따지듯 물었다. 기존의 사대외가가 건재한 상황에서 궁가와 중가를 사대외가로 복귀시키는 것은 외가들 사이의 분열을 초래하는 일이다. 더군다나 궁가와 중가의 세력은 현 사대외가의 일 할에도 미치지 못하는 실정이다. 아무리 척담 산이라 해도 사대외가를 바꾸는 일은 결코 쉬운 일이 아니었 다.

"그래서 이 은자를 준비하신 것이다. 일단은 이 재물을 이용 해 가문의 기반을 단단히 하고 이후에 사대외가의 지위를 내 리실 생각이셨지. 가주께서는 생각보다 세심한 분이시다."

"지금이라도 세력이 구비되면 궁가를 사대외가로 지정하시 겠다는 겁니까?"

"한 가지 조건이 구비되면 그리하실 것이다."

표유매가 대답했다.

"세력을 키우는 일 말고 다른 조건이 있다는 거군요. 어떤 조건입니까?"

"그 일을 말하기 위해 가주께서 널 다시 부르신다. 내일 아 침 일찍 가주를 찾아뵐거라. 그리고 이 재물은 너의 것이니 네 마음대로 할 수 있지만 그래도 죽은 궁 가주를 생각해서라도 신중하게 사용하길 바란다. 내일 보자."

표유매가 더 이상 할 말이 없다는 듯 신형을 돌려 낡은 궁가 의 장원을 떠났다. 그러자 궁비영이 멀어지는 표유매를 물끄 러미 바라보다 말했다.

"대를 이어 제룡가의 사냥개가 되라는 것이군. 은병 한 상자 던져주고. 허울 좋은 사대외가의 꿈을 들이대면서 말이야. 징 그러운 늙은이 같으니라구! 퉤!"

*　　　*　　　*

"젠장, 정말 기분이 좋지 않아."

중광이 고개를 숙여 궁비영의 귀에 대고 말했다.

"방법이 없잖아? 그렇다고 돌아갈래?"

궁비영이 무심하게 대답한다.

무선북산의 동북쪽은 거칠고 험한 절벽으로 이루어져 있다. 절벽과 절벽 사이가 사람 한 명 지나가기 어려울 정도로 좁았고, 오랫동안 제룡가에서 살아온 사람이 아니라면 길을 잃기 십상인 미로가 거미줄처럼 이어진 곳이다.

더군다나 언제부터인가 이 동북 면의 절벽 지대는 제룡가의 금지로 정해져 있어 사람의 발길이 거의 없었다. 강호의 사람 중 일부는 이곳에 절대마두나 제룡가의 악적을 가두어두는 비밀스런 금옥(禁獄)이 있을 거라고도 하고, 또 누군가는 이곳에 제룡가의 가전 무공을 수련하는 수련동이 위치해 있다고 말하기도 했다.

제룡가주 척담산이 그런 금지로 궁비영과 중광을 불러들인 것은 두 사람에게 은병이 담긴 상자를 전한 하루 뒤였다.

수풍당 부당주 소남흥의 뒤를 따라 제룡가의 금지로 들어온 두 사람은 한참을 걸어 절벽 안쪽으로 깊이 뚫려 있는 동굴을 들어갔는데 그 안쪽에는 놀랄 만큼 커다란 석실이 존재하고 있었다.

아마도 소문대로 제룡가의 혈족들이 수련장으로 사용하는 듯한 석실은 무언지 모를 음습함과 어둠이 가득 메우고 있었다. 불조차 밝히지 않아서 석실의 빛은 오직 천장에 박혀 있는 두 개의 야광주가 만들어내는 것이 전부였다.

"도대체 왜 이런 곳으로 부른 걸까?"

중광이 주변을 살피며 중얼거린다.

"곰 같은 놈이 성미는 급해서. 기다려 봐. 가주가 오면 알게 되겠지."

궁비영이 혀를 차며 중광을 바라본다.

"비영, 난 아무래도 느낌이 좋지 않아."

"무슨 소리냐?"

"솔직히 가주가 우리 두 가문에 베푼 호의는 지나친 면이 있어. 마천과의 싸움에서 가주가 죽은 외가가 모두 여섯인데 그중에 이번처럼 은병을 받은 가문은 없거든?"

"다른 목적이 있다는 말이냐?"

"그냥 그래. 마치 고삐에 매인 듯한 느낌이란 말이야."

"언제는 우리가 제룡가에서 자유로웠냐?"

"그건 그렇지만……."

중광이 다시 고개를 젓는다. 그때 석실 안쪽에 위치한 커다란 석문이 열리면서 소남홍이 제룡가주 척담산을 데리고 나왔다. 척담산의 옆에는 허리가 구부정한 한 명의 노인이 서 있었는데 궁비영과 중광 두 사람도 익히 알고 있는 노인이었다.

"천무당주도 와 있었군."

중광이 여전히 꺼리는 눈빛으로 노인을 보며 말했다.

'무슨 말을 하려는 걸까?'

사실 궁비영 역시 중광과 마찬가지로 불안한 느낌을 지울 수 없었다. 이렇게 제룡가의 비밀스런 공간으로 사람을 부를 때는 그만큼 중요한 일을 말하기 위함일 터였다.

"이리 오너라."

석실에 들어선 척담산이 안쪽에 놓인 의자에 앉더니 두 사람을 불렀다. 궁비영과 중광이 조심스레 척담산 앞으로 다가갔다. 경계가 되면서도 여전히 두려운 척담산의 기도다.

"이곳은 처음이지?"

척담산은 두 사람이 자신을 어려워하는 것을 알고 있으면서도 스스럼없이 말을 건넨다. 마치 오랫동안 그의 곁에 두어온 사람을 대하는 듯하다.

"그렇습니다."

궁비영이 대답했다.

"낯선 모습일 게다. 그러나 사실 너희에게도 제법 의미가 있는 곳이지."

척담산이 말을 끊고는 과거를 회상하려는 듯 주위를 스윽 둘러보았다. 그의 눈길이 닿는 석벽에 깊이 새겨진 글씨들이 보인다. 사람의 이름인 듯 보이는 것도 있고, 혹은 시구나 무결처럼 보이는 글도 있었다.

"이곳은 제룡가의 후예들이 무공을 수련하는 곳이다."

이미 알고 있는 일이다.

"그렇지만 이곳은 또 다른 의미의 장소로도 쓰여왔다. 이곳에서 제룡가는 문파의 운명을 맡길 척씨 이외의 무인들과 맹약을 맺는 의식을 치르기도 한다. 현재 제룡가의 십팔외가는 모두 이곳에서 본가와의 맹약을 통해 탄생했지. 그러니까 너희에게도 인연이 있는 곳이라 할 수 있다."

척담산의 말에 궁비영의 가슴에 반발심이 솟구친다. 척담산은 맹약이라고 했지만 궁비영의 입장에서 보면 이곳에서 그의 선조가 척씨 가문의 영원한 무노(武奴)가 되겠다고 맹세를 했다는 것이 아닌가. 모멸의 장소라고도 할 수 있는 곳이다.

"이곳 석벽에는 그동안 본가와 맹약을 맺은 가문과 무인들의 이름이 적혀 있다. 이리 와보거라."

척담산이 훌쩍 자리에서 일어나 궁비영과 중광을 석실의 한쪽으로 이끌었다. 두 사람이 척담산을 따라 석벽 앞으로 다가서자 척담산이 손을 들어 석벽에 새겨진 두 개의 이름을 가리켰다.

"누구의 이름인지 알고 있겠지?"

물론 척담산이 가리킨 이름은 궁비영과 중광이 모를 리 없는 이름이다. 바로 죽은 그들의 아버지, 궁도요와 중천광의 이름이 새겨져 있기 때문이다.

'외가의 가주가 바뀌면 다시 이곳에서 맹약의 이름을 빌린 충성을 다짐받는 것인가?'

궁비영은 척담산이 새로 궁가와 격포 중가의 가주가 된 자신들에게서 충성의 맹약을 받기 위해 이곳으로 부른 것이라 생각했다. 그런데 척담산은 그런 궁비영의 예상을 벗어난 말을 했다.

"십팔외가의 시조들 외에 이곳에 이름을 새긴 무인은 그리 많지 않다. 특히나 외가의 사람들은 더욱 그러하지. 이미 그 선조와 맹약을 맺었고 그 맹약은 후대로 이어지기 때문에 굳이 다시 후인들에게 맹약을 받을 필요가 없기 때문이다."

"하면 왜 아버지의 이름이 이곳에 새겨진 것입니까?"

중광이 물었다.

"음, 특별한 이유가 있다. 오늘 너희를 이리로 부른 것은 바로 그 특별한 일에 대한 이야기를 하려 함이다."

한순간 척담산의 눈에서 한 줄기 안광이 흘러나왔다. 궁비영과 중광은 그 빛이 두 사람의 눈을 파고들어 와 뇌에 꽂히는 듯한 충격을 받았다. 그리고 둘은 그 순간 새삼스레 그들 앞에 있는 인물이 어떤 사람인지를 떠올렸다.

천하를 지배하는 아홉 명의 절대자 중 한 명이 바로 그다. 생각해 보면 그런 척담산을 눈앞에서 보고 또한 그와 이렇게 길게 이야기를 나누는 것은 세인들의 눈에 특권처럼 보일 일이다.

"이 이야기는 제법 길지."

척담산이 한 번의 시선으로 궁비영과 중광의 혼을 제압하고 천천히 걸음을 옮기며 입을 열었다. 그는 동굴의 입구 쪽으로 이동했다.

"최근 일 년 사이에 세상 사람들이 가장 궁금해하는 것이 무엇인지 아느냐?"

척담산이 물었다. 그러나 척담산의 기세에 질린 궁비영과 중광은 입을 열 생각을 하지 못했다. 지금 그들은 그저 척담산의 이야기를 들을 뿐 생각이란 것을 할 수 없는 상황이었다. 그런 두 사람의 상태를 짐작하고 있기라도 하듯 척담산이 자신의 물음에 스스로 답을 했다.

"강호의 형제들이 지금 가장 궁금해하는 것은 과연 마천이 왜 몰락했느냐는 것이다."

듣고 보니 너무나 쉬운 질문이다. 척담산의 말처럼 천하인이 최근 들어 가장 궁금해하는 것은 마천이 몰락한 정확한 이유였다.

마천은 강호에 출도한 것이 칠 년 전. 이후 그들은 구천맹을 어린애처럼 몰아붙이면서 강호를 평정했다. 그래서 급기야 일 년 전에는 강호의 육 할이 그들의 손에 들어갔고, 강호 일통도 그리 머지않은 것처럼 보였다. 그런데 그런 마천이 단 일 년 만에 거짓말처럼 붕괴됐다.

마천이 몰락하고 다시 구천맹의 세상이 되었지만 아직도 강호인들은 왜 그 강력하고 전율적이던 마천이 하루아침에 몰락하게 되었는지 정확한 이유를 모르고 있었다.

'어쩌면 오늘 그 이유를 들을 수도 있겠군.'

아버지 궁도요와 달리 파락호 소리를 들으며 살아온 궁비영이지만 그 역시 마천의 몰락에 대해선 궁금한 점이 많았다.

"옛말에 와신상담이란 말이 있다."

척담산이 계속해서 말을 이어갔다. 그는 어느새 석실의 입구에서 위태롭게 이어진 절벽 위 외길을 보고 있었다. 살풍경한 정경이 궁비영과 중광의 마음을 어둡게 만든다.

"강호의 현자들이 평하기를 마천은 고금 이래 강호에 출몰한 세력 중 다섯 손가락 안에 꼽힌다고 하였다. 수백 년 동안 무사안일하게 권력을 누리던 구천맹으로서는 도저히 감당할 수 없는 세력이었던 거지. 그래서 그 결과로 구천맹은 순식간에 천하를 마천에 내주었던 것이다."

척담산이 천하대사를, 그것도 모두 끝나 버린 일을 구구절절하게 궁비영과 중광에게 이야기하는 이유는 모호했다. 그러나 척담산과 같은 자가 아무런 이유 없이 이런 이야기를 늘어놓을 리 없었다.

'도대체 우리에게 진심으로 하고 싶은 말이 뭐요?'

궁비영은 소리 내어 묻고 싶었지만 차마 그럴 수는 없는 처지다.

"우리 구천맹의 수장들은 아프지만 현실을 인정할 수밖에 없었다. 그리고 그때부터 마천을 상대하기 위한 방책을 찾기 시작했다. 그래서 선택한 방책이 굴욕을 인내하고 시간을 버는 것이었다."

척담산이 문득 과거를 회상하는 듯 눈을 가늘게 뜨고 하늘을 올려다봤다. 절벽 위의 푸른 하늘이 눈에 들어온다. 절벽 아래와는 전혀 다른 세상이다.

"어둠을 거쳐야 밝은 하늘을 보듯 우린 어둠 속에서 마천을 상대할 준비를 했다. 물론 그 준비란 것은 평범치 않은 것이었지. 도저히 정상적인 방법으로는 마천을 상대할 수 없었거든. 그래서 우린 그들보다 더 그들다운 방법으로 마천을 상대하기로 했다."

뜻 모를 말이다. 그들보다 더 그들다운 방법이 뭐란 말인가?

"어둠 속에서 그들의 허실을 살피고, 그들의 심장에 들어가 그들의 약점을 만들어내며, 종국에는 그 약점을 파고들어 그들을 내부로부터 무너뜨리는 계책."

"살수를 썼다는 것입니까?"

궁비영이 조금 놀란 표정으로 어렵게 물었다. 말이 좋아 계책이지 척담산이 말한 일들은 살수들이 하는 일이다.

"살수라……. 강호의 시선으로 보자면 그럴 수도 있겠지. 그러나 우린 결코 그들을 살수라고 부를 수 없다. 왜냐하면 그들은 우리의 형제이고 대를 위해 자신을 희생한 사람들이기 때문이다."

"그들이라 하시면……?"

궁비영이 다시 물었다.

"우린 그들을 검은 별이라 불렀다. 흑성. 빛나지 않는 별. 어둠 속에서 천하를 위해 스스로를 희생하는 그들은 비록 빛나지는 않지만 강호의 눈부신 별이었지."

척담산이 사뭇 경건한 모습까지 보인다. 그 모습이 가식이든 진심이든 그가 흑성이란 존재들, 마천을 상대하기 위해 구천맹에서 준비한 그들을 얼마나 중요하게 생각하는지 알 수 있었다. 그리고 이쯤 되면 궁비영 정도 되는 머리를 지닌 청년은 척담산이 하고자 하는 말의 진의를 얼추 깨달을 수 있었다.

"두 분 가주께서… 흑성이셨습니까?"

"역시 명석하구나."

척담산이 고개를 끄떡이며 궁비영을 본다. 그제야 궁비영은 마천의 초기 공세 시 수년간 집을 떠나 있던 아버지 궁도요의 행적을 이해할 수 있었다. 아마도 당시 궁도요가 흑성이 되기 위한 준비를 하던 시기였을 것이다.

"수년간의 고되고 고독한 수련, 사람이 견디기 힘든 고통, 그리고 그 모든 것을 밖으로 드러내지 않을 진중한 심성. 그런 사람을 찾는 것은 쉬운 일이 아니다. 구천맹의 모든 무인을 살펴 뽑은 흑성의 재목은 그래서 겨우 삼백을 넘지 못했다. 그들조차도 고독하고 혹독한 수련을 거치면서 스스로 포기하거나 혹은 사고를 당해 여러 명이 손실되고, 결국 최후에 흑성이 된 자는 겨우 칠십여 명에 지나지 않았다."

척담삼의 표정이 처연하다. 회한이 묻어나는 듯도 하다.

"마천을 물리친 것은 결국 흑성이었습니까?"

중광이 물었다. 그는 세상에 알려지지 않은 강호의 비사를, 그것도 자신의 아버지가 관여된 비밀스런 이야기를 듣는 것에 조금 흥분한 모양이었다.

"그렇다. 결국 마천은 흑성으로 인해 무너졌다. 삼 년의 고된 수련 끝에 탄생한 흑성은 마천의 세력 곳곳으로 스며들었다. 그건 인내와의 싸움이었다. 흑성이 마천에 숨어들기 시작한 후 이 년 동안 그들은 오직 마천의 허실을 탐지할 뿐 그 어떤 공격도 마천에 가하지 않았다. 그사이 마천은 천하의 육 할을 장악했지."

"덕분에 그들은 크게 방심했지요."

문득 척담산 곁에 있던 천무당주 강유사가 입을 열었다. 한 줄기 미소가 그의 입가에 머물고 있다. 아마도 마천을 몰락시킨 구천맹의 계략이 지금도 무척 통쾌한 모양이다.

"누구라도 방심할 수밖에 없지. 구천맹은 더 이상 그들의 적수가 아닌 듯 느껴졌겠지."

척담산의 얼굴에도 득의한 표정이 지어진다. 척담산 같은 자도 진심을 숨길 수 없을 때가 있는 모양이다. 진중하던 그의 표정이 사라진 얼굴에서 궁비영은 한순간 차가운 긴장감을 느꼈다. 척담산의 비정한 일면을 본 것 같았기 때문이다.

"강호인들이 모르는 두 가지 싸움이 있었다."

척담산이 다시 말을 이었다. 궁비영과 중광이 척담산의 말에 귀를 기울인다. 흑성들이, 그의 아버지들이 어떻게 마천과 싸웠는지 알 수 있을 것이기 때문이다.

"우리는 그 싸움을 흑성야와 월곡투라고 부른다."

'흑성야, 월곡투. 모두 들어보지 못한 싸움이다.'

궁비영이 알지 못하는 싸움이니 척담산의 말대로 강호에 알려지지 않은 싸움일 터였다.

"흑성야의 밤에 흑성은 마천의 주요 고수 서른 명을 암살했다. 한날한시에 천하 곳곳에서 일어난 일이었고, 그 싸움에서 흑성의 형제 절반이 죽었지."

"음."

궁비영이 자신도 모르게 나직한 신음을 흘렸다. 비정한 계책이다. 고용한 살수가 아닌, 자신들의 형제 절반 이상을 희생하면서 시도한 흑성야의 계책은 정파라 자처하는 구천맹이 평소에는 시도할 수 없는 계책이었다.

'그래서 그 싸움이 세상에 알려지지 않았겠지.'

구천맹의 입장에서는 숨기고 싶은 싸움이었으리라. 암살의 계책도 그러하고 형제들을 희생시킨 것도 구천맹에게는 불명예가 될 수 있었다.

"흑성야의 밤이 지나자 마천은 그제야 흑성의 존재를 알아챘다. 그리고는 살아남은 흑성을 추격하기 시작했다. 흑성은 그들을 월곡으로 유인했지. 물론 그곳에는 구천맹의 정예 고수들이 매복해 있었다. 월곡으로 유인된 마천의 주요 고수들이 다시 한 번 그곳에서 도륙을 당했다."

"아……!"

치밀하게 짜인 계책에 따라 이뤄진 비사에 중광이 나직한 탄식을 흘렸다.

"와신상담. 우리 구천맹은 육 년의 시간을 마천에 내주고 단 두 번의 싸움으로 마천을 무너뜨린 것이다. 월곡투 이후의 싸움은 세상에 알려진 대로다. 수뇌를 잃은 마천의 마두들은 오합지졸에 지나지 않았지."

척담산이 당시 느낀 승리의 쾌감을 다시 떠올리는 듯한 표정을 지었다. 그러자 궁비영이 불쑥 물었다.

"흑성은 몇이나 살아남았습니까?"

순간 척담산의 표정이 급격하게 어두워졌다.

"음, 아쉽게도 흑성 중 살아남은 사람은 겨우 이십여 명이 되지 않았다."

"그중에 두 분 가주께서 포함되신 거군요."

"그렇지. 두 사람은 흑성 중에서도 손에 꼽히는 인재였으니까. 세상은 두 사람의 진실한 능력에 대해 절반도 알지 못했지. 너희의 부친은 사실 무서운 능력을 지닌 사람들이었다. 너희가 자랑스럽게 생각해도 좋을 만큼 말이다."

"그런데 그 혹독한 흑천야와 월곡투에서도 살아남은 분들이 어떻게 돌아가신 겁니까?"

중광이 물었다. 당연한 질문이다. 두 가주의 죽음에 대해 새삼스레 의문이 생기지 않을 수 없었다.

"음, 세상의 일이란 것이 그리 녹록하지 않다. 비록 마천이 몰락했다고는 하나 그들의 저력은 대단했다. 개중 살아남은 자들이 변방으로 물러나 재기를 도모하고 있지. 그중에서도 유령마 야유사군이 이끄는 자들은 사천에서 아미의 고수 여럿을 도륙할 정도로 강력하다. 세가 불리하면 뒤로 물러나 곤륜의 깊은 산속에 숨고, 경계가 약해지만 혼령처럼 나타나 공격을 가해왔다. 사실 그것이야말로 본래 마천이 천하를 공략하던 수법이지."

"이번 출행이 그들을 추격하기 위함이었군요."

중광이 말했다.

"그렇다. 마침 유령마 야유사군의 꼬리를 잡았다는 전갈이 있어서 마천의 뿌리를 뽑기 위해 살아남은 모든 흑성을 동원해 그들의 본거지를 찾아 격멸할 생각이었지. 그런데……."

척담산이 말꼬리를 흐린다. 일이 틀어진 것이야 이미 궁비영과 중광도 알고 있는 일이다.

"유령마는 제거했습니까?"

궁비영이 물었다. 그러자 척담산이 고개를 저었다.

"솔직히 말하자면 이번 출행은 실패했다. 유령마는 함정을 파고 구천맹의 형제들을 기다리고 있었다. 흑성의 강인함과 뒤를 받친 구천맹 고수들의 힘으로 그들의 본거지를 소멸시키기는 했으나 유령마는 도주했다. 더불어 흑성은 거의 와해되고 말았지. 스무 명 남짓하던 숫자가 이번 일로 다섯도 남지 않았으니까. 그들조차도 성치 않은 몸이 되었고."

척담산이 우울한 표정으로 말했다. 죽은 자들에 대한 안타까움 때문인지 유령마 야유사군을 잡지 못한 것에 대한 아쉬움 때문인지는 알 수 없었다.

"유령마는 계속 추격 중입니까?"

궁비영이 척담산에게 물었다. 그러자 척담산이 궁비영을 돌아봤다. 그리고는 궁비영의 눈에서 묻어나는 숨길 수 없는 살기를 읽어냈다.

"추격 중이기는 하나 쉬운 일은 아니다. 흑성이 사라진 이상 그 일을 해낼 사람이 구천맹에는 없다고 할 수 있다. 해서 구천맹의 주인들은 다시 한 번 흑성을 길러내기로 결정했다. 암중에 숨어든 마천의 뿌리를 뽑기 위해선 여전히 흑성이 필요하니까."

순간 궁비영은 깨달았다. 천하의 아홉 주인 중 한 명인 척담산이 한낱 스무 살 남짓한 애송이인 자신들을 이렇게 비밀스런 장소에 비밀스럽게 부른 이유가 이제는 눈에 보였다.

"저희가 흑성이 되길 바라십니까?"

궁비영이 물었다. 그러자 척담산의 눈빛이 반짝인다.

"역시 명석하구나."

"흑성이 그렇게 대단한 존재라면 우리와 같은 애송이가 감당할 수 있는 일이 아닐 듯합니다만……."

궁비영이 조심스레 물었다. 그러자 척담산이 미소를 지으며 대답했다.

"난 제룡가의 가주다. 천하를 지배하는 구천맹의 아홉 주인 중 한 명이지. 이런 위치에 있다는 것은 사람을 볼 줄 아는 눈을 가지고 있다는 뜻이다. 너희가 비록 나이는 어리고 그간의 행실이 거칠었다고는 하나 난 너희의 재질을 알고 있다. 아마 무공으로만 겨룬다면 십팔외가의 후기지수 중 너희를 당할 아이가 없을 것이다. 아니냐?"

척담산의 물음에 궁비영은 소름이 돋는 것을 느꼈다. 제룡가의 무노로 살아야 하는 처지를 한탄하며 방탕하게 살기는 했지만, 내심 궁비영이나 중광은 무공에 관한 한 또래의 다른 사람에게 양보할 마음이 없었다. 그런데 그런 두 사람의 재주를 척담산은 이미 눈여겨보고 있었던 것이다. 참으로 무서운 눈이 아닐 수 없었다.

"반드시 흑성이 되라는 것은 아니다. 그저 지금처럼 본가의 외가로서 살아가도 된다. 그러나 비록 위험하고 고된 일이지만 흑성이 되면 너희에겐 세 가지 이득이 있다."

"그것이 무엇입니까?"

중광이 물었다.

"첫째는 지금과는 비교할 수 없는 무공을 얻게 될 것이다. 흑성은 구천맹이 힘을 모아 키우는 고수들이다. 당연히 구천맹에서 고르고 고른 무공들이 전수된다. 아마도 흑성의 수련이 끝나고 나면 강호에서 너희를 감당할 인물은 쉽게 찾아보기 힘들 것이다."

척담산의 말에 궁비영과 중광의 눈빛이 반짝였다. 그들 역시 무가의 자식. 비록 제룡가의 무노로 태어난 운명이지만 강한 무공에 대한 욕망은 숨길 수 없었다.

"두 번째 이득은 네 아버지들이 원하던 것을 이룰 수 있다는 것이다. 지금부터 십 년 동안 흑성으로서 활동해 준다면 난 너희 두 가문에게 사대외가의 지위를 약속하겠다. 지금처럼 그저 뒤에서 후원하는 것이 아닌 내 이름을 걸고 사대외가의 명패를 너희 두 가문에게 주겠다. 물론 그사이 궁가와 격포 중가는 나의 도움으로 세를 키워 지금의 사대외가를 능가하는 힘을 가지게 되겠지. 자연스레 사대외가의 교체가 가능할 것이다."

이번에는 궁비영과 중광이 별반 반응을 드러내지 않는다. 노련한 척담산은 이 두 젊은이에게 제룡가 사대외가는 욕심나는 지위가 아니라는 것을 알아챘다. 그러자 척담산이 재빨리 세 번째 이득을 입에 올렸다.

"세 번째 이득은… 이것이 가장 중요한 문제인데, 아마도 흑성의 수련을 마친다면 너희에게 궁 가주와 중 가주의 원한을 직접 갚을 수 있는 기회가 생길 것이다. 왜냐하면 현재 구천맹에 가장 중요한 문제는 유령마 야유사군을 찾아내 주살하는 것이다. 그런데 흑성이 전멸한 지금으로썬 그를 잡을 방도가 마땅치 않다. 내 생각으로는 새로운 흑성이 탄생할 때까지는 아마도 그를 주살하지 못할 것이다. 그러니 너희에게도 기회가 있지 않겠느냐?"

하긴 만나보고 싶기는 했다. 살부의 원수를 만나 복수를 하는 것은 칼 든 무인이라면 누구나 원하는 것이다.

"이 세 가지 이득을 가지고 너희에게 부탁하고 싶구나. 흑성이 되어달라고. 어쩌겠느냐?"

척담산이 궁비영과 중광에게 물었다. 그러자 두 사람이 대답을 하지 못하고 잠시 망설인다. 이득으로 보자면 당연히 흑성이 되는 길을 택해야 한다. 그러나 흑성이 된다면 그들은 영원히 구천맹에서, 아니, 제룡가에게서 벗어나지 못할 것이다. 지금보다도 더 강력한 족쇄로 묶인 무노로 살아야 한다.

'그러나 하지 않는다고 벗어날 수 있는 일은 아니지 않는가?'

궁비영이 내심 결심을 굳혔다.

"가주님의 말씀에 따르겠습니다."

궁비영이 대답했다. 그러자 중광도 얼른 대답했다.

"저 역시 마찬가집니다."

"음, 좋아. 역시 기대한 대로 기백이 있구나. 어려움을 자처하는 일은 누구도 쉽게 선택할 수 있는 일이 아닌데."

척담산이 만족한 표정으로 고개를 끄떡인다. 그러자 궁비영이 물었다.

"하면 이제 어찌해야 하는 것입니까?"

"일정이 촉박하다. 각 문파에서 흑성의 재목으로 뽑힌 사람들은 다음 달 보름까지 흑성 양성을 위해 준비한 장소로 모여야 한다. 비천곡이란 곳인데 요서의 해안가와 접해 있는 곳이지."

"멀군요."

"음, 사람들의 이목을 피하기 위함이다."

"요서 땅이라면 족히 한 달은 걸리겠군요."

"그렇다. 그러니 결심이 섰다면 당장 떠나야 한다. 비천곡까지는 여기 천무당주가 동행할 것이다. 흑성에 관한 일은 구천맹에서도 가장 중요한 것이라 각 파에서도 문파의 수뇌가 그 재목들을 인솔해 비천곡으로 모일 것이다."

"이틀의 말미를 주십시오."

"이틀? 좋아, 그 정도 시간은 있어야겠지. 주변을 정리하자면."

"가솔들에게는 가주님의 명으로 몇 년 원행을 떠나는 것으로 하겠습니다."

"역시 현명하구나. 흑성의 일은 너희 말고 그 누구도 알아서는 안 된다. 흑성은 존재는 철저히 비밀에 붙여져 있다. 강호는 흑성의 존재를 알아서는 안 된다. 마침 서역행을 준비 중에 있었으니 행보를 감추는 것은 어렵지 않으리라."

척담산의 당부가 궁비영의 가슴에 서늘한 경계심을 일어나게 한다. 세상에 드러나지 않기를 바라는 존재들을 키운다는 것은 언제든 이들을 어둠 속에서 소멸시킬 수 있다는 뜻이기도 했다.

'과연 위험한 일이군. 그러나 그 대가는 달콤하지.'

궁비영이 씁쓸한 표정을 지으며 생각했다.

"이틀 뒤에 날 찾아오너라."

문득 지금까지 침묵하고 있던 천무당주 강유사가 말했다.

"알겠습니다."

궁비영과 중광이 대답했다. 그러자 척담산이 다시 입을 열었다.

"오늘 이후 흑성이 되기 전까지는 다시 날 볼 일이 없을 것이다. 세간에 내가 너희를 만나는 것이 알려지면 누구든 의아하게 생각할 것이니까."

"알겠습니다."

궁비영과 중광이 대답했다.

"좋아, 그럼 다시 볼 때는 제룡가의, 그리고 구천맹의 동량이 되어 있기를 바란다. 마지막으로 한 가지만 당부하마."

"하명하십시오."

"흑성이 되면 아마도 맹의 명에 따라 움직이게 될 것이다. 그때가 되어서도 너희가 제룡가의 사람임을 절대 잊지 말기 바란다."

순간 궁비영의 등에 식은땀이 흐른다. 이건 경고다. 구천맹보다 제룡가를 우선하라는 경고. 어긴다면 죽음만이 남을 것이다.

"명심하겠습니다."

척담산의 말에 두 사람이 정중하게 고개를 숙여 보이고는 석실을 벗어나기 시작했다. 그러자 수풍당 부당주 소남홍이 재빨리 두 사람을 따라 장내를 벗어났다.

"잘되었군."

척담산이 궁비영 등이 석실을 벗어나자 중얼거렸다.

"위험한 일입니다."

"위험할수록 이득이 많은 법이오."

"그러나……."

"뭘 걱정하는지 아오. 그러나 그 아이들의 복수심이 마천의 잔당에게로 향한다면 나쁜 일이 아니지 않소?"

"영원한 비밀은 없는 법이지요."

"후후후, 나도 저 아이들을 영원히 쓸 생각은 없소. 관상을 보니 반골의 기질이 강해. 언젠가는 제룡가를 떠나려 할 거요. 그럴 바에야 이렇게 쓰는 것도 좋겠지. 더군다나 비산 궁가와 격포 중가는 이미 세력으로는 본가에 아무런 도움이 될 수 없지 않소?"

"그렇긴 하지요."

천무당주 강유사가 고개를 끄떡였다.

"아무튼 천무당주께서 고생을 좀 해주시오."

"고생이랄 것이 있습니까? 여행 삼아 다녀오면 그뿐입니다."

"그래도 위험할 수도 있소. 알다시피 유령마의 행보는 도저히 예측할 수 없으니 말이오. 그 역시 우리가 다시 흑성을 준비할 거란 걸 알고 있을 거요."

"그러나 비천곡이라면 아무리 그라도 알 수 없을 겁니다."

"그렇긴 하구려. 더군다나 배를 타고 이동한다면. 다른 아이들은 어떻소?"

"사대외가 출신과 가문의 아이들 중 가려 뽑았으니 가주님에 대한 충성심은 의심할 바 없습니다. 그러나 역시 자질 면에서는 궁비영과 중광에 비할 바가 아니지요."

"음, 몇이나 흑성이 될지……."

"둘은 분명히 될 겁니다."

강유사의 말에 척담산이 고개를 끄떡이며 오른손을 들어 본다.

"이 손에 다시 비밀스런 병기가 쥐어지는가? 그 검으로 천하를 도모할 수 있을 것인가?"

"천운이 있다면, 그리고 오죽노만 얻는다면 가주께서 천하의 주인이 되실 겁니다."

"흠, 듣기 좋군. 그러나 천무당주의 아부라니, 어색하오. 하하!"

척담산의 웃음소리가 석실을 뒤흔들었다.

제3장

먼 여행의 시작

주남이 앞에 놓인 두 개의 목함을 보며 얼굴을 찡그렸다. 그
리고는 퉁명스런 목소리로 물었다.

　　"그러니까, 나더러 이 은병들을 가지고 재물을 불려달란 소
리냐?"

　　"불려달란 말이 아니라 잘 지켜달란 말이야."

　　궁비영이 말했다.

　　"젠장, 내가 장사치가 되지 않겠다고 한 말 있었냐?"

　　주남이 다시 물었다.

　　"그건 알지만 너 말고 다른 사람에게 맡길 수는 없잖아. 집
안에 머물던 사람들도 모두 흩어버렸는걸."

　　"도대체 왜 그런 거야? 가주의 명으로 오랫동안 북산을 떠

나 있어야 한다는 건 알겠는데, 그렇다고 가문을 지키던 사람들을 모두 흩어버리다니. 궁가와 중가의 장원이 폐허로 변할 거란 걸 모르냐?"

"그건 걱정 마라. 장원을 돌봐줄 사람은 구해놓고 떠날 것이니. 뭐, 네가 돌봐준다면 더 좋겠지만."

"내가 떠날 거라고 한 말 잊었어?"

"그래도 가끔은 북산에 들어올 것 아냐. 아버님도 계시고."

궁비영의 말에 주남이 궁비영과 중광의 얼굴을 한참 살피더니 불쑥 물었다.

"서역으로 가는 게 아니지?"

"응?"

"다른 사람은 몰라도 내 눈은 못 속여. 네놈들이 오줌싸개일 때부터 봐온 나다. 그런데 내가 속겠냐? 도대체 가주가 내린 명이 뭐냐?"

"망할 놈, 이럴 때는 눈치가 빠르네."

궁비영이 투덜거린다.

"어디냐?"

"뭐… 무공을 수련하라더군. 아버님들의 뒤를 이으려면 그리해야 한다나?"

거짓은 아니다. 흑성이 되기 위해 무공을 수련하러 떠나는 것도 맞는 말이고, 그 길이 두 사람의 아버지들이 걷던 길이기도 하다.

"무공 수련이라……. 우리 모두 시간이 필요한 시절이 된 건가?"

주남이 나이 든 노인처럼 먼 곳을 보며 말했다.

"다시 만날 때는… 뭔가 할 수 있을 거야."

중광이 무거운 목소리로 말했다.

"부디 그러길 바란다."

"무슨 말이 그러냐, 마치 돌아오지 못할 사람에게 하는 말처럼?"

"위험한 수련이지?"

주남이 날카롭게 물었다.

"하여간 샌님 같은 놈이 눈치는."

"반드시 돌아와라."

"그래야지. 걱정 말거라. 네놈은 그저 우리 은병이나 잘 관리해 둬."

"그러지."

주남이 스윽 두 개의 목함을 자신 쪽으로 끌어들였다.

"다시는 투전판에 가지 말고."

중광이 경고하듯 말했다.

"흐흐흐, 다시 가지 말라니? 반드시 다시 가야지. 그리고 그때는 아무리 속임수를 써도 날 이길 수 없을 거야. 왜냐하면 내가 더 교묘한 속임수를 쓸 테니. 하하하!"

주남이 크게 웃음을 터뜨렸다.

"징그러운 놈. 하여간 머리 좋은 놈들은 집착이 강해. 비영, 가자. 늦겠다."

중광이 툭툭 자리를 털고 일어서며 말했다. 그러자 궁비영
도 자리에서 일어났다.

"잘 다녀와라."

두 사람이 일어나자 주남이 정색을 하며 말했다.

"우리 걱정은 마. 너나 잘 지내."

"내 걱정은 말거라. 가!"

"다녀오마!"

궁비영과 중광이 주남을 한번 보고는 이내 포목점을 벗어났
다. 그러자 늙은 주남의 아비 주국이 주남에게 물었다.

"저 녀석들, 어디로 간다더냐?"

"가주님의 명으로 먼 곳으로 원행을 간대요."

"가주님의 명으로? 그럼 드디어 제룡가에 들어간 거냐?"

"그렇죠."

"아이구, 잘됐네. 그동안 스물이 넘어도 제룡가에서 부르지
않아 걱정이었는데 이제 어엿한 제룡가의 무사가 되었으니."

"재주로 보면 제룡가의 후기지수 중 제일이에요. 저런 녀석
들을 몰라본다면 외려 제룡가의 큰 손해죠."

"이놈아, 사람이 재주로만 세상을 사는 건 아냐. 사람 됨됨
이가 중요하지. 그동안 저 두 놈, 아니지, 네 녀석까지 세 놈이
방탕하게 놀아낸 걸 생각하면 제룡가에서 녀석들을 불러준 것
도 큰 선심을 쓴 것이다."

주국의 말에 주남이 고개를 저었다.

"군이 이득을 말하자면 제룡가에서 큰 이득을 본 거죠. 두

명의 잠룡을 손쉽게 얻은 것이니까요. 아무튼 저도 곧 떠나요. 백부님이 오시면."

"뭐?"

주국이 화들짝 놀라며 주남을 바라본다.

"말씀드렸잖아요. 개봉으로 가겠다고."

"아이고, 이놈의 자식이 기어코!"

"설마 자식 앞길 막는 부모가 되려는 것은 아니죠?"

*   *   *

산허리를 돌아서자 거친 황톳물이 눈에 들어온다. 황하다. 무선북산에서 이틀 길을 걸어 황하에 닿은 일행은 객잔에 여장을 푸는 대신 포구가 바라보이는 산언덕에서 야숙할 준비를 했다.

무림인들의 행보라지만 굳기 객잔을 앞에 두고 야숙을 하는 모양새가 이상하게 보일 법도 했지만 일행 중 누구도 야숙을 하는 것에 대해 불만을 드러내지 않았다.

일행을 이끌고 있는 천무당주 강유사의 위엄 때문이기도 했지만 그들 모두 이 여행이 세간의 눈길을 끌어서는 곤란하다는 것을 잘 알고 있기 때문이다.

궁비영과 중광도 숙영지 서쪽에 두 사람이 들어갈 만한 작은 천막을 치고 천막 앞에 모닥불을 피웠다. 다른 일행도 어느새 숙영 준비를 마친 후였다.

"모두 듣거라."

숙영 준비가 끝나자 문득 강유사가 일행을 돌아보며 말했다. 그러자 사람들이 하던 일을 멈추고 강유사에게 시선을 주었다.

"이틀 동안 쉬지 않고 걷느라 수고했다. 내일 아침 일찍 이곳에서 배를 타고 황하를 따라 내려갈 것이다. 그러니 푹 쉬도록 하라. 특히 밤에 포구의 마을로 내려가는 일이 없도록 하라. 알겠느냐?"

강유사의 시선이 가장 늦게 궁비영과 중광에게 머물렀다. 두 사람에게 경고를 하는 듯한 표정이다.

"명심하겠습니다."

곳곳에서 사람들의 대답이 들린다. 궁비영과 중광도 가볍게 머리를 숙여 보이는 것으로 대답을 대신했다.

"목적지에 도착할 때까지는 우리가 제룡가의 사람이란 걸 밝히면 안 된다. 그러기 위해선 가급적 사람을 만나는 걸 피해야 한다. 그러니 다소 불편하더라도 인내해 주기 바란다."

"알겠습니다, 당주님!"

"좋아, 그럼 쉬도록 해라."

강유사가 고개를 끄떡이고 자신의 천막으로 들어갔다. 그러자 일행이 삼삼오오 모여 두런두런 이야기를 나누기 시작한다. 그러나 그중 누구도 궁비영과 중광에게 다가오는 사람은 없었다.

"이거 완전히 외면당하고 마는걸."

중광이 스윽 주변을 돌아보며 말했다.

"그동안 네놈이 하고 다닌 일을 생각하면 억울할 일도 아니지."

"흥, 나 혼자 한 일이냐, 네놈과 같이 한 일이지?"

"그래도 난 네놈처럼 무식하게 분란을 일으키지는 않았어."

"오십보백보다. 그나저나 그것 때문에 우리와 섞이지 않으려는 것은 아닌 것 같은데?"

"그것보다는 우리가 자기들과 어울리기에는 지위가 낮다고 생각하는 거겠지."

"사대외가에 삼당 주요 고수의 제자들이라면 그럴 만하지."

"그래도 대단해 보이는 놈은 없어."

"저자도?"

중광이 턱으로 한 사람을 가리키며 말했다. 중광이 가리킨 사람은 이십 대 후반으로 보이는 사내였는데 여러 사람이 그의 주변에 몰려 있었다.

"위패풍?"

"그래. 사대외가의 수장이라는 위공가의 장자가 아니냐? 그뿐인가. 그의 무공은 제룡가 후기지수 중 제일이라고 인정받고 있어. 그라면 대단한 사람 아니냐?"

중광이 실실거리며 궁비영에게 묻는다. 마치 궁비영의 신경을 건드리려는 듯한 모습이다. 그러자 궁비영이 피식 웃음을 흘리며 말했다.

"무식한 놈이 머리를 쓰려 하네. 난 말이야, 그의 명성이 과장되었다는 것을 눈으로 확인한 사람이야. 그는 자신의 실력으로 명성을 얻은 게 아니라 입과 가문의 후광으로 명성을 얻었지. 그가 비록 어린 나이에 청룡기에 들어 제룡가에 적지 않은 공을 세웠다고는 하나 내가 알아본 바에 의하면 그가 마천의 고수를 베는 걸 직접 본 사람은 아무도 없어."

"하지만 마두 악부의 머리를 베었다고 하잖아?"

"글쎄. 악부의 머리를 가져오기는 했지만 그가 악부를 베는 것을 본 사람은 없다니까."

"머리를 가져왔으면 그가 벤 거겠지."

"이 멍청한 놈. 생각을 좀 해봐라. 악부는 마천 일백마 중 한 사람이었어. 그런 자를 그가 어떻게 베? 그의 무공으로는 악부의 소맷자락 한 올도 자르기 힘들어. 누군가 악부를 벤 공을 가로챈 것이지. 그래서 내가 그를 대단찮게 생각하는 거야. 남의 공이나 가로채는 자가 뭐 대단한 게 있겠어?"

궁비영이 침을 뱉으며 말했다. 그러자 중광이 고개를 저었다.

"그건 아니지. 네 말대로 그가 악부의 머리를 훔쳐 왔다고 해도 지난번 마천을 물리친 기념으로 열린 제룡가의 비무대회에서 그가 우승한 것은 속임수가 아니지."

"그 비무에 나온 놈들은 하나같이 엿가락 같은 놈이었어. 너도 알잖아?"

"하긴 정말 실력 있는 놈들은 나오지 않았지."

"결국 닭대가리 노릇이나 할 놈이란 거지."

"음, 그래서 이 중에는 네 눈에 차는 자가 없다?"

"없어. 그래서 불안해."

궁비영의 말에 중광이 의아한 표정으로 물었다.

"왜? 뭐가 불안하단 거지?"

"제룡가주나 제룡가의 늙은이들이라고 눈이 없겠어? 그런 데 흑성으로 키우겠다고 보내는 놈들이 하나같이 약해빠졌단 말이야. 그러니 불안할 수밖에."

"음, 듣고 보니 그러네. 가주가 말한 대로라면 흑성 수련에는 제룡가 제일의 기재들을 보내야 하는데 내가 봐도 제대로 된 인물이 별로 없어. 오합지졸을 보내 흑성으로 키운다는 것은 말이 되지 않는 일이지. 왜일까?"

중광이 궁비영에게 바싹 다가앉으며 물었다. 그러자 궁비영이 잠시 생각에 잠겼다가 대답했다.

"둘 중 하나지."

"읊어봐."

중광이 궁비영의 말을 재촉했다.

"먼저 흑성이 가주의 말과 달리 대단찮은 존재일 수도 있어. 다시 말해 마천과의 싸움에서 세상에 드러나지 않은 공을 세운 존재들이 아니라 그저 화살받이였을 수도 있다는 거야. 그럴 경우 제룡가의 정영들을 보낼 이유가 없지."

"그렇긴 하네. 기분은 드럽지만… 다른 경우는?"

"흑성이 정말 중요한 존재라면 결코 많은 수의 흑성을 길러 내지는 않는다는 의미일 수도 있지."

"그 말은 어차피 흑성이 되지 못할 것을 알면서 저놈들을 보냈다는 거냐?"

"그래. 아마도 구천맹 아홉 문파 사이에는 각 파에서 흑성의 재목으로 보낼 후기지수의 숫자가 약속되어 있을 거야. 그중 소수만이 흑성이 된다고 하면 나머지는 혹독한 수련에 폐인이 되거나 죽을 수도 있지. 하니 몇 명을 제외하고는 쓸모없는 녀석들을 보냈을 수도 있어. 머릿수나 맞추자는 말이지."

"음, 그럴 수도 있겠군. 그런데 그렇다면 우린 어떤 부류에 속하는 거지?"

중광이 물었다.

"네놈 스스로 답을 해봐라."

"흐흐, 우리야 당연히 흑성이 될 재목이지."

"미친놈!"

궁비영이 욕을 해대고는 그 자리에 누웠다. 성근 별이 숙영지를 내려다보고 있다. 그러자 중광이 진중한 목소리로 물었다.

"흑성이 된다는 것이 좋은 일은 아니지?"

"너도 알고 있잖아."

"그래, 나도 그 일이 썩 유쾌한 일은 아니라는 걸 알지."

"흑성이던 두 양반이 죽었단 말이야. 그러니 흑성이 되는 일은 우리에겐 사실 불길한 일이라고 할 수도 있지."

"그래서 더욱 흑성이 되어야겠다. 도대체 두 분께 무슨 일이 일어났는지 좀 더 자세히 알아봐야겠거든. 그리고 정말 그 마

천의 유령마 야유사군이 존재한다면 그자를 만나보고 싶기도
하고."

중광의 말에 궁비영이 갑자기 낄낄거렸다.

"낄낄, 네놈이 효자 노릇을 하려나 본데, 아서라. 어울리지
않아."

"흥, 네 녀석이야말로 훗날 야유사군을 만나면 욕심을 버리
고 도망쳐. 죽기 살기로 덤벼들지 말고."

"난 이기지 못할 싸움은 애당초 하지 않아. 그러나 네놈은
다르지. 승패를 예상치 못하고 곰처럼 싸워대니."

궁비영의 말에 중광이 고개를 낮춰 궁비영의 귀에 입을 가
져다 대고 말했다.

"너와 내가 아는 단 하나의 비밀은 이거야. 사실은 내가 너
보다 똑똑하다는 거."

"모두 일어나라!"

강유사를 호위해 제룡가의 후기지수들을 비천곡으로 인솔
하고 있는 천무당의 고수 백주(栢株)가 날이 밝기도 전에 일행
을 깨웠다. 그러자 제룡가의 후기지수들이 잠자던 사람답지
않게 부지런히 움직여 천막을 걷어냈다.

"떠날 준비는 끝났는가?"

백주가 후기지수들을 깨운 지 채 이각이 지나기도 전에 새
벽같이 어딘가를 다녀온 강유사가 장내에 모습을 나타내며 물
었다.

"그렇습니다, 당주!"

백주가 공손하게 강유사에게 대답한다.

"좋아, 그럼 강변으로 간다."

"배는……?"

"준비되었다."

강유사의 대답에 백주가 다시 고개를 숙여 보이고는 일행에게 명을 내렸다.

"길을 떠난다. 아직 어두우니 한눈팔지 말거라."

백주의 말이 끝나자 강유사가 먼저 걸음을 옮겼다. 제룡가의 후기지수들이 재빨리 강유사의 뒤를 따르기 시작했다.

강유사는 일행을 반 시진 정도 이동시켜 황하의 누런 강물이 산기슭을 연신 후벼파고 있는 굽이진 강변으로 이끌었다. 강변에는 한 척의 배가 일행을 기다리고 있었다.

"설마 저 배를 타고 가자는 건가?"

중광이 나직하게 궁비영에게 속삭였다.

"다른 배가 없잖아?"

"젠장, 황하가 얼마나 거친 강인데……. 강폭이 넓어지기도 전에 급류에 부서지고 말겠다."

중광의 말은 그저 엄살이 아니었다. 궁비영이 보아도 강유사가 준비한 배는 너무 낡고 허름했다. 크기는 제법 컸으나 곳곳에 구멍이 나 있고 난간 역시 부러져 나간 곳이 여러 곳 있었다. 배의 모습이 워낙 비루하니 배에 대해 걱정하는 사람이 궁비영과 중광 두 사람만은 아니었다.

"저 배를 타고 황하를 내려가 바다를 건넌단 말입니까?"

위패풍이 마치 후기지수들의 우두머리가 된 듯 물었다. 그러자 강유사가 대답했다.

"황하 하류까지 내려간 후 다시 배를 구한다. 강은 몰라도 바다를 건너기는 어려운 배지."

"무사히 하류에 닿을 수 있을까요?"

다시 위패풍이 물었다.

"그 걱정은 내가 한다. 그러니 모두 배에 올라라."

강유사가 싸늘하게 말하자 위패풍이 금세 의기소침해져 고개를 조아린 후 강유사의 명대로 배에 올랐다. 궁비영과 중광 역시 후기지수들과 뒤섞여 배에 올랐는데, 일단 배에 오르자 두 사람은 강유사가 이 배로 황하를 거슬러 내려가려는 이유를 금세 알 수 있었다.

아래에서 보면 그저 낡은 배로 보였지만 그건 겉모습만 그러할 뿐 배 안쪽에 뼈대를 이루고 있는 나무들은 제법 튼튼해 보였다.

"일부러 배를 낡게 보이게 위장한 것이군."

중광이 중얼거렸다.

"맞아. 무척 단단한 배야."

"그런데 이상하군. 왜 굳이 배가 낡게 보이도록 한 걸까?"

"사람들의 이목을 끌지 않기 위해서겠지."

"그렇다고 멀쩡한 배를 이렇게 망가뜨려 놓는단 말이야?"

"뭐, 천무당주께서도 무슨 생각이 있겠지."

궁비영이 대답하는 사이 강유사가 마지막으로 배에 올랐다.

"출발한다!"

"옛, 대인!"

배를 모는 자가 강유사의 명에 대답하고는 이내 배를 강 중심으로 몰아 나가기 시작했다. 황하의 급한 물살에 배가 출렁이기 시작했다. 금세라도 뒤집힐 것 같이 위태로워 보였지만 배는 쓰러지지 않고 강의 중심부로 나아갔다.

그리고 일단 수심이 깊은 곳에 이르자 물결이 한결 부드러워졌다. 배 역시 물결 흐르는 방향으로 움직이기 시작하자 더 이상 흔들리지 않았다.

"선실은 자유롭게 사용해라. 그러나 충분하지 않으니 둘이 하나씩 사용토록 하거라."

"옛, 당주님!"

후기지수들이 일제히 강유사의 말에 대답했다. 그러자 강유사가 다시 입을 열었다.

"지금부터는 날 당주라 부르지 말거라. 사람들의 이목이 있으니 이제부터는 날 그저 대인이라 부르도록 하거라."

"알겠습니다."

후기지수들이 일제히 대답했다. 생각보다 배가 부드럽게 움직이자 불안함은 사라지고 새로운 곳을 여행한다는 기대가 젊은이들의 가슴을 뛰게 하는 모양이었다.

"좋아, 이제부터는 긴 여행이 될 테니 여유를 가지고 지내도록 하거라!"

강유사의 말에 제룡가의 후기지수들이 하나둘 갑판을 떠나 하류에 닿을 동안 사용할 선실을 찾아 움직이기 시작했다.

배는 이틀 동안 급류를 타고 내려와 드디어 황하의 본류로 들어섰다. 그러자 세간의 이목도 크게 조심할 필요가 없어졌다. 바다처럼 넓은 황하에 떠 있는 제룡가의 허름한 배를 주목할 사람은 아무도 없었다.

몇 명이 뱃멀미를 하기는 했으나 그 역시 강이 넓어지고 물결이 잔잔해지자 금세 가라앉았다.

"이거 지루하군."

며칠째 배 위에 머물고 있자니 젊은이들은 드디어 좀이 쑤시기 시작했다. 그중에서도 성미가 급한 중광 같은 사람은 이미 오래전부터 엉덩이가 들썩이고 있었다.

"아직 멀었어."

궁비영이 침상에 누워 말했다.

"얼마나 남았을까?"

"어제 백 대협이 말하는 것을 들으니 십여 일은 더 가야 한다더군."

"제길, 십여 일씩이나? 야, 이거 등짝에 곰팡이가 피겠군."

중광이 훌쩍 침상에서 일어서더니 어깨를 빙빙 돌리며 몸을 풀었다. 그리고는 도를 집어 들고 매서운 도풍을 일으키며 휘두르기 시작했다.

"그만해! 배 부서지겠다!"

궁비영이 좁은 선실에서 무거운 도를 휘두르는 중광을 보며
소리쳤다.

"칼은 쓰지 않으면 녹슬어."

"아이구, 천하의 고수 납시셨네."

궁비영이 중광의 말을 비웃고 있는데 갑자기 배가 무언가에
크게 부딪치는 소리가 들렸다.

쿵!

"어이쿠야!"

도를 휘두르던 중광이 중심을 잃고 비틀거렸다. 그 탓에 그
의 도가 선실의 벽에 깊이 박혀들었다.

"이 망할 놈아! 누구 죽일 일 있어?"

궁비영이 자신을 스쳐 지나가 벽에 박힌 중광의 도를 보며
소리쳤다.

"일부러 그런 게 아니잖아!"

"그러게 누가 선실에서 도를 휘두르래?"

"누가 비올 줄 알고 빨래 너냐? 그나저나 무슨 일이지?"

귀를 기울여 보니 밖이 소란스럽다. 아마도 배 안에 있는 제
룡가의 식솔들이 갑판으로 몰려 나가는 듯 보였다.

"나가보자!"

중광이 얼른 벽에 박힌 도를 빼 들며 말했다. 지루한 일상에
변화가 생긴 것이 무척 반가운 모양이다. 그러나 궁비영은 달
랐다. 그는 번거로운 일이라는 듯 어기적거리며 느리게 자리
에서 일어났다.

"제길, 귀찮은 건 질색인데."

"왜? 재미있는 일이 있을지 알아? 나 먼저 나간다!"

중광은 미처 궁비영이 나갈 채비를 하기도 전에 선실을 벗어났다.

"곰 같은 놈이 이럴 때는 비호같단 말이야."

궁비영이 혀를 차며 벽에 걸린 검을 꺼내 들었다.

선실을 벗어나자 사람들이 배의 전면에 모여 있는 것이 보였다. 사방은 안개가 자욱한데 그 와중에 배 앞쪽에 거무스름한 그림자들이 어른거렸다.

"배들인가?"

궁비영이 중얼거리며 좀 더 앞으로 다가갔다. 그러자 단단한 전선(戰船) 모습을 갖춘 세 척의 흑선이 눈에 들어온다.

"수적들이군."

궁비영이 중얼거렸다. 궁비영의 짐작대로 제룡가의 배를 가로막은 것은 황하의 수적들이었다. 그들은 제룡가의 배가 진행하는 앞으로 통나무를 띄워 배를 멈추게 한 후 이렇게 노략질을 하기 위해 나타난 것이다.

"스스로 무덤을 파는구나."

궁비영이 혀를 찼다. 그도 그럴 것이, 이 배는 제룡가의 배다. 더군다나 일행을 이끌고 있는 사람은 천무당주 강유사. 만약 이 배의 정체를 알았다면 수적들은 결코 이렇게 모습을 나타내지 못했을 것이다. 아니, 오히려 꼬리를 말고 멀리 줄행랑을 쳤을 것이다.

"어디서 오시는 형제들인가?"

수적들이 탄 세 척 배 중 가장 큰 배 위에서 구레나룻이 얼굴을 덮은 장한이 소리쳐 물었다.

"강을 따라 여행을 하는 사람들이오! 무슨 일이오?"

강유사 대신 천무당의 고수 백주가 수적의 물음에 응답했다.

"음, 출신을 밝혀라!"

수적이 제법 위엄 있는 표정으로 물었다. 그러자 백주가 잠시 노한 눈으로 수적을 노려보다 강유사가 고개를 젓자 다시 입을 열었다.

"우린 산서 목가장 사람들이오!"

"산서 목가장? 들어보지 못한 가문이군."

수적이 한결 자신감이 오른 목소리로 말했다. 수적질을 하려면 강호의 무림문파나 상가에 대해 소식이 밝아야 한다. 자칫 명문대파와 인연이 있는 여행자들을 건드렸다가는 수채가 단번에 몰살당할 수도 있기 때문이다.

그런 면에서 볼 때 수적들에게 산서 목가장이라는 이름은 자신감을 주기에 충분한 이름이었다. 왜냐하면 산서 목가장이라는 문파는 그들의 정보망에 들어 있지 않기 때문이다. 그렇다면 이름 없는 한미한 가문이 분명했다.

더군다나 배에 타고 있는 자들도 서너 명의 중년인을 제외하고는 모두 이십 대의 애송이였으므로 수적들의 눈에 제룡가의 배는 약탈하기 안성맞춤의 먹잇감으로 보였다.

"본 가는 비록 강호행이 드물어 세상에 그 이름이 알려지지 않았으나 그대들에게 약탈을 당할 정도로 나약하지는 않으니 그만 길을 열어주시오."

백주가 정중하면서도 위압감이 묻어나는 목소리로 말했다. 그러자 수적들의 우두머리가 빙그레 미소를 지었다.

"뭐, 강호의 문파 중 자신의 문파가 대단치 않다고 생각하는 자가 어디 있겠는가? 하지만 그야 어쨌든 그대도 강호의 법칙을 잘 알고 있을 것이다. 본래 남의 권역을 지나려면 그 주인에게 충분한 예를 갖추는 것이 도리가 아니겠는가?"

"금자를 내라는 것이오?"

"잘 알고 있군."

수적의 우두머리가 음흉하게 웃음을 흘린다. 순간 백주의 표정이 변하더니 호랑이 같은 말투로 수적을 꾸짖는다.

"좋은 말로 해서는 알아듣지 못할 놈들이구나! 손발을 잘리고 후회하지 말고 썩 길을 열어라! 우리 목가장은 감히 네놈들 같은 수적이 넘볼 가문이 아니다!"

백주의 사자후가 안개 낀 황하를 뒤흔든다. 그 기세에 놀란 수적들이 몸을 움찔거렸다. 그러나 수적들은 이내 그 기세를 되찾았다. 그들이 알고 있는 강호의 정보, 그러니까 천하에 산재한 강자들에 대한 소식이 그들에게 다시 자신감을 부여했다.

"가끔 당신처럼 자신의 처지를 알지 못하고 고집을 부리는 자들이 있지. 그런 자들의 말로가 어떠했는지 아는가?"

수적 두목이 백주에게 물었다. 그러나 백주는 아무런 대답도 하지 않았다.

"그들의 말로를 알고 싶다면 이 물속에 들어가 보면 알아. 아마도 사람 뼈가 산처럼 쌓여 있을 것이다. 그러니 순순히 말을 들어라. 내 마지막 기회를 주겠다. 사람의 머릿수 하나에 다섯 냥의 금자를 내라. 아니면 이곳이 너희의 무덤이 될 것이다."

수적 두목이 커다란 도를 자신의 앞에 내려꽂으며 말했다. 그런 수적 두목을 잠시 노려보던 백주가 고개를 돌려 강유사를 바라봤다. 그러자 강유사가 고개를 끄떡인다. 강유사에게 무언의 허락을 받은 백주가 배 위에 탄 제룡가의 후기지수들을 돌아보며 서늘한 음성으로 말했다.

"수적 따위에게 금자를 건넨다면 가문의 체면이 어찌 되겠는가? 대신 오늘 수적들을 베어 황하의 뱃길을 편안케 한다면 강호에서 우리 목가장의 의로움을 크게 칭찬하게 될 것이다! 하니 두려움을 갖지 말고 놈들을 베라!"

백주의 말에 제룡가의 후기지수들 얼굴이 갑자기 굳었다. 확실히 백주의 명은 급작스러운 면이 있었다. 좀 더 수적들을 설득하거나 혹은 백주나 강유사가 자신들의 절대적인 무공을 보임으로써 수적들 스스로 물러나게 할 수도 있었다. 그런데 백주는 대뜸 제룡가의 후기지수들에게 수적들과의 싸움을 명한 것이다.

"모두 정신이 나갔느냐? 왜 대답이 없느냐?"

백주가 호통을 쳤다. 그러자 그제야 제룡가의 후기지수들이 일제히 대답한다.

"명대로 따르겠습니다!"

"좋아, 놈들은 하찮은 수적이다! 정신만 바로 차리면 너희들의 옷깃도 건들지 못해! 그러니 두려워하지 말라! 다만 방심하지 말고 상대하거라!"

"알겠습니다."

다시 제룡가의 후기지수들이 대답했다.

"배를 대라!"

백주가 뒤에서 배를 조종하고 있는 사내에게 명을 내렸다. 그러자 사내가 기다렸다는 듯이 제룡가의 배를 수적들의 우두머리가 타고 있는 배 쪽으로 몰아갔다.

"이놈들이?"

갑작스런 제룡가의 도발에 수적 두목이 당황한 표정을 짓는다. 갑자기 주객이 전도된 상황이 벌어졌다. 본래 수적들이 배를 붙여 싸움을 시작해야 하는데 오히려 수적들에게 길을 막힌 자들이 도발을 해오고 있다.

"놈들의 버릇을 고쳐줘야겠다! 이 황하에서 누가 왕인지 보여준다! 일단 배를 빼라!"

수적 두목이 당황한 마음을 진정시키며 명을 내렸다. 그러자 수적들의 배가 빠르게 뒤로 물러나기 시작했다. 수적들의 배에 근접하던 제룡가의 배가 순식간에 다시 수적들에게서 멀어졌다.

아마도 수적들은 접근전을 하지 않고 멀리서 활을 쏘거나 제룡가의 배 후미로 돌아가 충선(衝船)을 함으로써 제룡가의 배를 부수려는 생각인 듯싶었다.

"거리를 주면 안 된다!"

싸움의 양상을 배의 중앙에서 지켜보고 있던 강유사가 입을 열었다. 그러자 제룡가의 배가 재차 수적들의 배를 향해 전진했다. 그러나 수적의 배는 빠르기로는 강호에 따를 상대가 없는 쾌속선이다. 한순간 수적들이 탄 배가 제룡가의 배에서 멀어졌다. 그리고 예상했던 수적들의 공세가 시작됐다.

"불화살을 쏴라! 모두 태워 버려!"

수적 우두머리의 명이 궁비영에게까지 들려온다.

"이런 젠장! 잘못하다가는 통구이가 되겠어!"

중광이 궁비영의 옆에서 투덜거렸다.

"그런 걱정은 마."

"무슨 소리야? 화전을 피할 방법이 있다는 말이냐? 이크!"

말을 하는 사이 어느새 날아온 불화살이 중광과 궁비영 사이에 떨어져 내렸다. 궁비영이 재빨리 화살을 뽑아 강에 던져 버리고 배의 갑판에 붙은 불씨를 발로 비벼 껐다.

"화살이 배에 닿지 못하게 하라!"

멀리서 강유사의 명이 들린다. 그러자 제룡가의 무사들이 일제히 도검을 빼 들고 날아오는 화살을 쳐내기 시작했다.

화살 끝에 불을 매달아 보내는 것은 배를 태우기에는 유리해도 사람을 공격하는 데에는 불리했다. 살이 무거워지고 속도가 느려지기 때문이다. 더군다나 제룡가의 무사들처럼 무공을 수련한 사람들에게는 더더욱 위협이 되지 않는다.

곳곳에서 제룡가의 무사들이 날아드는 불화살을 쳐냈다. 그러나 아무리 그들이라도 날아드는 화살을 모두 막을 수는 없었다. 특히 배아래 쪽, 도검이 닿지 않는 곳으로 날아드는 불화살을 막아내는 것은 결코 쉬운 일이 아니었다.

"아래쪽에 불이 붙었습니다!"

갑판 앞에서 적의 화살을 막아내던 제룡가의 후기지수 한 명이 겁을 집어먹고 소리쳤다. 그의 말대로 과연 수면과 가까운 곳에 꽂힌 불화살의 불씨가 배로 옮겨 붙고 있었다.

"물러나라!"

제룡가 후기지수의 등 뒤로 백주가 다가섰다. 백주가 배의 난간으로 머리를 내밀고 불이 붙기 시작한 곳을 눈으로 확인하고는 훌쩍 배에서 날아 내렸다.

난간을 넘은 백주의 몸이 한순간에 밑으로 떨어져 물에 닿았다. 순간 백주가 강물에 떠 있는 통나무 위에 서더니 손에 들고 있던 천을 물에 적셔 불화살이 꽂힌 곳에 덮어씌웠다. 순간 매캐한 연기가 일어나며 불꽃이 사그라지고 불이 꺼졌다.

그러자 백주가 가볍게 통나무를 차고 다시 배 위로 날아올랐다. 그리고는 빠르게 강유사 곁으로 다가섰다. 두 사람은 잠시 무슨 이야긴가를 심각하게 나누더니 다시 배를 모는 자에게 나직하게 명을 내렸다.

그러자 제룡가의 배가 크게 원을 그리며 움직이기 시작했다. 마치 불화살의 공격을 견디지 못하고 도주하는 모양새다. 그 모습을 본 수적들 사이에서 득의만만한 목소리가 들려온다.

"놈들이 도주한다! 추격하라!"

우두머리의 명이 떨어지자 수적들의 배가 나는 듯이 제룡가의 배를 추격하기 시작했다. 수적들의 배는 제룡가의 배와는 비교할 수 없을 만큼 날렵해서 금세 세 척의 배가 제룡가의 배 선미에 바싹 따라붙었다.

"부숴 버렷!"

수적의 우두머리가 사자처럼 명을 내렸다. 그러자 수적들의 배가 좀 더 속력을 높여 제룡가의 배 뒤쪽을 향해 돌진했다. 수적들의 배 앞에는 무거운 쇠를 녹여 나무에 씌운 거대한 나무 기둥이 박혀 있었다. 배를 충돌시켜 적의 배를 부수기 위한 도구다.

그런데 그렇게 수적들의 배가 충선을 시도하려 하자 강유사와 백주가 서로 눈빛을 교환하더니 두 사람이 거의 동시에 배의 뒤쪽을 향해 날아갔다.

"봐!"

궁비영이 날아드는 화살을 정신없이 쳐내고 있는 중광의 목덜미를 잡아끌었다.

"뭘 보란 거야?"

중광이 신경질을 내며 소리쳤다. 그러자 궁비영이 턱으로 선미로 날아가는 강유사와 백주를 가리켰다.

"어? 뭘 하려는 거지?"

중광이 두 사람을 발견하고는 의아한 표정을 지었다. 그 순간 선미로 날아간 두 사람이 허공으로 날아올랐다. 강유사와 백주는 망설이지 않고 다가오는 수적들의 배 위로 올라탔다.

쐐액!

먼저 강유사의 검이 허공을 갈랐다. 그러자 그의 검에서 뻗어 나온 시퍼런 검기가 충선을 위해 수적들의 배 앞에 세워놓은 나무 기둥을 그대로 잘라 버렸다.

쿵!

커다란 소음과 함께 깨끗하게 잘린 나무 기둥이 속절없이 물속으로 떨어져 내렸다.

"저, 저놈들을 막앗!"

생각지도 못한 강유사의 기습에 놀란 수적 두목이 당황한 목소리로 소리쳤다. 그러자 수적들이 일제히 배 앞으로 모여들어 강유사와 백주의 앞을 막았다.

그러자 다음 순간 백주가 새처럼 날아올라 수적 한 명의 머리를 밟아 그 힘으로 수적들의 배 중앙으로 이동했다. 그리고는 돛대를 그대로 베어버렸다.

쿠쿠쿵!

검은 돛을 달고 있던 나무 기둥이 백주의 칼질에 한 번에 쓰러졌다. 그 여파로 수적들의 배가 기우뚱거렸다. 자연히 배의 속도는 느려지고 제룡가의 배를 공격하려던 계획도 무산됐다.

그사이 어느새 제룡가의 배도 멈추고 있었는데 덕분에 양측의 배가 사오 장 안으로 가까워졌다. 그러자 강유사가 차갑게 명을 내렸다.

"가문의 명예를 걸고 싸우라! 황하의 양민을 괴롭히는 수적들을 한 놈도 남기지 말고 베라!"

강유사의 명이 떨어지자 강유사와 백주 두 사람의 놀라운 무공에 기세가 오른 제룡가의 후기지수들이 함성을 지르며 일제히 수적들의 배로 뛰어들었다. 그리고는 수적들을 향해 가차 없이 도검을 휘두르기 시작했다.

"이거야 원, 싸움이 아니고 도륙이군."

중광이 혀를 찼다. 그의 말대로 수적들의 배 위에서 벌어지고 있는 것은 싸움이 아니라 도륙이었다. 수적들 역시 오랜 시간 노략질을 해온 덕에 도검을 쓰는 법을 제법 알기는 했으나 그들이 구천맹의 일문인 제룡가 무사들을 감당할 수는 없었다.

일단 수적들의 배에 오른 제룡가의 후기지수들은 양 떼를 사냥하는 늑대처럼 수적들을 베어 넘기기 시작했다.

"이 싸움은… 고약하군."

"뭐가 말이냐?"

중광이 궁비영에게 물었다.

"처음부터 일부러 수적들을 불러들인 것 같단 말이야."

"일부러 수적들과의 싸움을 일으켰다고?"

"그래."

"뭣 때문에?"

"처음에는 그 목적이 뭔지 몰라 반신반의했지만 이제는 확실히 알겠다."

"도대체 뭘 알겠다는 거냐고?"

"이 싸움은 제룡가의 후기지수들에게 강호의 피 맛을 보여주기 위해 준비된 것이었어."

"뭐? 후기지수들에게 피 맛을 보여주기 위해 일부러 수적들을 끌어들였다고?"

"그래. 사실 흑성의 수련을 위해 비밀스런 여행을 하고 있는 우리의 처지를 생각하면 수적들에게 얼마간의 금자를 주고 조용히 이곳을 지나가는 것이 맞는 일이지. 그런데 천무당주는 오히려 수적들을 심기를 건드렸단 말이야. 물론 큰 금액이지만 제룡가에 그 정도 금자가 아쉬운 것도 아니고."

"음, 듣고 보니 그도 그러네. 아무리 목가장이라는 이름으로 둘러댔다고 해도 싸움 와중에 제룡가의 이름이 세상에 흘러나갈 수도 있을 텐데……."

그때 다시 천무당의 고수 백주의 살기 가득한 목소리가 들려왔다.

"단 한 놈도 살려두지 마라! 물 위에 살아 있는 자가 없어야 한다!"

참으로 독한 명령이다. 이제 제룡가의 무사들은 수적의 우두머리가 타고 있던 배에서 다른 수적들의 배로 넘어가고 있었다. 애초에 제룡가 고수들의 무공을 보았다면 배를 돌려 돌아갔어야 할 자들이 그래도 두목을 구하겠다고 두목의 배를 향해 다가온 것이 실수라면 실수였다.

"가봐야지 않겠어?"

중광이 궁비영에게 물었다.

"뭐 하게?"

"이대로 있다가 나중에 무슨 소리 듣지 않겠냐? 다른 사람들은 목숨을 걸고 싸우는데 우리만 손 놓고 있었다고."

"차마 그런 말을 하겠냐? 두 양반도 양심이란 것이 있을 텐데. 저게 목숨을 걸고 싸우는 거냐? 도검으로 사람 죽이는 놀이를 하는 거지."

궁비영의 말은 틀리지 않았다. 제룡가의 무사들은 이제 사냥을 하듯 수적들을 죽이고 있었다.

"그렇긴 하지만……."

"만약 나중에라도 싸움에 뛰어들지 않았다고 추궁하면 한마디 해주면 돼."

"무슨 말을?"

"사람 죽이며 놀고 싶은 기분이 아니었다고. 들어가자."

궁비영이 오히려 검을 거두고는 선실로 향했다.

"야야, 그래도 이건 좀… 생각 잘해!"

중광이 싸움이 벌어지고 있는 수적들의 배와 궁비영이 들어간 선실을 번갈아 바라보다가 어쩔 수 없다는 듯 궁비영의 뒤를 쫓았다.

싸움은 대략 한 시진 정도 이어졌다. 제룡가 무인들의 무공을 생각하면 제법 오래 걸린 싸움이었다. 싸움이 길어진 이유 중에는 적의 우두머리를 벤 이후 더 이상 싸움에 관여치 않은 강유사와 백주의 방관도 있었다.

두 사람은 두목을 벤 후 제룡가의 후기지수들이 수적들을 베는 모습을 지켜보기만 할 뿐 직접 싸움에 뛰어들지는 않았다.

"이제 끝인가?"

마지막 배에서 수적들이 물속으로 떨어지는 것을 보면서 강유사가 중얼거렸다.

"그렇습니다."

백주가 대답했다.

"아이들이 혈향에 익숙해졌을까?"

"아마도 그럴 것입니다."

"휴, 이렇게까지 해야 한다는 것이 안타깝군."

"어쩔 수 없는 일 아닙니까. 저 아이들 중 실전의 경험이 있는 아이는 서넛도 되지 않습니다. 이대로 비천곡에 데리고 갔다가는 비천곡의 비장한 기운에 질려 수련은커녕 목숨도 온전히 지키기 어려울 것입니다. 독심을 심어줘야 합니다."

"그렇겠지만, 후!"

강유사가 한숨을 내쉰다.

"가주께서 말씀하시길, 혹성이 배출되는 숫자가 많을수록 구천맹 내부의 경쟁에서 유리한 위치를 차지할 거라 하셨습니다. 그러니 녀석들이 수련을 견뎌낼 수 있도록 도울 수 있다면 도와야겠지요."

백주가 말했다. 그러자 강유사가 고개를 끄떡이다가 문득 고개를 갸웃하며 중얼거렸다.

"그런데 녀석들이 보이지 않는군."

"누구 말입니까?"

"비영과 중광 그 두 놈 말일세."

강유사의 말에 백주가 분주히 싸움터에서 궁비영과 중광을 찾았다. 그러나 어디서도 두 사람의 모습은 찾을 수 없었다.

"정말 없군요. 죽었을 리는 없고. 이봐, 궁비영과 중광 두 사람을 보지 못했나?"

백주가 배를 몰고 있는 중년 사내에게 물었다. 그러자 중년 사내가 대답했다.

"조금 전에 선실로 들어가는 것 같았습니다."

"선실로 들어가?"

"그렇습니다."

"이런 망할 놈들이! 동료들은 목숨을 걸고 싸우고 있는데 선실로 들어가? 제가 들어가서 당장 끌고 나오겠습니다."

백주가 화가 난 표정으로 말했다. 그러자 강유사가 고개를 저었다.

"아닐세. 그냥 두게."

"아닙니다. 이런 일을 그냥 두어서는 놈들이 제대로 된 흑성이 되지 못할 겁니다."

"아니야. 그냥 두게."

강유사가 다시 말렸다.

"당주님?"

백주가 강유사의 말을 이해할 수 없다는 듯 그를 바라봤다. 그러자 강유사가 한숨을 쉬며 말했다.

"그 두 녀석은 다른 놈들과 다르네. 다른 아이들은 가문의 보호를 받으며 귀하게 자라 강호의 비정함을 모르지만, 그 두 녀석은 어려서부터 북산 인근을 휘젓고 다니며 말썽을 피웠지."

"그렇지요."

"그중에는 여러 번 도검을 들고 싸운 경우도 있었다고 들었네. 피를 본 적도 있고. 그러니 사실 굳이 이 싸움은 두 아이에게는 필요 없는 것이지."

"그렇기는 하오나……."

"더 중요한 것은 두 녀석이 선실로 들어갔다는 것은 우리의 의도를 눈치챘다는 의미라는 거네."

"설마……?"

백주가 믿을 수 없다는 듯 선실 쪽을 바라본다.

"가주가 두 녀석에게 기대하는 것은 놈들이 지닌 무재만이 아니네. 그 영활함, 이리처럼 영활한 눈빛이 마음에 든다고 했지. 눈치가 빠른 녀석들이네. 필시 우리가 이 싸움을 일으킨 이유를 짐작하고 있을 거야. 그래서 싸움에서 물러난 것이고. 그러니 지금 다시 녀석들을 불러내 이 싸움의 목적을 낱낱이 밝히게 만들 수는 없지 않은가? 다른 아이들은 몰라야 하지 않겠나?"

강유사의 말에 백주가 고개를 끄떡인다.

"그렇기는 하지요. 아이들이 이 싸움이 일어난 연유를 알면 우리에게 실망할 겁니다."

"그러니 그 두 녀석 일은 잊게. 그나저나 이제 싸움을 정리하게."

"알겠습니다, 당주."

백주가 대답하고는 제룡가의 후기지수들을 향해 날아갔다.

*   *   *

점점 물살이 느려지고 강이 넓어졌다. 이제 동쪽에는 산과 들이 보이지 않았다. 바다에 이르렀다는 의미다.

궁비영과 중광은 오랜만에 갑판에 올라 조금씩 바뀌는 물 냄새를 맡고 있었다. 바다 냄새가 바람결에 실려 온다. 한쪽에서는 위패풍을 중심으로 몇몇 후기지수가 모여 시끄럽게 떠들어대고 있었는데 그들은 궁비영과 중광이 모습을 드러내자 마치 벌레를 보는 듯한 시선으로 두 사람을 향해 눈을 흘겼다.

"망할 놈들!"

중광이 자신들을 보는 시선이 곱지 않음을 느끼고 투덜거렸
다. 수적들과의 싸움 이후 궁비영과 중광은 그전보다도 훨씬
더 제룡가의 후기지수들로부터 고립되어 있었다. 후기지수들
도 두 사람이 싸움 중간에 선실로 들어가 버린 것을 알았기 때
문이다. 싸움터에서 동료를 버리고 물러나는 것은 가장 비겁
한 일이다. 그러니 두 사람이 제룡가의 후기지수들로부터 따
돌림을 당하는 것은 당연했다.

하지만 제룡가의 후기지수들을 더 화나게 하는 것은 그런
자신들의 따돌림이나 무시를 두 사람이 전혀 신경 쓰지 않는
다는 것이었다. 마치 애초부터 안중에도 없는 사람처럼 궁비
영과 중광은 쌍둥이처럼 붙어 다니며 자신들과 떨어져 여행을
즐기는 것이었다.

"오늘은 뭔가 좀 다른데?"

중광이 궁비영의 귀에 대고 속삭였다.

"뭐, 어쩌겠어."

궁비영이 어깨를 으쓱하며 말했다. 그런데 그때 위패풍을
에워싸고 있던 후기지수 중 한 명이 두 사람을 향해 다가왔다.

"시비를 걸려는 모양이다."

중광이 다시 속삭인다.

"그럼 버릇을 고쳐줘야지."

궁비영이 무심하게 대답한다.

"그랬다가는 당주께 큰 곤욕을 치를걸?"

"지루하던 차에 그도 괜찮은 일이지."

"아이고, 이런 미친놈."

중광이 궁비영을 향해 손을 들어 올리려는 찰나, 두 사람을 향해 다가온 제룡가의 후기지수가 입을 열었다.

"두 사람, 대형께서 보자신다."

두 사람에게 다가온 자는 적연이라는 젊은이로 위패풍과 마찬가지로 제룡가 사대외가 중 하나인 적공가의 혈손이다. 당금 적공가의 가주인 적탁의 조카로 적공가에선 오랜만에 배출한 뛰어난 무재의 주인공으로 널리 알려진 자였다.

"대형? 대형이 누구요?"

중광이 고개를 갸웃하며 물었다.

"누구겠느냐? 우리 중 가장 연장자인 패풍 형님이지!"

적연이 위압적인 표정으로 말했다.

"아, 위 공자 말이군. 그런데 무슨 일로 보자시오?"

중광이 다시 물었다.

"그거야 뵈면 알 것 아니냐? 얼른 가서 뵈어라."

"우릴 만나고 싶으면 그보고 오라고 하시오."

중광이 퉁명스레 대답했다.

"뭐라고? 감히 대형의 부름에 응하지 않겠다는 말이냐?"

"글쎄, 그를 대형으로 모시는 것은 당신이지 우리는 아니지 않소?"

"당신? 네놈이 감히 내가 누군지 모른단 말이냐?"

적연이 눈을 부라리며 소리쳤다. 그러자 중광의 눈빛이 싸늘해졌다. 그가 불타는 듯한 눈으로 적연을 바라보며 말했다.

"적공가의 그 유명한 적연 공자를 내가 어찌 모르겠소. 그런데 그런 당신은 내가 누군지 아시오?"

"격포 중가의 망나니를 내가 어찌 모르겠느냐?"

적연이 비웃듯이 말했다.

"흐흐, 잘 알고 계시는군. 당신 말대로 내가 바로 격포 중가의 망나니 중광이오. 그러니 내 앞에선 말과 행동을 조심하구려. 망나니 눈에는 위아래가 없어. 알겠소?"

중광의 말에 적연이 참지 못하고 주먹을 휘둘렀다.

"이 애송이 놈! 버릇을 고쳐주마!"

적연의 주먹이 매섭게 중광의 턱을 노리고 닥쳐들었다. 순간 중광이 장대한 몸과 어울리지 않게 빠르게 고개를 젖혀 적연의 주먹을 피해내더니 기이한 각도로 팔을 휘둘러 적연의 팔을 휘어 감았다.

"욱!"

적연의 입에서 다급한 신음성이 흘러나왔다. 중광은 단숨에 적연의 팔을 제압하고는 눈을 부라리며 말했다.

"딱 한 번만 경고하겠어. 다시 한 번 내 앞에서 주먹을 휘둘렀다가는 제룡가의 식술이고 뭐고 팔을 부러뜨려 버리겠다. 네 말대로 난 격포 중가의 망나니야. 내 말을 허투루 듣지 마라."

중광이 말을 끝내면서 왼발을 적연의 뒤꿈치에 대고 가볍게 뒤로 밀었다. 그러자 중심을 잃은 적연이 속절없이 허공으로 붕 떠오르더니 갑판 위에 매섭게 내동댕이쳐졌다.

쿵!

"큭!"

적연의 입에서 나직한 신음성이 흘러나왔다. 그러나 고통보다 그를 더 힘들게 하는 것은 그동안 비겁자에 망나니로 취급하던 중광에게 당했다는 수치심이었다.

"네, 네놈이?"

적연이 고통을 잊고 자리에서 벌떡 일어났다. 그리고는 허리춤에 매달린 검을 잡아갔다. 그러자 궁비영이 곁에서 혼잣말처럼 말했다.

"검을 뽑으면 당신 크게 다쳐!"

"이, 애송이 놈이?"

"이봐, 나는 그래도 머리를 쓸 줄 알아서 한두 군데 부러뜨리는 정도로 끝낼 수 있지만 이 곰 같은 놈은 앞뒤 가리지 않기 때문에 당신 팔다리가 잘려 나가도록 도를 쓸 거야. 그러니까 신중하게 생각해서 검을 뽑으라고."

궁비영이 크게 선심 쓰듯 적연에게 충고했다. 그러나 그 충고는 적연의 심기를 더욱 긁어댈 뿐이었다.

창!

검이 검집을 벗어나는 소리가 날카롭게 일어났다.

"네놈들의 실력을 보겠다."

적연이 뽑아 든 검으로 궁비영과 중광을 동시에 겨누며 소리쳤다.

"허허, 이거 정말 앞뒤 분간을 못하는 인간일세. 듣기로는 적공가에서 제법 기대하는 후인이라던데 이제 보니 영 사리 분별을 못하는 자가 아닌가? 그렇다면 이 중광이 가르침을 줘야겠지."

스릉!

말과 함께 중광의 도가 도갑을 벗어났다. 중광은 본래 덩치에 맞게 무거운 중도를 썼으므로 도가 도갑을 벗어나자 너른 도면에 햇빛이 반사되어 눈부시게 번쩍였다. 그 모습이 문득 적연을 움츠리게 만들었다. 호기롭게 검을 뽑았지만 중광의 도를 보는 순간 자신도 모르게 두려운 생각이 들었던 것이다.

그런데 그때였다. 한동안 중광과 적연의 다툼을 지켜보고 있던 위패풍이 위엄 있는 목소리로 두 사람을 말리며 걸어왔다.

"두 사람은 그만 병기를 거두시게!"

마치 그가 이 배의 주인이라도 되는 듯한 말투다. 위패풍의 말에 적연이 마지못하는 듯 검을 거뒀다. 그러나 중광은 도를 거두지 않고 지팡이처럼 짚고 서서 다가오는 위패풍을 기다렸다.

"자네는 왜 도를 거두지 않는가?"

가까이 다가선 위패풍이 꾸짖듯이 중광에게 물었다. 그러자 중광이 싱글거리며 대답했다.

"위 대협도 보듯이 난 체구가 커서 가끔 이렇게 지팡이가 필요하오."

"진정 그래서인가?"

"하면 내가 왜 도를 거두지 않는다고 생각하시는 거요? 설마 이 가소로운 자를 상대로 계속 도를 휘두를 거라 보시오?"

중광이 도를 들어 적연을 가리키며 물었다. 적연이 자신도 모르게 뒤로 물러난다.

"동문에게 말이 지나치군!"

다시 위패풍의 엄중한 목소리가 흘러나왔다. 그러자 중광이 퉁명스레 대답했다.

"아무리 말이 지나쳐도 동문에게 주먹을 휘두르고 검을 뽑아 드는 자에게 비하겠소?"

중광의 대답에 위패풍이 일순 할 말을 잃었다. 먼저 시비를 건 쪽이 적연임은 장내에 있는 사람 누구나가 아는 사실이기 때문이다. 더 이상 중광을 추궁할 말이 없었지만 그대로 물러나기에는 체면이 깎인다고 생각했는지 위패풍이 잠시 침묵을 지키다가 말머리를 돌렸다.

"날 멀리하는 이유가 뭔가?"

그 말은 궁비영과 중광 둘 모두를 보며 한 것이었기에 이번에는 궁비영이 대답했다.

"그게 무슨 소리요? 위 대협을 멀리하다니?"

"내 초대를 거절하지 않았는가?"

"음, 초대라······. 미안하지만 우린 초대를 받은 적이 없소. 설마 저 어리석은 자가 와서 한 말이 초대라고 생각하는 것이오?"

궁비영이 이제는 완전히 뒤로 물러나 있는 적연을 가리키며 물었다.

"그럼 초대가 아니라고 생각하나?"

"그런 건 초대하고 하지 않소. 호출이라고 하지."

궁비영의 말에 위패풍이 잠시 생각에 잠겼다가 고개를 끄떡였다.

"그렇군. 생각해 보니 초대치고는 거칠었다고 할 수 있군. 그런데 내가 그대들을 호출하면 안 되는 건가?"

"볼일이 있으면 찾아오면 되는 일 아니오?"

"음, 맞는 말이기는 하나 나는 비천곡으로 가는 제룡가의 후기지수들을 연장자로서 내가 이끌어야 한다는 책임감을 느끼고 있네만. 모두들 강호 경험이 적기도 하고 말이야."

"글쎄올시다. 사람이 많다면 그 말이 맞을지도 모르지만 채 스물도 되지 않는 숫자이니 굳이 위 대협께서 그런 책임감을 느낄 필요는 없을 것 같소이다. 그리고 당주가 계시는데 뭐가 걱정이시오?"

궁비영의 말에 위패풍의 얼굴이 점점 굳어진다. 귀밑이 벌게지는 것이 노기가 도는 것이 분명했다.

"말이 통하지 않는군."

"무슨 말씀이시오?"

궁비영이 되물었다.

"비천곡으로 가는 본가의 후기지수들은 모두 나를 중심으로 움직여야 한다는 말이네."

"누가 그런 법을 정했소?"

"다른 사람은 모두 동의한 일이지."

"그럼 동의한 사람들이나 잘 돌보시기 바라오. 우리완 상관 없는 일이오. 굳이 우리에게도 우두머리 대접을 받길 원한다 면 당주님의 명을 받아 오시면 되오. 당주님의 명이라면… 뭐, 우리도 달리 방법이 없으니…….'"

궁비영의 퉁명스런 대꾸에 뒤로 물러나 있던 적연이 다시 앞으로 나서며 호통을 쳤다.

"네놈이 감히 대형을 모욕하느냐? 대형께서는 마천과의 싸 움에 출정하셔서 큰 공을 세우신 분이다! 너 같은 애송이에게 모욕을 당하실 분이 아니란 말이다!'"

"당신은 참으로 경솔하군."

"무슨 소리를 하고 싶은 것이냐? 쓸데없는 소리 말고 어서 대형께 사죄드려라!'"

"중광, 저자는 팔다리가 성한 것이 불만인 모양이야."

"흐흐, 그러게 말이야. 아예 부러뜨려 줄까?'"

중광이 슬쩍 도를 들어 보이며 말했다. 그러자 적연이 움찔 한 발 뒤로 물러나더니 그래도 곁에 있는 위패풍을 믿고 다시 소리쳤다.

"네놈들은 정말 안하무인이구나! 험한 강호에 나왔으면 자 중하고 연장자의 말을 따르는 것이 당연한 일이거늘!'"

"글쎄, 당신이나 그렇게 하라고. 우리 걱정은 말고."

중광이 퉁명스레 말했다. 그러자 위패풍이 다시 입을 열었 다.

"그래도 걱정이 된다면 어찌하겠나?"

"뭐… 위 대협의 마음이야 우리가 어쩔 수 있겠소이까?"

"그래서 그 걱정을 덜고자 무리 중에 수장을 정하려는 것일세."

"글쎄, 우린 필요 없는 일이오."

중광이 고개를 저었다.

"아무래도 안 되겠군. 자네들의 재주가 제법 뛰어나다고 들었는데 그 알량한 재주를 믿고 이렇게 안하무인이라면 한 살이라도 많은 내가 자네들에게 강호의 무서움을 깨우쳐 주어야겠어. 그게 사형의 도리라고 할 수 있지."

위패풍의 말에 궁비영이 피식 웃음을 흘린다.

"사형이라……. 제룡가에서는 들어보기 힘든 말이구려."

"우리 모두 제룡가의 사람들이니 당연히 내가 사형이 되지 않겠는가?"

"사형제란 같은 스승을 두고 같은 상에서 밥을 먹는 사람들을 부르는 말이오. 우리가 비록 제룡가에 속해 있다고는 하나 서로 다른 가문에 속해 각 가문에 내려오는 비전 무공을 수련한 사람들이오. 즉 서로 그 무공의 뿌리가 다르니 어찌 사형제 간이라 할 수 있겠소? 모두 그저 제룡가의 외가 사람들일 뿐이오."

"자네가 그리 말해도 난 반드시 이 일행의 서열을 정해놓아야겠어. 자네들로 인해 비천곡에 도착했을 때 우리 제룡가의 사람들이 분열을 할 수는 없는 일이니 말일세."

"그래서 어쩌시겠다는 말이오?"

궁비영이 날카로운 눈빛을 흘리며 물었다. 그러자 위패풍이 툭툭 검을 치며 말했다.

"제룡가에 속한 인연을 중시하지 않는다면 어쩔 수 없이 검으로 가르침을 줄 수밖에 없겠지."

"지금 싸움을 하자는 말이오?"

"싸움이 아니라 비무네. 어찌 한 식구끼리 싸움을 하겠나?"

위패풍이 빙그레 미소를 짓는다.

"싫다면 어쩌겠소?"

궁비영이 물었다.

"뭐 그래도 상관없네. 그렇다면 자네 두 사람은 소문대로 소리만 요란한 소인배가 되는 거지."

"흐흐, 그런 소리 들은 지 이미 오래. 새삼스러울 것도 없소. 중광, 그만 들어가지. 너무 오래 떠들었어. 턱이 다 아프네."

"그렇게 말이다. 고상한 분들과 말을 섞으려니 영 속이…… 가자고!"

턱!

중광이 도를 도갑에 넣는 대신 어깨에 둘러메고 걸음을 옮긴다. 언제라도 자신을 공격하면 대응을 하겠다는 뜻이다. 두 사람이 자신의 비무 요구조차 무시하고 자리를 뜨려 하자 위패풍의 눈에 살기가 돈다. 그의 손이 자연스레 검의 손잡이를 잡아갔다. 금방이라도 배 위에서 피바람이 불 것 같은 분위기다. 그런데 그때였다. 갑자기 선실 쪽에서 강유사와 백주가 모습을 나타냈다.

"모두 멈춰라!"

갑판에 모습을 드러낸 강유사가 궁비영과 중광을 막았다.

"이번 일은 우리가 일으킨 소란이 아닙니다."

중광이 미리 선수를 친다.

"너희를 꾸짖으려는 것이 아니다."

"그럼?"

"마침 오랜 여행으로 지루하기도 하니 나 역시 너희의 비무가 보고 싶구나."

강유사의 말에 궁비영이 의심 어린 시선으로 강유사를 본다. 어쩌면 위패풍의 도발이 강유사의 지시에 의해 일어난 일일지도 모른다는 생각이 들었다.

"처음부터 보고 계셨군요."

궁비영이 물었다.

"중광이 적연과 다툴 때부터 보았다."

"그런데도 말리지 않으셨다니 생각보다 성미가 고약하시군요."

"후후후, 죽고 사는 일이 아니라 그저 무공을 겨루는 일인데 굳이 말릴 이유가 있느냐? 자고로 무인이라면 비무를 구경하는 것이 밥 먹는 것보다 즐거운 법이 아니더냐? 해서 제대로 된 비무를 보고 싶다는 것이다."

"명이라면 모를까 부탁이라면 생각 없습니다. 원숭이 놀이는 영 성미에 맞지 않아서."

"원숭이 놀이?"

"남에게 재주를 자랑하는 일 말입니다. 그런 것은 좋아하는 사람들에게나 시키십시오."

궁비영이 슬쩍 위패풍과 적연 등을 바라보며 말했다. 그러자 강유사가 고개를 저으며 말했다.

"아니, 난 네 녀석의 실력을 보고 싶구나."

"관심 없습니다만……."

"그래? 그럼 어쩔 수 없군. 모두 들어라. 내일 하선을 할 것이다. 바다로 나가기 전 배를 갈아탈 때까지 이틀 정도 쉬어갈 요량이니 그 시간에 너희의 무공을 살펴보겠다."

강유사의 말에 위패풍이 되물었다.

"비무를 하란 말씀이십니까?"

"그렇다. 뭐, 숫자가 열둘이니 그리 오래 걸릴 일도 아니군. 승자에게는 내가 따로 상을 주겠다. 물론 패풍 네가 원하듯 자연스레 무리의 우두머리가 되기도 하겠지."

"알겠습니다, 당주."

위패풍이 대답을 하며 슬쩍 궁비영을 노려봤다. 날카로운 그의 눈빛에서 살기가 느껴진다. 그런 위패풍에게 궁비영이 슬쩍 웃음을 흘려 보이고는 강유사에게 말했다.

"명이시라면 뭐 잠시 검을 놀려보지요. 그런데 상이라면 무엇입니까? 무리의 우두머리 노릇이야 하고 싶은 사람이나 하라 하면 되는 일이고."

"무인에게 상이란 두 가지가 있다. 하나는 절세의 기병이고 다른 하나는 절대의 무공이지. 그러나 나에게 그런 기병은 없다. 본래 기병을 얻는 데는 수만금이 소요되니 나처럼 가난한 사람에게 기병이 있을 리 없지. 대신 비무에서 이긴 사람에게는 한 가지 무공을 주겠다. 이 무공은 사실 그리 대단한 것이라고는 할 수 없지만 위급한 순간 구명의 일 초로는 충분히 사용할 수 있는 것이지. 결코 상으로 부족하지 않을 게다."

"어떤 무공입니까?"

이번에는 중광이 입맛을 다시며 물었다.

중광의 질문에 강유사가 품속에서 한 장의 양피지를 꺼내 들었다. 두 장도 아니고 오직 한 장이다. 그것도 무척 오래되어 보이는 양피지다.

"이 양피지에는 단 세 초식의 검초가 담겨 있다. 오래전 마천과의 싸움이 한창일 때 동해의 이름 모를 섬에서 우연히 얻은 것인데 무공을 남긴 사람의 이름도, 검법의 이름도 적혀 있지 않았다. 그러나 자세히 살펴보니 이 세 초식의 검초는 강호에서 쉽게 볼 수 없는 절초였다."

"그런 무공을 내어놓으시겠다는 겁니까?"

이번에는 위패풍이 놀란 표정으로 묻는다. 대저 강호의 신공절학은 목숨을 걸고라도 취하게 마련인데 그런 보물을 내놓겠다니 강유사의 행동은 이해할 수 없는 것이었다.

"음, 내가 이 무공을 내어놓는 것에는 그 이유가 있다."

위패풍의 말에 강유사가 대답했다.

"어떤 연유이신지요?"

"솔직히 말하면 이 양피지에 담겨 있는 무공은 나에게 부끄러운 것이기도 하다. 이유는 세 초식의 검초 중 내가 그 진의를 완전히 깨달은 것은 오직 하나의 초식뿐이기 때문이다. 나머지 두 개의 초식은 도저히 그 오의를 깨닫기 어렵더구나. 그러니 이 무공의 주인은 내가 아닌 것이지."

"아!"

강유사의 말에 제룡가의 후기지수들이 탄식과 함께 실망의 빛을 보인다. 제룡가의 천무당주 강유사라면 강호에서 손꼽히는 고수다. 당연히 무학의 대가이기도 하다. 그런 사람이 깨닫지 못한 무리(武理)라면 제룡가의 후기지수들 역시 풀어낼 수 없음이 자명했다.

"실망할 것 없다. 비록 셋 중 둘은 풀지 못했지만 하나의 초식만으로도 구명절초로서 충분한 쓰임새가 있으니 말이다. 난 이 한 초식의 검초로 마천과의 싸움에서 두 번이나 죽을 위기를 넘겼다."

강유사의 말에 제룡가 후기지수들의 눈빛이 다시 번뜩인다. 강유사의 목숨을 건진 초식이라면 비록 일 초라 해도 이야기가 달라진다. 탐욕의 마음이 제룡가 후기지수들의 얼굴에 그대로 묻어난다.

"더군다나 나에게 없는 것이 너희에겐 있다. 그 때문에 이번에 이 검초를 얻는 사람은 언젠가는 세 개의 초식을 모두 수련해 낼 수 있을 것이다."

강유사의 말에 적연이 고개를 저으며 말했다.

"그것은 어려운 일인 것 같습니다. 당주님의 무공에 대한 지식은 강호에서도 손꼽히는 것인데 당주께서 풀어내지 못한 검리를 어찌 우리 같은 애송이들이 풀어낼 수 있겠습니까."

"후후, 그렇지가 않다. 말했듯이 내게 없는 것이 너희에게 있으니 그 일이 가능할 수 있다는 것이다."

"저희에게만 있는 것이 무엇입니까?"

적연이 재차 물었다. 그러자 강유사가 씁쓸한 미소를 지으며 대답했다.

"바로 시간이다. 내 나이 올해로 칠십이다. 더군다나 제룡가의 일이 바쁘니 시간을 내 무리를 탐구할 여유가 없다. 그러나 너희 중 가장 나이가 많은 패풍조차도 서른이 되지 않았으니 너희에게 남은 긴 세월 동안 어찌 이 초식의 무리를 깨닫지 못하겠느냐? 언젠가 너희 중 이 양피지에 담긴 세 개의 검초를 모두 깨닫는 자가 있다면 어쩌면 그는 천하제일검으로 불릴지도 모르겠구나."

"아!"

"천하… 제일검!"

제룡가의 후기지수들이 저마다 강유사의 말을 되뇐다. 천하제일검, 검객이라면 누구나 가슴 뛰는 말이다. 그리고 그곳에 도달할 수 있는 검보가 눈앞에 있다. 더군다나 그 검보를 들고 있는 사람은 제룡가 천무당주 강유사다. 허황된 말이 아닌 것이다.

"그러니 이번 비무를 결코 소홀히 생각하지 마라. 내가 세상을 오래 살다 보니 알게 된 것이지만, 가끔 사람의 인생은 아주 사소한 순간에 그 운명이 변하기도 하더구나."

강유사가 빙그레 미소를 지으며 제룡가 후기지수들에게 말했다.

*   *   *

멀리 동해의 푸른 바다가 보인다. 포구는 강과 바다로 동시에 배를 띄울 수 있는 위치에 자리 잡고 있었다. 그래서인지 육로로는 접근이 불편해도 제법 번성한 포구였다.

강유사가 이끄는 제룡가 일행은 하선을 한 후 포구 남쪽의 야트막한 야산에 인접한 객잔에 여장을 풀었다. 객잔의 크기가 작아 거의 전부를 제룡가에서 빌린 모양새가 되었기에 있던 손님들조차도 칼 든 무인들을 피해 객잔을 옮겼다.

"정말일까?"

중광이 객방 하나에 여장을 푼 후 침상에 벌렁 누우며 입을 열었다.

"뭐가?"

"천무당주가 내놓은 그 검결 말이야."

"그럼 가짜를 내놓겠냐?"

"그런 말이 아니라, 정말 그 검결을 완전히 깨우치면 천하제일검이 될 수 있을까?"

"멍청한 소리 하지 마."

"그 검보가 그만한 가치가 없다는 거냐?"

"애초에 말이 되지 않는 소리지."

궁비영이 객방의 창을 열며 말했다.

"하긴 그런 가치가 있는 검보라면 이렇게 유흥이나 다름없는 비무에 상으로 내놓을 리 없지."

"그 검보의 가치가 없다고 말하는 게 아니야."

"그럼?"

중광이 누운 채 고개를 쳐들어 궁비영을 보며 물었다.

"천하제일검이란 게 검보를 얻어 되는 일이 아니라는 거지. 고금 이래 강호사에 이름을 남긴 무인들을 보면 하나같이 스스로의 수련과 깨달음으로 절대지경에 도달했지 무슨 특별한 무공 비결을 잘 얻어 그리된 것은 아니야. 그러니 능력이 있다면 삼류무사의 일 초를 얻어도 고수가 되고, 자질과 노력이 부족하면 천하제일의 무공을 얻어도 고수가 될 수 없다는 거지."

"그렇기는 하지만… 그래도 검결은 중요하지. 재주 좋은 놈이 절대검결을 얻으면 그만큼 절대지경에 오를 가능성이 많아지니까."

"욕심이 나냐?"

"안 난다면 거짓말이지."

중광이 대답했다. 그러자 궁비영이 물었다.

"만약 네가 그 검결을 얻는다면 넌 도(刀)를 버릴 셈이냐?"

"무슨 소리냐?"

"너희 격포 중가는 대대로 도법을 수련했잖아. 그것도 중도(重刀). 무거운 초식들이 주를 이루는 도법이지. 그런데 천무당주가 내놓은 것은 검결이야. 그러니 그 검결을 수련하기 위해선 중가의 도법을 포기해야 하지 않겠냐?"

"둘 다 수련하면 되지 뭐 하러 하나를 포기해?"

"그게 쉬운 일이 아니란 걸 너도 알지?"

"흐흐, 걱정 마라. 이 중광 어른께서는 그만한 자질을 가지고 있단다."

"진심으로 하는 말인데, 두 마리 토끼를 쫓다가는 하나도 잡을 수 없을지 몰라."

"걱정도 팔자다. 아직 내 손에 검보가 들어온 것도 아닌데. 검보가 내 손에 들어오면 한번 살펴보고 그때 결정하면 되지. 그나저나 넌 욕심 없어?"

중광이 궁비영에게 물었다. 그러자 궁비영이 씨익 웃으며 대답했다.

"흐흐흐, 이놈아, 욕심이 없긴 왜 없어? 네놈이 검보를 얻으면 빼앗고 싶은 마당에."

"아하! 이제 보니 그래서 도법을 포기하느니 마느니 그런 소리를 지껄인 거군. 내가 그 검보를 얻으면 네 녀석에게 넘기라는 말이렷다?"

"이젠 제법 머리가 돌아가는구나."

"음, 그 말인즉슨 지금으로썬 날 이길 자신이 없다는 말이고?"

중광이 흐뭇한 미소를 짓는다. 그러자 궁비영이 고개를 저으며 대답했다.

"그런 건 아니지. 단지 널 죽이고 싶지 않다는 말이지."

"뭐? 죽이고 싶지 않다고?"

"생사결이라면 네놈은 내 상대가 되지 않아. 그러나 비무에선 조금 다를 수도 있지. 살초를 쓰지 않는다면 아무래도 힘센 놈이 유리하니까."

"아이구야, 내가 정말 무서운 친구 놈을 사귀었구나. 그러니까 내 목숨을 담보로 검보를 내놓으라는 거냐?"

"좋을 대로 생각해라."

"이놈아, 내 걱정보다 그 위씨 놈 상대할 걱정을 해."

"위패풍?"

"그래. 그자가 마천의 마두 악부의 머리를 얻은 것이 네 말대로 속임수라 해도 우리 중 무공은 제일이란 소리를 듣고 있으니까."

"내가 말했잖아. 난 이미 그자의 밑천을 보았다고."

"그러긴 했지만 그래도 조심해야 할 자야."

"만약 네가 그에게 패하면 내가 제대로 복수해 주지."

"이런 망할 놈이. 비무에선 내가 너보다 나을 거라고 해놓고는!"

"생각이 바뀌었어. 어쩌면 비무에서도 내가 네놈보다 나을지도 모르겠다. 아무래도 네놈은 머리를 쓸 줄 모르니."

"호호호, 마음대로 생각해라. 그러나 때가 되면 이 중광 어른의 비상한 지모를 몸서리치게 깨달을 날이 있을 거다."

그런데 그때 문득 궁비영이 손으로 가슴을 누른다. 그러면서 나직한 신음을 흘리는 궁비영이다. 그러자 중광이 걱정스런 표정으로 물었다.

"또냐?"

"음……."

"괜찮겠냐? 그 상태로 비무를 하는 것은 위험하지 않겠어?"

"괜찮아. 반 시진이면 충분해."

"휴, 요즘 들어 좀 더 자주 증상이 나타나는 것 같더라."

중광이 어두운 얼굴로 말했다.

"그렇긴 한데, 뭐, 통증도 자주 일어나니 익숙해지는 것 같기도 하고."

궁비영이 큰 호흡을 하며 대답했다. 그 와중에도 여전히 궁비영의 손은 자신의 가슴을 누르고 있다.

"뭔가 방법을 찾아야 해."

중광이 걱정스런 표정으로 말했다.

"어떻게?"

궁비영이 되물었다.

"당주께 말씀드려 볼까?"

"음, 당주께?"

"그래. 당주는 누가 뭐래도 절대지경에 오른 고수야. 그러니 네 증세에 대한 이유를 알 수 있을지도 모르지. 의원이야 그동안 충분히 만나봤고."

"비천곡에 든 이후라면 모를까, 그전에는 안 돼. 그전에 내

몸에 이상이 있다는 것을 알게 되면 비천곡에 데려가지 않을
수도 있다."

궁비영이 고개를 저었다.

"네가 반드시 흑성이 되어야 하는 것은 아니잖아? 그보다야
네 몸이 더 중요하지."

중광이 되물었다.

"흑성이 되면… 그자, 유령마 야유사군을 쫓을 수 있다고 했
어. 그 일을 포기할 수는 없는 일이다."

"아이고, 효자 났네, 효자 났어. 쉬지 않고 가주님 속을 썩이
던 놈이."

"흐흐흐, 살아 계실 때 효도를 못했으니 지금이라도 해야지.
야유사군이란 자의 목을 내 손으로 베겠어."

"그래도 위험한 일이야. 몸에 큰 이상이 있는 것이라면."

"비천곡에서 흑성을 길러내는 자들은 아마도 여러 방면에
뛰어난 자들일 거야. 그러니 당주보다는 오히려 그자들의 도
움을 받는 것이 나을 수도 있어."

궁비영의 말에 중광이 고개를 끄덕인다.

"하긴 그럴 수도 있지. 당주가 의술에 조예가 있다는 말은
들은 적이 없으니. 아무튼 비무에서 조심해."

"그건 걱정 마. 한 번 통증이 가시고 나면 보름 정도는 괜찮
으니까."

"그나마 다행이군. 그래도 육 개월 전까지는 일 년에 한두
번 그랬잖아? 그때마다 궁 가주께서 잘 다스려 주셨고."

"그러게 말이다. 아버지는 분명 특별한 병은 아니니 걱정 말라고 하셨는데……."

궁비영이 다시 크게 호흡을 하며 중얼거렸다.

제룡가 일행이 묵고 있는 객잔의 뒤편은 야트막한 야산으로 이어진다. 숲이 제법 무성해 낮에는 객잔으로 시원한 바람을 내려보냈다. 그 무성한 숲의 일부분이 한순간에 무인들의 도검에 의해 베어졌다. 그리고 나무와 풀이 베어진 곳에 커다란 공터가 생겼다.

그 공터로 사람들이 모여들었다. 객잔에서 하루를 묵은 제룡가 사람들이다.

"여행 중에 비무를 한다는 것이 참으로 어색한 일이긴 하군."

가장 늦게 공터에 도착한 천무당주 강유사가 주변을 돌아보며 말했다. 그의 말대로 낯선 곳에서 비무를 하려니 제룡가 후기지수들 사이에 산만한 분위기가 흘렀다.

"들어라!"

강유사가 다시 입을 열었다.

"예, 당주님!"

여행 중에는 강유사를 모두 대인이라 불렀지만 오늘은 사람들의 이목을 신경 쓸 이유가 없기에 강유사의 본래 신분인 제룡가의 천무당주로 불렀다.

"애초에 이 비무를 하게 된 이유는 너희들 간에 서열을 두고 작은 분란이 있었기 때문이다. 연배로 보자면 당연히 패풍이 대형 노릇을 해야 하나 가문이 다르고, 무공도 다르며, 평소 왕래가 없던 사람들도 있으니 갑자기 서열을 정하는 것은 어색한 일이다. 더군다나 무림에서 나이는 사실 별반 중요한 것이 아니다."

강유사의 말에 위패풍의 얼굴이 붉어졌다. 연장자로서의 자신의 위치를 무의미하게 만드는 강유사의 말이기 때문이다. 그러나 강유사가 위패풍의 기분을 살필 사람은 아니다.

"너희 모두가 제룡가의 밥을 먹고 있다고는 해도 그 출신이 각기 다르니 사형제로 서열을 정리할 것도 아니다. 그러니 결국 무림의 법을 따라야 한다. 강자가 우두머리가 되고 약자는 그를 따른다. 모두 알겠느냐?"

"알겠습니다, 당주!"

제룡가의 후기지수들이 일제히 고개를 숙인다. 그러자 강유사가 고개를 끄떡이고는 다시 입을 열었다.

"외지에 나왔으니 비무를 오래 할 수는 없다. 물론 사람이 적으니 그리 오래 걸릴 일은 아니나, 그래도 시간을 줄일 수 있으면 줄이는 것이 좋겠지. 그래서 비무의 규칙을 조금 특별하게 정했다."

강유사가 잠시 말을 멈추고 백주를 바라봤다. 그러자 백주가 앞으로 나서더니 목검 여러 개를 공터 한쪽에 꽂았다. 백주가 목검을 꽂자 강유사가 입을 열었다.

"오늘 비무는 진검이 아니라 목검으로 한다. 너희를 무시하는 것은 아니다. 모두 진검으로도 큰 탈 없이 비무를 펼칠 수 있는 실력이 있다는 것을 알고 있다. 그러나 세상일에는 만에 하나라는 것이 있다. 너희가 제룡가를 떠나 강호로 나온 것은 비천곡에 가기 위함이지 이곳에서 비무를 하기 위함이 아니니 나로서도 조심할 수밖에 없다. 혹 목검을 사용하는 데 반대하는 사람이 있느냐?"

"당주님의 뜻에 따르겠습니다."

제룡가의 후기지수들이 일제히 대답했다. 그러자 강유사가 다시 말을 이었다.

"좋아, 모두 내 뜻을 따라주니 고맙군. 비무의 규칙은 이렇다. 본래 이 비무가 너희 모두의 서열을 정하자고 하는 비무는 아니다. 그저 이 중 우두머리 한 명이 필요하단 사람들이 있고 또 그게 필요 없다는 사람도 있으니 우두머리가 되고 싶은 사람은 비무에 참여한다. 또한 우두머리를 원치 않는 자도 비무에 참여한다. 자, 이 두 가지 조건에 해당하는 사람은 목검을 들어라!"

장황하게 설명했지만 강유사가 말한 의도는 간단했다. 위패풍이 후기지수 중 우두머리가 되는 것에 반대하는 자만이 비무에 참여하란 말이었다.

강유사가 말을 마치고 뒤로 물러나자 제룡가의 후기지수들이 망설이는 듯 보이더니 역시 모두가 예상한 대로 위패풍이 가장 먼저 걸음을 옮겨 목검을 빼 들었다. 그러면서 동료들을 돌아보며 말했다.

"이 작은 집단에 우두머리가 필요할까 생각할 수도 있지만 그래도 비천곡에 가서는 모두 힘을 합칠 필요가 있으니 연장자로서 내가 형제들을 이끌 수 있기를 바라네. 또 형제들의 실력이 궁금하기도 하군."

그의 말투에는 무리 중 누구도 자신의 상대가 될 수 없을 거란 자신감이 깃들어 있었다. 이미 일행 중 태반이 자신의 따르고 있으니 사실 이 상황에서 위패풍과 경쟁할 사람이 나타나기도 힘들었다.

그러나 그렇다고 위패풍이 쉽게 무리의 우두머리가 될 수는 없었다. 당연하게도 그의 반대쪽에 이 비무의 단초가 되었던 궁비영과 중광이 있고, 또 그간 속마음을 숨기고 있던 자들도 있기 때문이다.

"난 누가 나에게 잔소리를 하는 걸 아주 싫어하지."

중광이 앞으로 나아가 목검 하나를 뽑아 들었다. 그러자 궁비영도 말없이 중광의 뒤를 이어 목검을 뽑아 든다.

그리고는 또 잠시 침묵이 흘렀다. 그러자 백주가 후기지수들을 보며 물었다.

"더 이상 비무를 할 사람이 없느냐?"

그의 말과 표정에서 실망감이 묻어난다. 적어도 제룡가의 문도라면 자신의 무공을 겨뤄볼 패기가 있어야 한다고 생각하는 백주였다. 그런데 비무를 하겠다는 사람이 단 세 명이라면 너무 적은 숫자다.

그런데 백주의 마음을 읽었을까. 문득 이십 대 중반의 사내

한 명이 앞으로 나섰다.

"저도 제 무공을 시험해 보고 싶군요."

사내가 성큼성큼 걸어와 서슴없이 목검을 뽑는다. 그러자 연이어 다시 한 명의 사내가 앞으로 나섰다.

"나 역시 형제들과 무공으로 친분을 쌓고 싶습니다."

이번에 나선 사내는 제룡가의 후기지수 중 가장 키가 큰 자였다. 그래서 그가 목검을 뽑아 들자 검이 아니라 작은 비도를 손에 든 듯한 느낌이 들 정도였다.

"종풍과 이격이라…… 그래, 저자들은 나설 줄 알았지."

중광이 고개를 끄떡인다. 궁비영 역시 두 사람이 필시 비무에 나설 것이라 생각하고 있었다. 그도 그럴 것이, 먼저 나선 종풍이란 자는 천무당의 고수 종소룡의 아들로 평소 제룡가의 후기지수 중 자신의 무공이 제일이라 자부하는 자였고, 두 번째 나선 자는 이격이란 자로 사대외가 중에서 위공가와 쌍벽을 이루는 이공가의 사람으로서 위패풍에게 무리의 우두머리를 양보할 수 없는 자였다.

그렇게 두 사람이 더 목검을 뽑아 든 이후에는 더 이상 비무에 참가하기 위해 목검을 뽑아 드는 자가 없었다. 그러자 강유사가 다시 앞으로 걸어 나왔다.

"더 이상 비무에 참여할 사람이 없는 듯하니 이제 비무를 시작하겠다. 그런데 사람이 다섯이니 짝을 맺기가 곤란하구나."

그러자 위패풍이 호기롭게 말했다.

"제가 한 사람씩 다른 네 형제와 연이어 비무를 해보고 싶습니다."

순간 강유사가 눈살을 찌푸린다. 호기로움이 지나쳐 교만해 보이는 위패풍의 행동이 마음에 들지 않은 것이다.

"패풍, 비무에 참가한 다른 형제들을 무시하는 행동은 하지 말거라."

강유사의 차가운 충고에 위패풍이 얼굴을 붉히며 뒤로 물러난다. 그러자 강유사가 잠시 생각에 잠겼다가 백주를 보며 말했다.

"이런 경우 결국 제비를 뽑아 서로의 짝을 결정하는 것이 좋겠지? 그러자면 준비를 해야겠군."

강유사의 말에 백주가 고개를 숙여 보이고는 제비를 뽑을 준비를 하려는데 갑자기 무리 중에서 젊은이 한 명이 앞으로 나섰다.

"늦었지만 짝이 맞지 않는다니 제가 한번 비무에 나서보겠습니다."

"응? 자네가?"

강유사가 조금 의외라는 듯 물었다.

"실력이야 부족하겠지만 그래도 짝은 맞출 재주는 있습니다."

"좋아, 그럼 굳이 제비를 뽑을 필요는 없겠군. 서로 원하는 상대를 고르면 그뿐이니 말이야. 이렇게 한다. 원하는 상대가 있는 사람이 먼저 상대를 지목해 비무를 진행한다. 누가 먼저 나서겠느냐?"

강유사가 비무에 나선 여섯 사람을 보며 물었다. 그러자 가장 나중에 나선 자가 기다렸다는 듯이 입을 열었다.

"제가 격포 중가의 중 대협과 한번 겨뤄보고 싶습니다."

사내의 말에 중광이 뜨악한 표정을 지었다.

"아니, 저자가 왜 날 지목하지?"

중광이 궁비영에게 물었다. 그러자 궁비명이 퉁명스레 대답했다.

"글쎄다. 그건 나도 잘 모르겠다. 어쩌면 네가 가장 만만해 보였을 수도 있겠지."

"이런, 젠장. 정말 그렇다면 내가 제대로 뜨거운 맛을 보여 줘야겠군."

중광이 투덜거리며 앞으로 나섰다. 그러자 궁비영이 중광의 등을 보며 나직하게 중얼거렸다.

"유엽이라……. 그 또한 몰락한 외가의 종손이니 마음에 독을 품고 있을 거야. 조심해야 할 거다."

제4장
비무

　"청송 유가의 유엽이라 하오. 평소 중 대협의 호쾌한 풍모를
존경해 왔소이다."

　중광이 앞으로 나서자 유엽이 정중하게 포권을 하며 맞이한
다. 그러자 중광이 살짝 얼굴을 찌푸린다. 유엽의 나이는 올해
스물다섯. 더군다나 제룡가라는 한 울타리에서 살아가는 자이
니 중광을 대하는 지금의 태도는 지나친 면이 있다.

　"하루 이틀 본 사이도 아닌데 새삼스럽습니다, 유 형님."

　평소 친분이 두터운 것은 아니다. 그러나 가끔 시전이나 제
룡가의 행사에서 얼굴을 마주친 적은 있으니 중광의 말 역시
뜬금없는 것은 아니다. 그러나 위패풍과 같은 사람에게도 형
님 소리를 하지 않던 중광이 유엽에게 그런 말을 한 것이 확실

히 의외이기는 했다.

"이거 중 대협에게 형님 소리를 듣다니 이 유엽의 큰 영광이오."

"저야말로 형님께 대협이란 소리를 들으니 몸 둘 바를 모르겠군요. 제 소문을 들으셨다면 제 행실이 고약해 북산의 망나니라고 불리는 것을 잘 알고 계실 텐데……."

"그래도 처지가 곤란한 사람을 괴롭힌 적은 없는 것으로 알고 있소."

순간 유엽을 상대하려는 중광도, 십여 장 밖에서 두 사람의 모습을 지켜보고 있던 궁비영도 한순간 흠칫한 느낌이 들었다.

유엽의 말이 틀린 것은 아니다. 그간 두 사람이 북산 근처에서 수시로 말썽을 피우며 싸움질을 했지만 그렇다고 이유 없이 힘없는 사람을 괴롭힌 경우는 없었다.

그런데 제룡가의 식솔 중 그 사실을 눈여겨보는 사람은 드물었다. 두 사람의 행동이 워낙 방자하기도 했거니와 나이에 맞지 않게 주루 출입도 잦았기 때문에 그들의 진실한 면모를 알아보기 힘들었기 때문이다.

"저에 대해 생각보다 많이 알고 계시는군요."

"그러니 중 대협에게 비무를 청한 것 아니겠소?"

유엽이 빙그레 미소를 지었다. 중광의 표정이 점점 굳어갔다. 심심풀이로 나설 상대가 아니라는 것을 유엽의 말과 행동에서 깨달은 것이다.

"한 수 가르침을 받겠습니다."

중광이 목검을 들어 세우며 말했다. 그러자 유엽이 고개를 저었다.

"내가 알기로 중 대협의 무공은 북산의 그늘에 사는 후기지수 중 제일이라 들었소. 어찌 내가 가르침을 줄 수 있겠소. 오히려 내가 중 대협에게 한 수 배우리다. 그럼!"

유엽도 검을 들어 가슴 높이에서 수평으로 눕혔다. 기이한 기수식이다. 그러나 한편으로는 이해가 가는 기수식이기도 하다. 본래 청송 유가는 쾌검으로 유명한 가문이다. 방어를 먼저 하고 기회를 노려 기습하는 청송 유가의 검법은 그래서 가끔 살문의 무공으로 오해받기도 했다. 유엽의 기수식은 바로 그런 반격을 준비하는 데 최적이었다.

슥!

중광이 거대한 체구에 어울리지 않게 가벼운 걸음으로 한 발 전진했다. 그러자 그의 신형이 순식간에 유엽의 앞에 도달했다. 미세한 움직임이 만들어내는 빠르고 강렬한 이동에 장내의 사람이 모두 놀란 표정을 지었다.

쐐액!

중광이 기교를 부리지 않고 그대로 목검을 머리 위에서 아래로 내리그었다. 본래 중광은 도를 쓰기 때문에 손에 목검을 쥐었다 해도 그 초식은 도법을 따르고 있었다.

중광의 목검이 자신의 머리를 부술 듯 닥쳐오자 유엽이 중광과 정면으로 맞서지 않고 몸을 비틀어 상대의 목검을 피했다. 그리고는 가슴 높이에 들고 있던 검을 번개처럼 옆구리 뒤쪽으로 찔러 넣었다.

팟!

날카로운 파공음과 함께 유엽의 등 뒤로 뻗어 나온 목검이 그대로 중광의 옆구리를 찌른다. 그러자 중광이 놀란 표정을 지으면서도 커다란 덩치를 허공으로 날렸다.

중광의 몸이 믿을 수 없을 만큼 가볍게 공중제비를 한다. 그런데 그런 중광보다 더 놀라운 것이 유엽의 움직임이었다. 유엽이 어느새 중광이 떨어질 지점을 점하고 상대가 자세를 바로잡기 전에 다시 중광의 다리를 베어갔다.

"오!"

비무를 지켜보던 제룡가 후기지수들 사이에서 탄성이 흘러나왔다. 생각보다 날렵한 중광의 움직임 때문이 아니었다. 여행 중에 전혀 존재감이 없었던, 마치 이방인처럼 행동하던 유엽의 숨겨진 놀라운 무공 때문이었다.

사사삭!

중광이 자신의 발끝에서 일어나는 미세한 파열음에 소름 끼친 듯 놀라며 두 다리를 힘껏 차올렸다.

웅!

강력한 파공음을 일으키며 중광의 발이 유엽의 검을 뚫고 그의 턱을 노렸다.

"헛!"

유엽의 입에서 다급한 음성이 흘러나왔다. 그는 사실 자신의 승리를 확신하고 있었다. 허공에서 균형을 잡지 못한 상대에게 기습을 가할 때는 십 할의 승리를 장담하는 그의 검초였다. 그런데 중광은 최악의 상황에서도 공세를 멈추지 않는 우직함을 가지고 있었고, 그 우직함이 자신을 위기에서 구하고 방심한 유엽을 오히려 위기로 몰아넣었다.

툭!

턱에 맞지는 않았다. 대신 유엽의 머리 위 상투가 중광의 발 끝에 걸렸다. 그런데 그 작은 충돌로도 유엽의 신형이 비틀거렸다. 타고난 신력을 지닌 중광이다. 그런 중광의 발길질은 평범한 사람은 스치기만 해도 뼈가 부러질 만한 위력을 지니고 있었다.

중광의 발길질에 중심을 잃은 유엽이 비틀거리면서 재빨리 뒤로 물러났다. 그러나 중광은 그런 유엽에게 시간을 주지 않았다. 쾌검을 쓰는 자에게 시간을 준다는 것은 적의 손에 칼을 들려주는 것이나 마찬가지다.

휘잉!

중광이 왼팔을 벼락처럼 휘둘렀다. 자세가 틀어져 있어 미처 오른손에 들린 목검을 사용할 시간이 없었던 것이다.

턱!

중광의 손에 아슬아슬하게 유엽의 옷자락이 잡혔다. 순간 중광이 요란한 소리를 토해냈다.

"하얏!"

벼락같은 중광의 기합성과 함께 그의 손에 옷자락이 잡힌 유엽의 신형이 허공으로 떠올랐다.

"엇!"

"저런!"

비무를 지켜보던 사람들이 놀라 소리를 질렀다. 그도 그럴 것이, 중광이 유엽의 옷자락을 잡아챈 후 허공에서 상대를 빙빙 돌리고 있었던 것이다. 병기를 들고 비무를 하는 무인들 사이에선 좀체 볼 수 없는 광경이다. 중광의 신력이 그대로 드러나는 순간이기도 했고, 무인으로서는 민망한 장면이기도 했다.

그러나 사람들의 생각이야 어떻든 중광은 유엽이 정신을 차릴 수 없을 정도로 빠르게 허공에서 그의 몸을 휘둘러 댔다. 그러다가 그 속도가 중광 자신조차 통제할 수 없는 순간이 되자 그대로 유엽의 옷자락을 놓아버렸다.

순간 유엽의 몸이 허공으로 내쳐졌다. 한데 그 와중에도 유엽은 놀라운 능력을 드러냈다. 필시 땅바닥에 내동댕이쳐져 어디 한 군데 부러져야 될 상황이었지만 유엽은 몸이 땅과 충돌하기 바로 직전에 가까스로 손으로 땅을 짚어 충돌의 위험을 막은 뒤 가볍게 두어 바퀴 땅을 굴러 몸을 바로 세운 것이다.

그러나 비록 땅과 충돌하는 것은 막았지만 비무는 그 순간 끝이 났다. 어느새 다가온 중광이 목검을 유엽의 목젖에 들이대고 있었던 것이다.

"내가 이긴 것 같수."

중광이 말했다. 형님, 형님 하며 존대를 하던 중광은 더 이상 없었다. 그는 비무를 하며 유엽이 자신의 실력을 숨기고 사람들을 속이는 음흉한 자임을 확인한 터라 이런 자에게 더 이상 존대를 하고 싶지 않았다.

"정말 대단한 힘이오. 도검이 무용(無用)하구려."

유엽이 말했다. 그의 말 속에는 힘이 아니라 무공이라면 자신이 이긴 비무라는 의미가 담겨 있었다.

"뭐, 싸움이란 것이 본래 도검이 나오기 전에는 손과 발로 하던 것이 아니겠소? 적수공권, 그게 모든 싸움의 근본이지. 난 그게 좋더구려."

중광이 목검을 거둬들이며 말했다.

"모두 보여준 것이오?"

유엽이 재빨리 물었다. 그러자 중광이 실소를 흘리며 말했다.

"그야말로 내가 묻고 싶은 말이구려."

중광의 말에 유엽이 한순간 당황한 표정을 짓더니 이내 신형을 돌려 강유사에게 포권을 하고는 뒤로 물러났다. 그러자 중광 역시 강유사에게 포권을 해 보이고는 궁비영이 있는 곳으로 돌아갔다.

"기이한 자야."

중광이 뭔가 불편한 기색으로 말했다.

"그러게 말이다. 그가 진검을 들고 있었다면 어땠을까 하는 생각이 들던데?"

"내가 졌을 거란 말이냐?"

중광이 으르렁대듯 물었다.

"물론 너도 네 칼을 썼다면 그가 오 초도 견뎌내기 힘들었겠지. 네 힘에 그의 검이 부러졌을 테니까. 하지만 그가 너의 선공을 견뎌낸다면 이후의 싸움은 승부를 예측할 수 없을 것 같더라."

"흥, 그래도 결과는 마찬가지야. 그가 무엇을 숨기고 있든 나 역시… 흐흠!"

중광이 말을 하다 말고 주변을 살피며 입을 다물었다. 그러자 궁비영이 다시 말했다.

"아무튼 흥미로운 사람이야. 우리가 알던 그가 아니야."

"기분이 좋지 않아. 음흉한 자야."

"달리 생각하면 진중한 자라고도 할 수 있지."

"살기가 보통이 아니더라고."

"살기라……. 그런 소문이 있기는 했지. 청송 유가의 검이 살수의 검에서 비롯되었다는."

"헛소문은 아닌 것 같아. 앞으로 조심해야 할 자다."

"살수라고 모두 나쁜 것은 아니지. 오히려 정파라고 자처하는 자 중에 고약한 자가 더 많아."

"뭐… 그렇기는 하지만……."

중광이 말을 얼버무렸다. 그사이 장내가 정리되고 다시 강유사가 비무장의 중앙에 나와 섰다.

"첫 번째 비무는 참으로 재미있는 비무였다. 괴초가 난무하는 싸움이야말로 구경꾼에게는 놓칠 수 없는 구경이지. 자, 이제 두 번째 비무를 시작한다. 다음에 나설 사람은 누구냐?"

강유사가 묻자 이공가의 삼남 이격이 앞으로 나섰다.

"제가 부족한 솜씨를 보이겠습니다."

"좋아, 이공가의 십이분검(十二分劍)을 본 지도 오래되었구나. 기대하마."

"당주님의 눈에 찰지 걱정입니다."

"너의 분검이 한 경지에 올랐음을 내가 이공가주께 들었노라."

"과찬이십니다."

이격이 정중하게 머리를 조아린다. 한 치의 흐트러짐도 없는 정중한 태도다. 본래 이공가는 제룡가의 외가 중에서도 그 행동이 가장 절도 있는 가문으로 유명했다. 그래서일까. 난봉꾼이라는 말을 들으며 살아온 궁비영을 보는 이격의 눈빛이 심상찮다.

'나로군.'

궁비영이 이격의 눈빛에서 그의 마음을 읽었다.

"궁가의 새로운 가주를 상대하는 영광을 주시겠나?"

이격의 말에 궁비영이 씁쓸한 웃음을 흘렸다. 이격 자신이 궁비영을 궁가의 새로운 가주라 생각한다면 그 자신이 사대외가에 속하는 이공가의 후예라도 하대를 할 수 없다. 그럼에도 하대를 한다는 것은 궁가를 업신여기기 때문일 터이다.

"흐흐, 제법 심기를 건드는데? 기분 상했냐?"

중광이 실실거리며 궁비영에게 귓속말을 건넨다. 그러자 궁비영이 차갑게 대답했다.

"궁가의 가주가 어떤 사람인지 보여주지."

궁비영이 목검을 집어 들고 앞으로 나갔다. 그러자 중광이 손을 비비며 중얼거렸다.

"아이고, 이거 어쩌나. 오늘 이공가의 삼남께서 곤욕을 치르겠군. 저 싸움닭의 심기를 긁어댔으니. 흐흐."

"오랜만이구려, 궁 가주."

꼬박꼬박 궁비영을 궁 가주라 부르는 이격이다. 그러나 결코 상대를 존중해서 부르는 호칭이 아니다. 오히려 이제 겨우 스물이 넘은 애송이가 가주가 된 궁가를 비웃기 위해 그리 부르는 것이다.

"아마 삼 개월쯤 된 모양이오."

궁비영이 무심하게 대답했다.

"그렇구려. 당시에는 이렇게 비천곡으로 동행하게 될 줄 몰랐소이다."

"나 역시 그렇소이다. 설마 이공가의 삼 공자께서 비천곡에 가실 줄은 몰랐소이다. 하긴 이공가의 다른 두 분 공자께서는 가문의 유업을 이어야 하니 어쩔 수 없는 일이기는 하구려."

지극히 평범한 말이지만 그 말에 이격의 얼굴이 굳어지더니 눈에서 살기가 일어난다. 모르는 사람은 어리둥절할 일이지만 그 속내를 알고 있는 사람들에게는 이격의 살기가 당연하게 느껴질 것이다.

본래 이공가의 삼형제는 모두 그 어머니가 다르다. 이공가의 가주 이산검은 그 행보가 청정한 것과 어울리지 않게 부인을 여럿 두었는데 그 이유는 그가 호색하기 때문이 아니라 그의 가문이 대대로 후손이 귀하기 때문이었다. 다시 말해 부인을 여럿 둔 것은 후손을 많이 얻기 위함이었다. 그리고 그 덕분인지 세 명의 부인에게서 한 사람씩의 아들을 얻었다.

　그러니 자연스럽게 어머니가 다른 형제들 사이에 가문의 후계자 자리를 두고 경쟁이 생길 수밖에 없었다. 어머니가 다르니 형제의 정을 기대할 수도 없었다. 더군다나 이산검은 형제들 간의 경쟁을 말리지 않았는데 그럴수록 강한 후계자를 얻을 수 있다고 생각하기 때문이었다.

　그런데 그렇게 세 형제가 이공가의 후계자 자리를 두고 경쟁하는 와중에 이격이 비천곡에 가게 되었다는 것은 결국 그가 후계자 경쟁에서 밀려났다는 의미이다. 궁비영이 그런 이격의 처지를 비꼰 것이다.

　"목검으로 하는 비무이기는 하나 역시 무공을 겨루는 일이니 혹시 예상치 못한 일이 일어나더라도 이해해 주시기 바라오."

　이격이 궁비영을 노려보며 말했다. 누가 봐도 협박으로 하는 말이다.

　"설마 비무 중에 죽기라도 하겠소? 죽지만 않는다면 상관없는 일이오."

　"좋소, 그럼 한 수 부탁하겠소."

이격이 비장한 얼굴로 목검을 들고 궁비영을 향해 다가왔다. 궁비영이 그런 이격을 잠시 응시하다니 횡으로 이동하기 시작했다. 얼핏 보면 이격의 기세를 피하는 듯 보이는 행동이다. 그러자 승기를 잡았다고 생각했는지 이격이 속도를 높여 궁비영을 공격했다.

파파팟!

이격의 목검이 허공에서 연달아 세 번의 초식을 펼쳐냈다. 처음부터 사정을 두지 않는 공격이다. 그러자 궁비영이 검을 들어 분주하게 이격의 검을 막아냈다.

그러나 상대의 검을 막기는 했으나 계속해서 뒤로 밀리는 것은 어쩔 수 없었다. 첫 싸움의 승기는 이격이 가져간 모양새다.

이격은 두 발을 거의 땅에 대지 않았다. 그는 가볍게 땅을 차 허공을 날며 틈을 주지 않고 궁비영을 공격했다. 그 모습이 마치 사냥에 나선 매와 같았다.

그런데 비무가 예상외로 길어졌다. 처음의 판세대로라면 이 비무는 금세 이격의 승리로 끝나야 했다. 그러나 이격은 거의 완벽한 승기를 잡았으면서도 쉽게 비무를 끝내지 못하고 있었다. 궁비영은 궁박한 지경에서도 결정적인 일검을 허용치 않고 인내심을 갖고 이격의 공세를 견뎌냈다.

그럴수록 이격의 목검이 더욱 매섭게 궁비영을 몰아쳤다. 사방이 이격이 만들어내는 검세로 가득 찼다. 제룡가 후기지수들의 얼굴에도 감탄의 기색이 역력했다. 과연 사대외가의 후예라는 말이 절로 나오는 이격의 무공이었다.

그러나 사람들의 감탄과는 달리 당사자인 이격은 어느 순간부터 초조한 기색이 드러나기 시작했다. 그의 얼굴이 붉어지고 호흡이 거칠어졌다.

비록 강호에서 존중받는 제룡가의 사대외가 출신이라 해도 외가의 무인들은 절정의 무공을 수련할 기회를 갖기 어려운 사람들이다. 만약 그들에게 절대지경에 오를 수 있는 무공이 있었다면 제룡가의 외가로 남아 있을 이유가 없었다.

강호 절대고수들의 입장에서 보자면 제룡가 외가 무인들의 무공은 일류의 경지에는 도달할 수 있으나 절대의 경지에는 이를 수 없는 것이었다. 그러니 그 후인들 역시 심오한 내가기공을 수련했을 리는 없는 일. 이제 겨우 이십 대 중반인 이격의 내공이 서서히 그 바닥을 드러내는 것은 당연한 일이었다.

"핫!"

한순간 이격이 온몸의 기운을 모아 궁비영의 머리를 내려쳤다. 일격필살. 몸의 진기가 모두 사라지기 전에 승부를 보려는 회심의 일초였다. 그런데 다음 순간 이격도, 이들의 비무를 지켜보고 있던 제룡가의 무사들도 모두 놀랄 일이 벌어졌다.

딱!

그동안 이격의 공세를 교묘하게 피해내던 궁비영이 이번만큼은 정면에서 이격의 목검을 받아낸 것이다. 그리고 놀랍게도 그 충돌에서 물러난 사람은 그동안 수세에 몰리던 궁비영이 아니라 이격이었다.

"읏!"

이격이 바위처럼 단단한 반탄력을 느끼며 자신도 모르게 뒤로 물러났다. 그러자 그 틈을 타고 궁비영이 가볍게 도약하며 이격을 향해 날아들었다. 그 기세와 속도가 놀라울 만큼 빨라서 마치 한 마리 맹수를 보는 듯했다.

"이젠 내 공격을 받아보시오!"

궁비영의 입에선 여유 있는 경고까지 흘러나왔다. 지금까지 태풍처럼 몰아치던 이격의 공세를 막아내면서도 전혀 그 내력이 손상되지 않은 모습이다.

궁비영의 검이 움직였다. 그의 검에서 공기를 가르는 미세한 소음이 연이어 일어났다. 마치 가는 벼락이 쉴 새 없이 치는 듯한 모양새다.

탁탁탁!

이격이 두려운 기색을 보이며 허겁지겁 궁비영의 검을 막아낸다. 싸움의 양상이 일변했다. 이제 싸움의 주도권은 궁비영에게 있었다. 더군다나 궁비영은 서둘지도 않았다. 내력 면에서 궁비영은 이격을 압도하고 있었으니 굳이 싸움을 급하게 끌고 갈 이유가 없었다.

궁비영의 내력이 이격을 능가하는 것이 그가 애초에 이격보다 나은 내력을 가지고 있었기 때문인지, 혹은 이격이 초반 공세에서 내공을 너무 많이 소모했기 때문인지는 알 수 없으나 일단 내력의 차이를 보이기 시작하자 이력은 금세 궁한 처지로 내몰렸다.

궁비영이 번개처럼 이격의 주위를 돌며 이격의 급소를 가격했다. 그때마다 이격은 다급하게 궁비영의 검을 막아냈으나 간혹 그의 검을 막지 못하고 옷자락에 목검이 스치는 경우도 있었다. 그럴 때마다 비록 목검이기는 하나 이격의 옷자락은 속절없이 잘려 나갔고, 간혹 그 옷자락 안쪽에서 피가 보이기도 했다.

"망할 놈, 적당히 하지."

궁비영과 이격의 비무를 지켜보고 있던 중광이 혀를 찼다. 장내의 인물 중 중광만큼 궁비영에 대해 잘 아는 사람은 없었다. 중광은 지금도 궁비영이 자신의 본 실력을 모두 드러내지 않고 있다는 것을 알고 있었다.

북산에 머물 때 궁비영과 사람들의 눈을 피해 깊은 숲에서 비무를 할 때면 항상 지금처럼 궁비영은 초반에 수세에 몰리다가 종국에는 유리하게 비무를 끝내곤 했다.

그런데 궁비영이 최선을 다하지 않고 있다는 것을 알고 있는 사람이 중광만이 아닌 모양이었다.

"그만! 비무를 멈춰라!"

한순간 강유사의 목소리가 흘러나왔다. 그러자 막 이격의 머리에 일격을 가하려던 궁비영이 그의 이마 바로 앞에서 검을 멈췄다.

"두 사람은 뒤로 물러나라. 비무는 끝났다."

다시 강유사가 말했다. 그러자 궁비영과 이격이 제각기 다섯 걸음 뒤로 물러났다.

"이 비무는 비영의 승이다. 이격, 이의 있느냐?"

강유사가 묻자자 이격이 잠시 분한 표정으로 입을 다물고 있다가 결국 수긍했다.

"제가 졌습니다."

"좋아, 승부를 인정하니 장부라 할 수 있다. 두 사람의 비무는 나조차도 놀라게 했다. 이런 인재들이 제룡가에 있으니 가문의 존장으로서 기쁘기 이를 데 없다. 수고들 했다. 그만 물러나라."

강유사의 말에 궁비영과 이격이 각자 자신이 있던 곳으로 되돌아갔다. 비무를 끝낸 두 사람을 보는 후기지수들의 눈길은 이전과 크게 달라져 있었다. 지금까지 궁비영은 북산의 망나니로, 이격은 사대외가의 뛰어난 무인으로 알고 있었으나 이 한 번의 비무로 궁비영은 일약 제룡가 후기지수 중 손에 꼽힐 만한 고수로 여겨지게 되었던 것이다.

"하여간 성질 하고는……."

궁비영이 자리로 돌아오자 중광이 혀를 찼다.

"무슨 소리야?"

"더 일찍 비무를 끝낼 수 있었잖아?"

"그자가 운이 좋은 거지. 적어도 팔다리 하나는 부러뜨리려고 했는데 당주님이 비무를 멈추게 했으니."

"당주님은 고수야. 네놈의 속셈을 모두 읽고 있는 것 같더라. 널 보는 시선이 예사롭지 않았어."

"제룡가의 천무당주가 아니냐."

"하긴 천기자 곡풍이 마천과의 싸움을 끝내고 정리한 강호 일백대고수 목록에도 이름을 올렸다고 했으니까."

"그 소문을 믿는 거냐?"

"아니 땐 굴뚝에 연기가 날까?"

"그래도 천기자에 대한 소문은 너무 허황돼. 어떻게 한 사람이 강호의 모든 무공을 알겠어. 그랬다면 그자야말로 천하제일인이지."

"선천적으로 무공을 수련하기 어려운 몸일 수도 있지. 머리는 있지만."

"얼굴을 본 사람도 없고."

"뭐… 그야 그렇지만……."

중광이 말을 얼버무리는데 강유사의 목소리가 들려온다.

"자, 비무를 다시 시작한다. 두 번의 비무에서 보여준 너희의 무공이 날 뿌듯하게 하는구나. 이번 비무도 기대하마. 나머지 두 사람은 앞으로 나서라!"

강유사의 명이 떨어지자 위패풍과 종풍이 앞으로 걸어 나왔다.

"얼래? 조금 이상한데?"

위패풍과 종풍이 앞으로 나서자 문득 중광이 중얼거렸다.

"뭐가?"

"위패풍이란 자, 겁먹은 거 같아."

"에이, 설마."

궁비영이 고개를 저으면서도 비무장 중앙에 나선 위패풍을 살핀다. 그런데 자세히 살펴보니 과연 중광의 말처럼 위패풍의 얼굴이 그늘져 있다. 필시 이번 비무를 꺼리는 것이 분명했다.

"뭐지?"

궁비영이 중광을 돌아보며 물었다.

"난들 아냐? 몸이 좋지 않든지, 아니면 종풍이란 자의 실력이 만만치 않은 거겠지."

"그런 건가? 그래도 제룡가의 정식 비무대회에서 승리한 실력인데, 그 실력으로도 걱정해야 하는 인물이란 건가?"

"네 말대로 그 비무대회야말로 껍데기였던 모양이지. 나대기 좋아하는 자들만 참여한. 당장 우리도 나가지 않았는데, 뭘. 오늘 우리와 겨룬 자 중 누구도 나오지 않았잖아?"

"그도 그렇기는 하군. 그럼 위패풍 저자가 실속이 없는 잔가? 우리가 비무하는 모습만 보고도 겁먹을 정도로."

궁비영이 의문 가득한 시선으로 위패풍을 바라본다.

"비무를 보면 알겠지."

중광이 호기심이 도는 표정으로 비무장을 향해 다시 시선을 줄 때 문득 위패풍의 목소리가 들려왔다.

"종 형이 비무에 나서실 줄은 몰랐소이다."

위패풍이 목검을 들고 있는 종풍을 보며 물었다. 그러자 종풍이 조금은 어색한 표정으로 대답했다.

"나 역시 내가 비무에 나설 줄은 몰랐소."

"굳이 종 형이 비무에 참가한 이유가 무엇이오?"

위패풍은 말로 종풍을 설득할 수 있기를 바라는 모습니다.

"한 가지 이유가 있소이다. 난 무리의 우두머리가 될 만한 사람은 아니지만 그렇다고 남의 밑에 있고 싶은 생각도 없소. 더군다나 난 비천곡에 가는 우리 제룡가의 후기지수들의 서열이 정해지기를 바라지 않소."

그러자 위패풍이 고개를 갸웃하며 물었다.

"다른 사람 밑에 있고 싶지 않다는 것은 이해할 수 있으나 서열을 정하는 것을 반대하는 이유는 모르겠구려. 비천곡에는 구천맹의 재주 있는 후기지수들이 모일 것이고, 그들은 암중에 자파를 위해 무섭게 경쟁할 것이오. 그럴 때는 무리에 체계가 서 있는 것이 좋지 않겠소?"

위패풍이 물었다. 그러자 종풍이 고개를 저었다.

"그렇지가 않소. 만약 우리가 타 문과 세력을 다투는 것이라면 당연히 체계를 갖추는 것이 좋을 것이오. 그러나 내가 알기로 우리가 비천곡에서 해야 할 일은 그런 일이 아니오. 각자 개인의 능력으로 구천맹의 수장들이 정한 모종의 수련을 마치는 것이 유일한 목적이라 알고 있소. 구천맹의 경쟁은 그 수련에서 최후까지 어느 문파의 후기지수가 많이 도달하느냐의 문제이니 이는 오직 우리 각자의 능력과 노력의 문제이지 세력의 문제는 아닌 듯하오. 외려……."

종풍이 잠시 말을 끊고 생각에 잠겼다가 다시 입을 열었다.

"외려 무리를 이뤄 상하의 체계가 서면 각자 수련에 방해가 될 수 있을 것이오. 그래서 난 우리 중 우두머리를 정하고 서열을 나누는 것에 반대하는 것이오."

"음, 그렇구려. 듣고 보니 일리가 있는 말이오. 나는 비천곡에 드는 우리 제룡가의 식구들이 힘을 모아야 한다고 생각했지만 종 형의 말을 듣고 보니 이 문제에 대해 좀 더 깊이 논의해 볼 필요가 있다는 생각이 드는구려."

"고마운 말씀이오. 하지만 그 이야기는 비무가 끝난 후에 하기로 합시다. 평소 위 대형의 명성이 높아 꼭 그 무공을 견식하고 싶었소."

종풍이 더 이상 대화를 나눌 필요를 느끼지 못한다는 듯 목검을 들어 올렸다. 그러자 위패풍의 얼굴에 당황한 빛이 서린다. 그러나 이 지경에서 비무를 거부할 수도 없는 문제다. 위패풍이 살짝 입술을 깨물며 마주 목검을 세웠다.

서로에게 목검을 겨눈 두 사람이 천천히 원을 그리며 공터를 돌기 시작했다. 규칙적인 발걸음 소리가 노랫가락처럼 들려온다.

팽팽한 긴장감이 장내를 휘감았다. 실력은 모르는 일이지만 그 분위기와 기세만큼은 강호의 절정고수들의 대결 같았다.

"일 초의 싸움이야."

문득 비무를 보고 있던 궁비영이 말했다.

"어째서? 내가 보기엔 위패풍이 그런 위험을 감수할 것 같지 않은데?"

중광이 고개를 갸웃했다.

"저자, 생각보다 무서운 자군."

궁비영이 종풍을 가리키며 말했다.

"기도가 범상치 않아."

"모든 기운을 검에 모을 줄 아는 자야. 저런 자는 결코 싸움을 오래 끌지 않지. 더군다나 내가 알기로 그의 부친인 천무당의 고수 종소룡은 일격필살의 쾌검의 달인이지."

"그를 알아?"

중광이 의외라는 듯 물었다.

"예전에 어쩐 일인지 아버지가 제룡가 고수들의 무공에 대해 평한 날이 있었지. 그때 그리 말씀하셨다."

"응? 너희 부자 관계가 그렇게 좋았나?"

"이 망할 놈아, 네놈도 네 아버님께 무공은 배웠을 것 아냐? 그때 다른 사람의 무공에 대해 일절 가르침을 주시지 않았어?"

"아, 그런 거야 뭐……. 아무튼 궁 가주님이 입에 올릴 정도로 대단한 무공을 지닌 사람이란 거군. 종소룡 그 어른이 말이야."

"그래. 무공으로는 모르지만 전장에선 천무당의 고수 중 가장 위험한 검을 가지고 있다고… 이크! 시작됐군!"

궁비영이 말을 하다 말고 비무장으로 시선을 돌렸다. 어느새 종풍이 위패풍을 향해 날아오르고 있었다.

"오시오!"

위패풍도 무인이요, 고수다. 일단 비무가 시작되자 두려움을 떨치고 호기롭게 종풍을 맞았다.

위패풍이 목검을 아래에서 위로 쳐올렸다. 그에 따라 그의 목검에서 아지랑이 같은 기운이 너울거린다. 과연 후기지수 중 제일이라는 명성에 어울리는 모습이다.

그에 비하면 비록 선공의 이득은 취했지만 종풍의 검에서는 그리 위압적인 기운이 흘러나오지 않았다. 두 사람의 모습만 보자면 위패풍이 종풍의 목검을 쳐내는 것은 물론 그 기세로 한순간에 종풍에게 치명적이 부상을 입힐 것처럼 보였다.

그리하여 비무가 위패풍의 승리로 끝날 것으로 보이던 순간 갑자기 허공에서 종풍의 검이 변초를 일으켰다.

팟!

한순간 종풍의 신형이 빠르게 하강했다. 미처 위패풍에게 닿기 전의 일이었다.

"음!"

아래로 떨어져 내린 종풍보다 그의 검을 막기 위해 혼신의 힘을 다해 목검을 휘두른 위패풍이 오히려 당황했다. 한순간에 검의 목표가 사라져 버렸기 때문이다.

웅!

위패풍의 목검이 무거운 파공음을 내며 종풍이 있어야 할 공간을 베었다. 그의 신형이 비틀거릴 만큼 강력한 일 초였기에 그 여파는 제법 컸다. 위패풍이 자신의 검이 허공을 가르자 재빨리 검으로 땅을 찍으며 자세를 낮췄다. 종풍의 반격을 피하기 위함이었다.

종풍이 거미처럼 땅에 바싹 내려앉은 신형을 한순간 허공으로 솟구쳤다. 그리고는 벼락처럼 검을 휘둘렀다.

처음 위패풍을 공격할 때와 달리 종풍의 검에 뿌연 안개 같은 것이 서렸다. 아직 검기를 형성할 정도는 아니지만 얼마간의 수련을 거치면 그 기운이 검기로 변할 거라는 걸 모르는 사람은 없을 것이다.

"헛!"

위패풍이 다급한 음성을 토해내며 급히 목검을 들었다. 중심이 아래로 내려가 있었기에 한쪽 무릎을 꿇으며 일으킨 검초였다. 그러나 최선의 다한 방어에도 불구하고 종풍의 검은 그대로 위패풍의 검을 밀고 들어왔다.

쩍!

위패웅의 목검이 날카로운 소음을 내며 부러져 나갔다. 자세가 무너져 제대로 힘을 싣지 못한 검으로는 도저히 종풍의 강력한 초식을 막을 수 없었던 것이다.

위패풍의 목검을 두 동강 낸 종풍의 목검이 거짓말처럼 위패풍의 머리 위에서 멈춰 섰다. 일 푼의 힘만 더 가했다면 위패풍의 머리가 박살 나고 말았을 것이다.

"운이 좋았소!"

종풍이 훌쩍 뒤로 물러나며 말했다. 그러자 위패풍이 잠시 당황한 빛을 보이더니 벌겋게 상기된 얼굴로 몸을 세웠다. 곳곳에서 나직한 탄식과 실망의 소리가 들렸다. 그들이 지금까지 대형이라 부르며 믿고 따르던 위패풍의 무공이 생각보다 강하지 못한 것에 대한 실망이 적지 않은 듯 보였다.

"종풍의 승이다. 좋은 비무였다."

강유사가 앞으로 걸어 나오며 말했다. 그러자 종풍이 강유사와 위패풍에게 포권을 해 보이고는 뒤로 물러났다. 위패풍은 도저히 이 결과를 받아들일 수 없다는 듯 잠시 그 자리에 머물러 미적거렸으나 결국은 입술을 깨물고 뒤로 물러날 수밖에 없었다.

비무에 나서기 전 그의 곁을 지키던 제룡가의 후기지수들이 이번에는 아무도 위패풍의 곁으로 다가서지 않았다.

"인심 한번 박하군."

외면 받는 위패풍을 보며 중광이 중얼거렸다.

"이게 강호야. 한 가문 내에서도 무공의 고하가 결국은 사람의 귀천을 결정하지. 아무튼 이제 저자의 허세를 보지 않아도 되니 다행이군."

"그러게 말이야. 아이고, 저런 실력으로 대형 노릇을 하고 있었으니. 제길, 나와 붙었으면 뼈를 분질러 버렸을 것인데."

중광이 아쉬운 듯 입맛을 다셨다.

"저런 놈과 엮이면 골치 아플 수가 있어. 원한을 깊이 새기는 자거든. 그나저나 네가 할래?"

"뭘?"

중광이 되물었다.

"종풍 저 사람과 한판 붙어야 하잖아."

"음, 그렇군. 보자. 어떨 것 같아?"

"글쎄다. 모르겠다. 네가 유리할 것도 같고. 너에겐 익숙한 움직임일 테니까."

"그렇지? 확실히 그는 비영 네놈과 닮았어. 물론 네가 좀 더 빠르다고 해주지. 네놈과 하루가 멀다 하고 싸워댔으니 나도 빠른 놈들 상대하는 법을 제법 안다고 할 수 있지. 뭐, 그런 의미에서 내가 상대하지."

중광이 홍미로운 비무가 될 거라 생각했는지 선선히 자신이 나서겠다고 말했다. 그때 강유사가 궁비영 등 두 사람과 종풍을 번갈아 보면서 물었다.

"자, 비무를 계속해야겠지? 그런데 두 사람은 친분이 깊으니 먼저 겨룰 일은 없을 테고, 역시 종풍 자네가 둘 중 누구와 비무를 할지 선택하게."

강유사가 종풍에게 비무의 상대를 정할 기회를 줬다. 그러자 중광이 얼른 입을 열었다.

"당주님, 제가 한번 겨뤄보고 싶습니다."

"광이 네가?"

강유사가 종풍을 대하는 것과 중광을 대하는 것은 확실히 차이가 있었다. 그건 아마도 중광이 종풍보다 어리기도 하려니와 그간 북산에서의 두 사람에 대한 평판 때문일 터였다.

"뭐, 상대를 가릴 분 같지도 않고……."

중광이 슬쩍 종풍을 보며 말했다. 그러자 종풍이 지금까지와 달리 빙긋 미소를 지으며 말했다.

"미안하지만 난 중 형과 비무를 하고 싶지는 않소."

"응? 그럼 비영이 놈과 하시겠다는 말씀이시오?"

"그런 것이 아니라 난 더 이상 누구와도 비무를 할 생각이 없다는 말이오."

그러자 이번에는 강유사가 의아한 표정으로 물었다.

"그게 대체 무슨 말인가? 더 이상 비무를 할 생각이 없다니. 그러면 무리의 수장 자리를 이 두 아이에게 넘기겠다는 말인가?"

강유사의 말에 종풍이 고개를 젓는다.

"물론 그것은 아닙니다. 다만 제 생각에 두 사람도 무리의 우두머리 노릇에는 관심이 없을 것 같기에 한 말입니다. 두 형제께서는 우리 제룡가 후기지수들의 우두머리 노릇을 하고 싶소?"

그러자 중광이 얼른 고개를 저었다.

"아니오, 아니오. 나나 이놈이나 그런 일에는 관심이 없소. 애초에 이 비무도 우두머리가 되기 위해 시작한 것이 아니라 단지 다른 사람 밑에 들어가는 게 싫어서 시작된 것이오."

"바로 그 말씀이오. 나 역시 후기지수들의 우두머리가 되고 싶지는 않소. 좀 전에도 말했듯이 나는 비천곡에 드는 형제들 간에 서열이 정해지는 것을 바라지 않소. 이렇게 비무에서 승리한 우리 세 사람이 모두 같은 생각이니 더 이상 비무를 할 필요가 없지 않겠소?"

"그렇기는 하구려. 당주님, 틀린 말은 아닌 것 같은데요?"

중광이 강유사를 보며 말했다. 그러자 강유사가 고개를 끄떡인다.

"듣고 보니 틀린 말은 아니구나. 비무에서 승리한 세 사람이 무리의 우두머리를 정하지 않기로 한다면 더 이상 비무는 필요 없지. 비영, 동의하느냐?"

강유사가 궁비영에게 물었다. 그러자 궁비영이 얼른 고개를 끄떡였다.

"괜히 쓸데없이 드잡이를 할 필요는 없지요."

"망할 놈, 비무가 어찌 드잡이더냐?"

강유사가 못마땅한 기색으로 얼굴을 찌푸렸다. 그런데 그러다 말고 문득 강유사의 얼굴이 딱딱하게 굳었다. 갑자기 그의 눈빛이 칼날처럼 날카롭게 변했다.

"웬 자냐?"

강유사의 입에서 날카로운 목소리가 터져 나왔다. 그리고 그보다 먼저 천무당의 고수 백주가 숲으로 몸을 날렸다.

"쫓아라! 우리의 존재를 강호에 알려서는 안 된다!"

자신 역시 몸을 날리며 강유사가 명을 내렸다. 그러자 제룡가의 후기지수들이 일제히 강유사의 뒤를 따르기 시작했다.

"뭐 해? 어서 가자!"

중광이 모든 사람이 움직이는 와중에도 움직이지 않는 궁비영을 재촉했다. 그러자 궁비영이 중광을 비웃으며 말했다.

"멍청한 놈아, 남의 뒤만 따라가서 어떻게 재미를 보냐? 날 따라와. 어떤 놈인지 얼굴 구경을 시켜줄 테니."

궁비영이 제룡가의 고수들이 달려간 방향과는 전혀 다른 방향으로 몸을 날렸다. 그러자 중광이 투덜대며 소리쳤다.

"이 미친놈아, 상대가 어떤 자인 줄 알고 앞서 가 막아?"

"무서우면 따라오지 말든지."

"젠장! 누가 무섭다고 했어? 그냥 그렇다는 말이지."

중광이 어쩔 수 없다는 듯 궁비영 뒤를 좇기 시작했다.

제5장

독이냐? 약이냐?

'기이한 놈이네.'

궁비영은 슬쩍슬쩍 아름드리나무 사이로 보이는 괴인의 옷자락을 보며 생각했다. 괴인은 온몸을 검은색 천으로 휘어 감고 있었다. 머리조차도 모두 검은색 천으로 덮고 있어 눈 말고는 드러난 신체가 없었다. 마치 염을 한 시체와 같았다.

그런데 궁비영의 관심을 끈 것은 괴인의 복장이 아니었다. 그것보다 더 궁비영의 눈을 사로잡은 것은 괴인의 경공이었다. 괴인의 경공은 신비로웠다. 괴인은 마치 그림자가 움직이는 것 같은 몸놀림을 보여주고 있었다.

더 놀라운 것은 가끔씩 그의 신형이 사람의 시야에서 사라진다는 것이었다. 그때마다 궁비영은 물론 다른 방향에서 그를 뒤쫓고 있는 제룡가의 고수들도 괴인의 행방을 잃고 주변을 살피기 일쑤였다.

그런데 더 이상한 것은 괴인의 행동이었다. 그렇게 제룡가 고수들의 눈에서 벗어났으면 멀리 도주해야 하는데 마치 약을 올리듯 다시 제룡가 고수들 앞에 모습을 드러내어 멈췄던 추격전을 다시 시작하게 만들었다.

'유인을 하는 것인가?'

가장 먼저 의심할 수 있는 것은 괴인이 제룡가의 고수들을 유인하고 있다는 것이었다. 천무당주 강유사도 그걸 걱정하고 있는지 괴인과의 거리를 급격하게 좁히지는 않았다. 물론 그렇게 하려 한다 해도 괴인이 거리를 좁혀줄지도 의문이지만.

두 번째 의심할 수 있는 것은 괴인이 제룡가의 무인들을 조롱하고 있는 것일 수도 있었다. 가끔 강호에는 이렇게 기이한 무공을 지닌 자들이 나타나 명문대파의 식솔들을 조롱하는 경우가 있었다. 물론 그런 경우 대부분 결국에는 명문대파의 손에 잡혀 곤욕을 치르게 마련이지만 그래도 그런 자들이 끊임없이 출현하는 것이 강호였다.

그러나 달리 생각하면 두 가지 모두 괴인의 목적이 아닐 수도 있었다.

'누굴 찾는 것 같기도 하고······.'

괴인은 모습을 감췄다가 다시 나타나 제룡가 고수들을 불러들일 때는 항상 주의 깊은 눈으로 달려오는 제룡가 고수들을 하나하나 살피는 듯 보였다. 그 모습은 분명 누군가를 찾는 듯한 모습이었다.

"만나보면 목적을 알 수 있겠지."

다행인 것은 귀신같은 움직임을 보이는 괴인에 비해 놀랍게도 궁비영의 경공 역시 크게 부족하지 않다는 것이었다. 사실 궁비영의 경공에는 한 가지 중요한 비밀이 있었다. 그건 지금 궁비영이 펼치는 경공을 그의 부친 궁도요가 세상 사람들 모르게 비밀리에 전수했다는 것이다.

'이 수법을 능숙하게 시전할 때까지는 절대 사람들 눈에 띄지 않게 수련해야 한다. 아주 위급할 때나 혹은 네가 무공으로 일가를 이뤘다는 평가를 받기 전에는 절대 이 경공법을 드러내면 안 된다.'

궁도요가 당부한 이 한마디 경고는 궁비영에게 무척 의외의 일이었다. 본래 궁도요는 음모를 꾸미거나 음흉한 것과는 거리가 먼 사람인데 이 경공법을 가르칠 때만큼은 세상을 뒤엎을 비밀을 지닌 사람처럼 심각했기 때문이다.

어쨌든 그렇게 전수받은 경공법, 궁도요가 특별히 이 무공의 이름을 말해주지 않았기에 궁비영이 그저 무영흔(無名痕)이라 이름 지은 이 경공으로 말미암아 궁비영은 괴인을 놓치지 않고 추격할 수 있을 뿐 아니라 오히려 그를 우회하여 앞을 가로막을 수 있는 기회를 가질 수 있었던 것이다.

"좋아, 다시 나타났군. 중광 녀석이 단단히 화를 내겠는걸."

궁비영이 다시 모습을 나타낸 괴인을 추격하며 중얼거렸다. 어느새 중광의 모습은 보이지도 않고 있었다.

"저기가 좋겠군."

궁비영의 시야에 깎아지른 절벽이 안쪽으로 이어진 외길이 보였다. 괴인이 도주하는 방향으로 보자면 반드시 지나야 하는 길이다. 좌우가 막혔으니 그를 막기에는 적당한 위치였다.

궁비영이 신형을 날려 길의 위쪽 절벽을 타고 오르다가 나는 새처럼 절벽을 거슬러 떨어져 내렸다. 아마도 지금 그의 모습을 천무당주 강유사나 제룡가의 식솔들이 보았다면 경악을 금치 못했을 것이다.

청풍이 절벽 사이의 산길을 점하고는 툭툭 옷에 묻은 흙을 털어냈다. 그리고 천천히 검을 뽑아 들었다. 괴인의 무공으로 보건대 방심하면 반드시 목숨을 빼앗길 것 같았기 때문이다. 그 두려움으로 인해 단단히 괴인을 맞을 채비를 하는 궁비영이다.

"오는군. 어떤 놈일까?"

묘한 긴장감과 흥분이 궁비영을 긴장시킨다. 그렇다고 근육이 굳은 것은 아니다. 적당한 긴장은 오히려 무인의 몸에 좋은 영향을 미친다.

흐릿한 괴인의 신형이 점차 궁비영을 향해 다가왔다. 사라진 듯 보이다가 다시 나타나는 괴인의 경공은 그야말로 귀신을 보는 것 같았다. 궁비영이 검을 들어 가슴을 가렸다. 앞을 막고 있는 자신을 본다면 나타나자마자 기습을 해올 수도 있었다.

한순간 괴인의 모습이 또렷하게 보이기 시작했다. 그리고 괴인이 잠시 멈칫하는 것도 보였다. 필시 궁비영을 발견했으리라. 하지만 궁비영을 보았다고 해도 괴인이 다른 곳으로 몸을 피할 수는 없었다. 좌우가 깎아지른 절벽이라 아무리 경공의 달인이라 해도 제룡가 고수들의 추격을 피해 도주할 수는 없기 때문이다.

괴인 역시 그런 계산이 섰는지 다시금 속도를 높여 궁비영을 향해 달려왔다. 궁비영이 자세를 낮추며 괴인을 맞을 준비를 했다. 무공으로 괴인을 이긴다는 보장이 없으니 결국 제룡가의 고수들이 올 때까지 시간을 끄는 것이 그가 할 수 있는 최선이리라.

팟!

공격이 가끔은 가장 좋은 방어의 수법이다. 궁비영이 다가오는 괴인을 향해 매섭게 검을 휘둘렀다. 그러자 그의 검에서 흐릿한 빛이 일어나더니 그대로 검과 함께 괴인을 베었다.

'베었나?'

검이 괴인의 신형을 가르는 순간 궁비영의 머릿속에 의문이 떠올랐다. 분명 검은 괴인을 베었지만 검에 느껴지는 무게가 없었다. 더군다나 이렇게 쉽게 당할 괴인이 아닐 것이란 생각이 궁비영의 경계심을 더욱 불러일으켰다.

궁비영이 빠르게 뒤로 물러났다. 그러자 그가 있던 자리로 한 자루 비도가 날아와 꽂혔다.

"역시!"

궁비영이 다시 마음을 추스르고는 우측 절벽을 타고 올라 어느새 절벽에서 자란 소나무에 매달려 있는 괴인을 공격했다. 한 손이 자유롭지 않으니 아무리 괴인이 고수라 해도 쉽게 궁비영을 상대할 수 없을 터였다.

"핫!"

궁비영이 번개처럼 소나무에 매달린 괴인을 베었다. 그러자 괴인이 한순간에 나뭇가지를 놓고 그대로 길 위로 떨어져 내렸다. 그러나 이쯤은 궁비영 역시 예상하고 있던 터다. 궁비영이 소나무를 단번에 베어내는 동시에 떨어져 내리는 나무 위쪽에 몸을 감추고 괴인을 향해 다가갔다.

그리고 그때서야 괴인이 검을 뽑았다. 보통의 검보다는 조금 작은 검으로 한눈에 보아도 쾌검식을 펼치기 적합한 검이다.

괴인이 떨어지는 소나무와 그 위쪽에 몸을 가린 궁비영을 향해 빠르게 검을 휘둘렀다.

파파팟!

괴인이 눈 깜짝할 사이에 세 차례나 검을 휘둘렀다. 순간 그의 검에서 일 장 길이의 검기가 일어났다.

투투툭!

괴인이 만들어낸 검기에 그를 향해 떨어져 내리던 무성한 가지의 소나무가 조각조각 갈라진다.

"젠장!"

소나무 위쪽에서 괴인이 검을 쓰는 모습을 보고 있던 궁비영의 입에서 자신도 모르게 욕설이 흘러나왔다. 검기를 형성하는 고수라면 자신의 상대가 아니다.

한순간 낭패한 마음이 들었다. 호기심이 생명을 앗는다는 강호의 속담도 떠오른다. 그러나 그렇다고 속절없이 죽을 수는 없었다. 궁비영에게도 유리한 점이 있었다. 그건 바로 괴인을 뒤쫓아 오는 제룡가의 고수들이다. 이미 그들의 모습이 시야에 들어온다.

"에라!"

궁비영이 품속에서 몇 자루 비도를 꺼내 던졌다. 비도가 중구난방으로 괴인을 향해 날아갔다.

카카캉!

그리 위력적이지 않은 비도였으므로 괴인이 여유있게 비도들을 쳐냈다. 그러던 한순간 궁비영의 눈빛이 차갑게 번쩍였다. 그리고 그의 손에서 지금까지와는 다른 색을 지닌 비도가 날았다.

쐐애액!

궁비영의 손을 떠난 한 자루 검은 비도가 괴인을 향해 날아갔다. 순간 검은 천에 가려진 괴인의 눈에서 한줄기 빛이 번쩍인다. 괴인이 순식간에 다섯 걸음 뒤로 물러났다. 그럼에도 궁비영이 날린 비도는 힘을 잃지 않고 괴인을 향해 날아갔다.

"조도!"

괴인의 입에서 나직한 목소리가 흘러나왔다. 그러면서도 그의 검이 자신을 향해 무섭게 날아드는 검은색 비도를 기이한 각도로 쳐냈다.

캉!

비도를 쳐낸 괴인의 검이 강렬한 충돌음과 함께 크게 흔들렸다. 궁비영이 날린 비도가 얼마나 위험한 것인지 여실히 드러나는 순간이었다. 그런데 가까스로 비도를 막아낸 괴인보다 오히려 더 놀란 것은 궁비영이었다.

'조도를 알아봤어! 누구냐?'

조도는 궁가의 가주만이 사용하는 비밀스런 병기다. 물론 조도가 세상에 완벽하게 감춰진 병기는 아니었다. 드물게라도 강호에서 사용된 병기이니 간혹 궁가의 비도를 알아보는 자가 있을 수도 있었다. 그러나 그렇다 하더라도 지금 이 상황에서 괴인이 비밀스런 궁가의 비도를 알아봤다는 것은 결코 가볍게 생각할 일이 아니었다.

"도대체 뭘 하는 놈이냐?"

궁비영이 잔뜩 경계심을 품고 물었다. 그러자 오히려 괴인이 되물었다.

"궁가 후손이냐?"

"과연 조도에 관해 잘 알고 있더니 궁가를 아는구나. 점점 정체가 궁금해지는군."

궁비영이 천천히 검을 들며 말했다. 그런데 그때 멀리서 천무당의 고수 백주의 외침이 들려왔다.

"비영, 조심하거라! 놈은 고수다!"

순간 괴인의 눈빛이 다시 번쩍였다.

"네가 궁비영이냐?"

"이거 생각보다 우리 집안에 대해 많이 알고 있는 자가 아닌가? 내 이름을 알다니. 도대체 누구지?"

궁비영이 묻자 괴인이 슬쩍 시선을 돌려 제룡가 추격자들과의 거리를 가늠했다. 이젠 겨우 삼십여 장이 남았을 뿐이다.

"길을 열어라. 죽이지는 않겠다."

"흐흐, 그물에 걸린 것은 내가 아니라 그쪽 같은데?"

궁비영이 웃음을 흘리며 말했다. 그러면서도 상대에 대한 경계를 늦추지 않았다. 괴인의 무서움을 이미 충분히 알고 있는 궁비영이다.

"고집이 세군. 그러나 아직은 내 상대가 아니다. 다시 만날 때는 부디 나와 겨룰 수 있는 능력을 갖추길 바란다."

말이 끝나는 순간 괴인이 궁비영을 덮쳤다. 괴인의 검이 허공에서 어지럽게 흔들린다. 그러자 놀라운 일이 벌어졌다. 괴인의 검이 마치 화살을 쏘아대듯 수십 개의 검기를 만들어 궁비영에게 쏟아부은 것이다.

"이런, 제길!"

궁비영은 자신이 도저히 괴인의 검초들을 막아낼 수 없다는 것을 깨달았다. 그러나 이대로 죽을 수도 없는 일. 궁비영은 재빨리 신형을 날려 괴인의 검초들을 피하면서 정신없이 검을 휘둘렀다.

차차창!

궁비영의 검이 괴인의 초식들을 막아내는 소리가 요란하게 일어났다. 그리고 운이 따랐는지 괴인의 초식은 단 하나도 궁비영의 몸에 닿지 않았다.

"흐흐, 이거 정말 난 천운을 타고난 사람이라니까!"

궁비영이 상대의 검기가 모두 자신을 비껴가자 득의한 웃음을 흘렸다. 그런데 그 순간 갑자기 괴인이 검은 주머니를 꺼내 궁비영에게 던졌다.

펑!

괴인의 손을 벗어난 주머니가 허공에서 검은 연무를 만들어내며 터졌다. 순식간에 뿌연 연무가 궁비영의 시야를 가로막았다. 그리고 그 순간 궁비영은 자신을 향해 날아드는 서늘한 기운을 느꼈다. 그의 손에 들린 검이 본능적으로 움직였다.

카카캉!

검은색 연무를 뚫고 날아든 암기들이 궁비영의 검에 튕겨 사방으로 날아갔다. 그러나 이번만큼은 궁비영의 운이 그리 좋지 못했다.

퍼퍼퍽!

순식간에 궁비영의 몸에 세 개의 암기가 박혔다.

"비영!"

절벽 위쪽에서 중광의 목소리가 아득하게 들린다.

"이놈, 물러나라!"

꿈결처럼 천무당의 고수 백주의 목소리도 들린다. 그리고 궁비영은 정신을 잃고 쓰러졌다.

*　　　*　　　*

온몸이 근질거린다. 수십 마리의 뱀이 몸을 휘어 감는 것 같다. 간혹 고통도 느껴졌다. 불로 지지는 듯한 통증이다. 그러나 그 또한 꿈속의 일이니 실제로 이 고통이 자신에게 일어나고 있는지 알 수 없었다.

꿈은 길었다. 가끔 아버지 궁도요의 얼굴이 보이기도 했다. 이상하게도 평소와 달리 자상한 얼굴의 궁도요다. 그러다가 다시 비무가 있던 날 만난 복면 괴인이 눈앞에 닥쳐들기도 했다. 그러면 궁비영은 꿈속에서조차 본능적으로 검을 휘둘렀다.

쨍그렁!

갑자기 궁비영의 귀에 살아 있는 소리가 들렸다. 손에 무엇인가가 걸린 것 같기도 했다. 그 순간 궁비영은 자신이 죽지 않고 살아 있음을, 그리고 긴 잠에서 깨어났음을 느꼈다.

"비영, 정신이 드냐?"

몸이 구름에 떠 있는 듯 둥실거린다. 다행히 익숙한 목소리가 마음을 안정시킨다.

"광이냐?"

"정말 깨어났구나! 비영 이놈!"

중광이 슬며시 눈을 뜨는 궁비영의 어깨를 잡고 흔든다.

"아얏!"

순간 궁비영이 가슴과 복부, 그리고 허벅지에서 강렬한 통증을 느끼며 비명을 질렀다.

"어구야, 미안하다. 상처가 아물지 않은 것을 잊었네."

중광이 장난기 가득한 목소리로 말했다.

"내가 죽지 않은 거냐?"

"흐흐, 다시 한 번 흔들어줄까?"

"됐다, 이놈아! 그런데 왜 이렇게 어지럽지? 몸이 계속 흔들리는 것 같은데……."

"그야 당연하지. 여긴 배 안이야."

"배 안이라고?"

궁비영이 놀란 눈으로 주변을 돌아보았다. 확실히 객방과는 다른 모습이다. 아마도 그가 잠들어 있는 사이 일행이 다시 배를 탄 모양이다.

"당주가 아주 매정하더라고. 내가 네 상세가 심상치 않으니 며칠 쉬어 가자니까 절대 안 된다는 거야. 그러면서 죽고 사는 것은 하늘에 달렸으니 일단 배에 태우고 지켜보자고 하더라구."

"날짜가 정해져 있으니까."

"흐흐, 그래도 말이야, 한 사나흘 두고 볼 수는 있잖아? 내가 생각하기에는 당주와 백 대협은 네가 살아날 가망이 없다고 생각한 것 같아."

"그렇게 위험했냐?"

기이한 일이다. 비록 통증이 있기는 하지만 급소를 피한 듯한 느낌이기 때문이다.

"상처가 문제가 아니라 암기와 연무에 섞여 있던 독 때문에 그리들 생각했지."

"독?"

"그래. 그 죽일 놈이 최후의 순간에 독을 풀었다니까. 널 공격한 암기에도 독이 묻어 있었고. 그런데 너란 놈도 참 독하다. 그런 극독에 당하고 살아나다니."

"어떤 독인데?"

"몰라. 당주와 백 대협도 정체를 모르는 독인 듯싶더라고. 그래서 어쩔 수 없이 평범한 해약을 먹였는데, 흐흐흐. 아무튼 명줄이 긴 놈이다, 너는."

"그놈은 어떻게 됐어?"

뒤늦게 궁비영이 괴인에 대해 물었다. 그러자 중광이 고개를 절레절레 저으며 말했다.

"그자, 아주 무서운 자더라구. 제룡가 고수들의 포위를 뚫고 절벽을 타고 올라 사라졌어. 절벽을 타고 오르던 놈의 모습은 세상에 어떻게 그런 경공을 쓰는 자가 있는지 아직도 믿기지가 않아. 그런데……."

중광이 목소리를 낮추며 입을 궁비영의 귀에 가져다 댔다.

"무슨 일인데?"

"말을 안 하지만 당주가 그의 정체를 짐작하는 듯했어."

"당주가 그를 안다고?"

"정확히 말하자면 그를 아는 것이 아니라 그가 사용한 그 무공, 그러니까 절벽을 타고 오르는 그 경공을 알아보는 듯했지. 아주 얼굴색이 단번에 변하더라고. 이후에는 그에 대해 함구

하고 말을 안 해. 너에 대해서도 소홀하고. 지금도 표정이 그
리 밝지 않아."

"제룡가에 원한이 있는 자인가?"

궁비영이 누운 채로 고개를 갸웃했다.

"아무래도 그렇겠지. 그러니까 우릴 살피고 있지 않았겠
어?"

중광이 대답했다. 그런데 그때였다. 문밖에서 인기척이 나
더니 천무당의 고수 백주의 목소리가 들려왔다.

"중광, 안에 있나?"

"예, 대협!"

중광이 얼른 자리에서 일어나며 대답했다. 그러자 선실 문
이 열리며 백주를 앞세우고 강유사가 나타났다.

선실로 들어오는 강유사의 표정은 중광의 말처럼 밝지 않았
다. 그런데 어둡다기보다는 뭔가 풀리지 않는 고민을 안고 있
는 것처럼 보였다.

"어? 깨어났는가?"

강유사를 데리고 선실로 들어오던 백주가 멀뚱멀뚱 자신을
바라보고 있는 궁비영을 보고 놀란 표정으로 물었다.

"방금 전에 정신을 차렸습니다."

중광이 궁비영을 대신해 대답했다.

"놀랄 일이군. 어떻게 이렇게 쉽게……. 분명 보통 독이 아
니었는데……."

백주가 믿을 수 없다는 듯 궁비영의 곁으로 다가왔다. 그리

고는 궁비영의 맥을 짚었다. 백주가 한참 동안 궁비영의 몸을 살피더니 감탄하며 말했다.

"아, 기맥이 힘차. 이건 오히려 독에 당하기 전보다 더 건강해 보이군."

"제게 뭘 먹이신 겁니까? 혹 영약이라도?"

사실 궁비영도 정신을 차린 후 자신의 몸이 이전보다 훨씬 가벼워진 느낌을 받고 있었다. 그건 마치 막혀 있던 제방이 뚫려 물이 시원스레 흘러내려 가는 것 같은 느낌이다.

궁비영이 말을 하면서 자리를 털고 일어나 앉았다. 암기에 맞은 상처로 인해 통증이 일어났지만 몸의 기운 자체는 활력이 넘쳤다.

"특별히 영약이라고 할 만한 것은 없네. 물론 몸을 보할 수 있는 약재를 먹이기는 했지만 주로 해약으로 쓰이는 약재들을 먹였는데……. 해약의 약재는 몸의 독을 중화시키는 것이라 기운을 북돋는 것과는 다른 성질의 것이고."

백주가 고개를 갸웃한다. 그러자 두 사람을 지켜보고 있던 강유사가 궁비영의 곁에 쪼그리고 앉았다. 평소의 강유사답지 않은 행동이다.

"불편한 곳은 없느냐?"

"특별히 불편한 곳은 없습니다. 암기에 맞은 곳을 제외하고는."

"암기는 급소를 피해 갔다."

"제가 본래 운이 좋은 놈이지요."

"그것이 정말 네 운 때문이었는지 모르겠구나."

"예? 무슨 말씀이신지……?"

궁비영이 의아한 표정으로 되묻자 강유사가 무엇인가를 말하려다가 머뭇하고는 이내 고개를 저으며 말했다.

"아니다. 그나저나 한 가지 물어볼 말이 있다."

"말씀하십시오."

"그자, 그 괴인이 무슨 말을 남겼느냐?"

"달리 한 말은 없습니다. 다만……."

"뭐냐?"

강유사가 정색을 하며 다가든다.

"다만 그자가 본가의 조도를 알아보더군요."

"조도를?"

"그렇습니다."

"음, 조도를 알아봤다……."

강유사가 궁비영이 한 말을 되뇌며 무슨 생각인가에 빠져든다. 그러다가 불쑥 자리를 박차고 일어났다.

"몸조리 잘하거라. 비록 깨어났다고 해도 독이 완전히 해독되었는지는 알 수 없다. 더군다나 암기에 맞은 자상도 가볍지 않으니 당분간은 안정을 취하도록 하거라."

"알겠습니다."

궁비영이 순순히 대답했다. 그러자 강유사가 백주를 보며 말했다.

"나오시게."

강유사의 말에 백주가 자리에서 일어났다. 그리고는 두 사람이 부지런히 선실을 벗어났다.

"확실히 뭔가 이상하지?"

중광이 선실을 나가는 강유사를 보며 궁비영에게 물었다.

"그러게. 뭔가를 알고 있는 눈치야."

"뭘까?"

"당연히 그 괴인에 대한 것이겠지."

"정말 그의 정체를 안다는 건가?"

"글쎄, 확신은 못하는 것 같아. 계속 망설이는 것을 보니. 하지만 말이야, 그 망할 놈의 정체를 알게 된다면 반드시 오늘의 빚을 갚아주겠어."

궁비영이 살기를 드러내며 말했다. 그러자 중광이 그런 궁비영의 머리를 후려쳤다.

"에라, 이놈아! 우선 네 몸부터 챙겨!"

"정말 그들이라고 생각하십니까?"

궁비영의 선실을 벗어나 사람들이 없는 뱃머리로 이동하자 백주가 강유사에게 물었다.

"그런 움직임을 보일 수 있는 자들은 그리 많지 않네."

"그러나 그들은 분명 전멸하지 않았습니까?"

"그렇긴 한데… 하지만 그들이 모두 마곡산에 머물렀다고 확신할 수는 없지 않은가?"

"그렇기는 하지요. 그러나 당시 구천맹은 그들에 대해 모든 것을 파악한 후였고, 마곡산으로 그들의 모든 문도를 불러들인 상태가 아니었습니까? 이 일에는 구천맹의 가주들이 모두 관여할 만큼 빈틈이 없는 일이었습니다."

"그렇기는 하네만……."

강유사가 말꼬리를 흐린다. 그러자 백주가 다시 입을 열었다.

"무림에 그 정도의 경공을 발휘할 수 있는 고수는 찾아보면 여럿 있을 겁니다. 당장 개방의 풍저객만 해도 가능한 일일 겁니다."

"개방이 우릴 염탐했을 리는 없고."

"그들이 염탐했다는 것이 아니라 그런 고수가 찾아보면 없지는 않다는 것이지요."

"그렇기는 하네. 기우일 수도 있겠지. 그러나 예감이 좋지 않아."

강유사가 손으로 턱을 괴며 말했다.

"어찌하실 생각입니까?"

백주가 물었다. 그러자 강유사가 잠시 생각에 잠기더니 단호하게 말했다.

"이 일은 만약의 경우를 대비하지 않을 수 없네. 가주께 전서를 보내 이 일을 알리고 다시 한 번 그들의 흔적을 조사해 봐야겠네. 더불어 흑성을 길러내는 장소도 바꿔야 할 것 같아."

"그렇게까지 할 필요가 있을까요? 이미 비천곡에 흑성의 양성을 위한 모든 준비가 되어 있는 상태인데. 천혜의 험지이기도 하고 말입니다."

"음, 그들에게 험한 지형은 아무런 장애가 되지 않는다는 것을 자네도 잘 알고 있지 않은가? 오히려 유리하다 하겠지."

"그렇긴 하지요."

"유령마 야유사군의 시신을 발견하지 못한 이상 모든 일은 그의 생존을 전제로 행해야 하네. 다행히 제이의 수련처도 미리 준비해 놓았고."

"그랬습니까?"

백주가 놀란 표정으로 물었다.

"오죽노(烏竹老)가 어떤 사람인지 모르는가?"

"하긴 그분이라면 충분히 제이, 제삼의 대비를 해두셨겠지요. 하면 어디로 가야합니까? 배를 돌릴까요?"

"아닐세. 제이의 수련처는 바다 위에 있네."

강유사의 시선이 비천곡이 있는 북쪽이 아니라 바다의 남쪽으로 향했다.

*　　　*　　　*

지루한 날이 이어졌다. 북쪽으로 향하던 배가 남쪽으로 뱃머리를 돌린 이후 칠 일 동안 배는 계속 남쪽으로 내려갔다.

어디로 향해 가는지 알고 있는 사람은 오직 강유사뿐이었다. 그러나 강유사는 천무당의 고수 백주에게조차 정확한 목적지를 말하지 않았다. 그러니 제룡가의 후기지수들은 강유사에게 목적지에 대해 물을 용기조차 낼 수가 없었다.

　지루하기는 했으나 궁비영에게는 고마운 시간이기도 했다. 손발을 움직일 일이 적으니 몸에 난 상처는 금세 아물었다. 걱정하던 독기도 더 이상은 그 기운을 드러내지 않았다. 그래서 배가 남쪽으로 향한 지 오 일이 지나자 선실을 나와 갑판을 서성일 수 있을 정도로 회복이 된 궁비영이었다.

　오늘도 궁비영은 중광과 함께 시원하게 물살을 가르며 남쪽으로 내려가는 배의 갑판에 나와 있었다.

　"사람들이 힘들어하는 것 같아."

　"이 정도에 지쳤다면 흑성이 되긴 어려운 자들이지."

　중광의 말에 궁비영이 투박하게 대답했다.

　"흑성의 수련에서야 이렇게 갇혀 있지는 않겠지."

　"장담할 수 없는 일이지. 너도 짐작했겠지만 흑성을 결코 평범하게 키워내진 않을 거야. 하는 일이 평범치 않은 일이니."

　"그렇긴 하겠지."

　중광이 묵묵히 고개를 끄떡인다. 그러다가 문득 갑판 저쪽 끝에 나와 서 있는 위패풍을 발견하고는 혀를 찼다.

　"참 인심이 고약해."

　"자업자득이지."

　"그렇기는 한데, 그래도 하루아침에 저렇게 외톨이가 될 줄 누가 알았겠어."

　"외톨이는 아니지. 그래도 그의 곁에 두어 명은 남아 있는 것 같으니."

"예전을 생각하면 외톨이나 다름없지."

중광이 말했다.

"다른 자들은 모두 그 종풍에게 붙었나?"

"다는 아니지만 그가 중심이 되어가고 있는 것은 사실이지."

"의도한 일이라면 정말 교활한 자군."

"무슨 말이냐?"

중광이 되물었다.

"굳이 우리와 비무를 하지 않고도 위패풍을 따르던 자들을 자연스레 자신에게 끌어왔잖아."

"그럼 일부러 비무를 하지 않았다는 거야?"

중광이 놀란 표정을 지었다.

"만약에 그랬다면 교활하다는 거지. 우리와의 비무는 승패를 점칠 수 없는 일이니까. 반면 그대로 비무가 끝나면 자연스레 후기지수들이 자신을 따르게 될 거라 계산했을 수도 있지. 우리야 애초에 저들의 우두머리가 될 수 없는 사람이었고."

"음, 그렇다면 정말 영악한 자군. 하지만 내가 보기에는 그렇게 간계를 부릴 자는 아닌 것 같던데?"

"사람의 속을 어찌 알겠냐?"

"하기야 사람 속은 모르는 것이지."

"그런데 말이야, 그 비급은 어찌 됐냐?"

"비급?"

"비무에 이기면 당주가 주겠다고 했던 그 검보 말이야."

"아이고, 그러고 보니 유야무야 그냥 넘어가고 말았네. 그 망할 놈의 괴인 같으니라구. 그자만 아니었으면 어떻게든 검보를 얻어냈을 텐데."

"아무도 얻지 못한 거야?"

"글쎄, 그러다니까. 그러고 보면 당주도 참 음흉한 사람이다. 기왕에 내놓기로 했으면 비무에서 이긴 셋에게 줄 일이지."

"우리가 결국 중도에 비무를 그만두었으니 굳이 검보를 내놓을 필요는 없지."

"하긴 그렇기도 하군. 쩝, 아까운데? 아참, 그나저나 이상한 일이다."

문득 중광이 궁비영을 살피며 말했다.

"뭐가?"

"어제가 보름이었어."

"그래서? 아!"

순간 궁비영도 무엇인가를 깨달은 듯 나직하게 탄성을 흘렸다.

"그렇지? 이상하지?"

중광이 마치 커다란 보물이라도 발견한 사람처럼 재차 물었다.

"확실히 기이한 일이군."

"전혀 통증이 없었어?"

"없었어."

궁비영이 고개를 끄떡였다.

"허허, 세상사 새옹지마라더니 나쁜 일 끝에 좋은 일이 찾아오네. 그토록 네놈을 괴롭히던 그 통증이 이번에는 나타지 않다니."

궁비영은 본래 보름에 한 번 극심한 심통과 두통에 시달리고는 했다. 반 시진 정도 계속되는 그 통증은 아버지 궁도요가 있을 때는 적절히 조절이 가능했으나 궁도요가 강호에 나가 돌아오지 못한 이후에는 줄곧 혼자서 견뎌내야 했다.

그런데 지난밤 통증이 일어나야 할 보름임에도 불구하고 통증은 찾아오지 않았다.

"아직은 좀 더 지나봐야지."

궁비영이 신중하게 말했다.

"날짜가 틀린 적이 없잖아? 아니지. 점점 짧아져 왔지. 궁가주께서 출행하신 이후에는 보름에 한 번으로 짧아졌으니까. 그동안 늘어난 적은 없었지?"

"그랬지."

궁비영이 대답했다.

"그것 봐. 이것 확실히 좋은 징조라고. 야, 그 괴인이 재주가 있네. 독을 써서 네 지병을 고치다니."

"어쨌든 얼마간은 지켜봐야 한다니까."

"내 예감에는 말이다, 고쳐진 것 같다. 너도 알지. 내 예감이 무척 정확하다는 거."

"잘 알지. 그래서 잃은 금자가 얼마냐?"

"아아, 그거야 뭐… 물론 가끔 틀릴 때도 있지."

중광이 말을 얼버무린다. 그런데 그때 문득 배의 키를 잡고 있던 자가 소리쳤다.

"섬입니다!"

한 마리 전서구가 날아와 강유사의 팔에 앉았다. 강유사가 능숙하게 전서구에서 전서를 분리해 낸다. 그리고는 한참 동안 전서와 섬들로 가득 찬 군도의 지형을 살피다가 명을 내렸다.

"동남쪽 두 개의 섬 사이로 들어간다!"

"물길이 험합니다."

키를 잡고 있던 자가 망설이며 대답했다.

"상관없다. 안전할 테니 배를 몰고 가라."

강유사의 명에 사내가 어쩔 수 없다는 듯 뱃머리를 두 개의 섬이 형제처럼 서 있는 방향으로 돌렸다.

처음 섬을 발견한 이후 강유사는 줄곧 배 위에 나와 있었다. 그럴 수밖에 없는 것이 갈 곳을 아는 사람은 일행 중 오직 강유사뿐이었으니 그가 아니라면 배를 움직일 수도 없었다.

이미 셀 수 없이 많은 섬이 늘어선 군도로 들어선 지 이틀이나 지났다. 아마도 배를 모는 자조차도 온 길을 되짚어 가라면 갈 수 없을 만큼 복잡한 해로를 따라 배는 이동하고 있었다.

그리고 급기야 해류가 마치 계곡의 물살처럼 거칠게 흐르는 두 개의 섬 사이로 배가 들어섰다.

"다들 꼭 잡아라!"

강유사가 배 위에 나와 있는 제룡가의 식구들에게 경고했다. 그 직후에 배가 널뛰듯 거친 해류를 타고 화살처럼 빠르게 전진하기 시작했다.

바닷물이 튀어 올라 갑판을 적신다. 맑은 날씨에 폭풍을 만난 듯 배가 흔들린다. 곧이라도 배가 조각나 버릴 것 같았다.

"제길, 이러다가 다 죽겠다!"

중광이 소리쳤다.

"걱정 마. 당주께서 설마 사지로 배를 몰아넣겠냐?"

"젠장, 그래도 이건 너무 위험해. 벌써 반 시진째야."

위험한 항해가 지나치게 길게 이어진다고 생각하는 건 궁비영도 마찬가지였다. 두 개의 섬 사이를 지난 게 이미 오래전이다.

궁비영이 빗물처럼 날아내리는 바닷물을 손으로 가리며 배 앞쪽을 바라봤다. 그때 그의 눈에 뿌연 안개에 휩싸인 검은 섬이 들어왔다. 순간 궁비영은 본능적으로 자신들이 드디어 목적지에 도달했다는 것을 깨달았다.

제6장
빛이 없는 섬

“내가 처음부터 불길했어. 젠장! 오는 게 아니었는데……."

중광이 툴툴거렸다. 궁비영도 말은 하지 않았지만 중광과 같은 기분이 들었다. 섬은 그들이 생각한 것보다 훨씬 험악했다. 제룡가 최고의 후기지수란 자신감에 차 있던 다른 젊은이들도 안개 속의 섬을 눈앞에 두는 순간 할 말을 잃고 섬뜩한 불안감에 눈을 번들거릴 뿐이었다.

“이 섬의 이름은 무명도라 한다."

강유사가 입을 열었다. 목소리가 부드럽다. 아마도 제룡가 후기지수들이 섬을 보는 순간 느낀 불안감을 염두에 두고 있는 모양이다.

“이름이 무명도인 것은 두 가지 이유 때문이다. 하나는 보다시피 연중 대부분 안개가 휘감고 있어 빛이 잘 들지 않기 때문이고, 두 번째는 말 그대로 이 섬에 이름이 없기 때문이다. 천하에서 이 섬의 위치를 정확하게 찾아낼 수 있는 사람은 몇 되지 않는다. 어쩌다 이곳에 도달한 사람조차도 항시 안개에 휩싸여 있으니 이 속에 섬이 있다고 생각하는 사람은 없었을 것이다. 당연히 섬의 이름이 없었지. 그리하여 이 섬이 무명도란 이름을 가지게 된 것이다."

"이런 곳을 누가 발견한 겁니까?"

중광이 물었다. 겁을 먹기는 했지만 그래도 궁금한 것을 물어보는 중광의 용기가 마음에 들었는지 강유사가 미소를 지으며 대답했다.

"맹의 군사께서 발견하신 것이다."

"오죽노 님을 말씀하시는 거군요."

"그렇다. 그분이 아니라면 어찌 이런 섬을 발견할 수 있겠느냐?"

"별호처럼 검은 것을 좋아하시는 분인가 보군. 이렇게 검은 섬에 별호도 오죽노, 길러내고자 하는 무인도 검은 별이니 혹속도 검은 것 아닐까?"

"이놈, 말조심하거라."

나직하게 말했지만 중광의 말을 듣지 못할 강유사와 백주가 아니었다. 중광에게 호통을 친 것은 백주였다.

"아, 뭐, 말이 그렇다는 거지요."

중광이 말을 얼버무린다.

"마천과의 싸움에서 구천맹이 승리한 이유는 여럿이나 그 중 가장 중요한 것은 본 맹에 오죽노 어른이 계셨기 때문이다. 그분의 머리가 결국 마천을 강호에서 몰아낸 것이야. 네놈들이 오늘 구천맹의 일원으로 거들먹거릴 수 있는 것은 모두 그분의 덕이거늘 감히 그분을 모욕한단 말이냐? 타 문의 존장이 그 소리를 들었다면 본가가 곤란해질 수도 있는 일이다."

백주의 꾸중이 계속되었다. 그러자 중광이 다시 한 번 머리를 조아렸다.

"잘못했습니다. 입조심하지요."

"무명도에 들거든 그런 소릴랑 입 밖에 내지 마라."

"명심하겠습니다."

중광이 얼른 대답하고는 슬쩍 궁비영의 뒤쪽으로 이동해 다시 나직하게 중얼거린다.

"젠장, 우리가 언제 구천맹의 일원이라고 거들먹거렸다고 그래?"

"이놈아, 그만해라. 이러다가 섬에 내리지도 못하고 물귀신 되겠어."

"흐흐, 하긴 그럴 수야 없지. 그나저나 사람이 살 수는 있는 섬이야?"

중광이 다시 섬을 보며 말하자 궁비영이 주의 깊게 섬을 살피다가 입을 열었다.

"아주 살 수 없는 곳은 아닌 것 같아."

"어째서?"

중광이 되묻자 궁비영이 손을 들어 섬의 북쪽 사면을 가리켰다. 그러자 궁비영의 손이 향한 곳에서 무엇인가 밝은 빛이 번쩍이는 듯 보였다.

"뭐지?"

"폭포야."

"폭포?"

"그래. 폭포가 있다는 것은 제법 많은 양의 물이 있다는 건데… 먹을 물이 있다면 누구라도 섬에서 살 수 있다."

"음, 그렇기는 하지. 물이 있다면 숲도 있을 테니까. 겉만 이렇게 음침한 걸까?"

"물이 있다 해도 빛이 없으면 숲이 무성히 자리지는 못하겠지만 그래도 사람이 살 수는 있을 거야."

"하긴 그러니까 이런 곳을 수련처로 정한 거겠지."

중광이 고개를 끄떡였다. 그런데 그때 문득 검은 섬의 바위들 틈에서 한 사내가 불쑥 모습을 나타냈다. 그리고는 검은 천을 흔들어 배가 움직일 방향을 지시했다.

"깃발을 따라 이동하라!"

강유사가 명을 내리자 제룡가의 배가 깃발이 가리키는 방향으로 나아갔다.

검은 깃발을 든 사내가 섬의 곳곳에서 나와 배를 이끈다. 제룡가의 배는 위태롭게 섬의 외곽을 돌아 섬 북쪽에 이르렀다. 그러자 앞서 궁비영과 중광이 보았던 폭포가 좀 더 명확하게 눈에 들어온다. 생각보다 훨씬 큰 폭포수였다. 그리고 그 즈음에서 배가 섬으로 진입하기 시작했다.

폭포수 아래쪽으로 섬이 바닷물을 깊숙이 받아들이고 있었다. 폭포수가 떨어져 내린 후 바다로 밀려드는 거리가 채 백여 장이 되지 않는 곳이었다.

그리고 그 물길 좌우측으로 지금껏 섬에서 보지 못한 푸른 초지가 펼쳐져 있었다. 물론 그 넓이는 그리 넓지 않았으나 그래도 온통 검은 바위뿐인 섬에 자라난 풀밭이 섬이 죽지 않았다는 것을 말해주고 있었다.

"모두 조심하시오."

문득 배를 모는 자의 목소리가 들려왔다. 그리고는 배가 크게 우측으로 꺾이더니 거대한 절벽에 뚫린 물길을 따라 진입했다.

"어어어!"

사람들의 입에서 걱정스런 음성이 흘러나온다. 곧이라도 배가 절벽에 부딪칠 것 같았다. 그러나 배는 아슬아슬하게 절벽에 난 동굴을 통과해 반대편으로 나아갔다. 배가 지난 동굴은 거리가 십여 장도 되지 않아 동굴이라기보다는 그저 절벽이 만들어낸 관문과 같았다.

절벽의 문을 통과하자 그 반대편에 대략 반경 삼십여 장에 이르는 둥근 해안가가 모습을 드러낸다. 제룡가의 배가 통과한 절벽의 동굴을 제외하고는 바다하고 연결된 곳이 없어서 아늑한 포구와 같은 모습이다.

그 해안선 안쪽에 한 채의 작은 목조 건물과 그 건물과 이어진 접안대가 보인다.

"배를 대라!"

강유사가 명을 내리자 제룡가의 배가 미끄러지듯 바다를 달려 접안대에 부드럽게 부딪쳤다.

쿠쿵!

가벼운 충돌이라도 큰 배가 부딪치자 접안대가 흔들리며 제법 무거운 소리를 냈다.

"어서 오십시오, 강 노사!"

배가 정박하자마자 접안대 위에서 누군가의 목소리가 들렸다. 사람들이 일제히 배 아래로 시선을 돌려보니 검은 무복을 입은 초로의 노인이 강유사를 향해 포권을 해 보였다.

"천 노사, 정말 오랜만이구려!"

강유사가 반갑게 노인과 인사를 하더니 훌쩍 배에서 날아올라 접안대에 나와 있는 노인 앞에 떨어져 내렸다. 그리고는 그의 신분에 어울리지 않게 정중하게 천 노사라 부른 초로의 노인에게 포권을 해 보였다.

"도대체 저자가 누구지? 누구기에 당주가 자신보다 나이 어린 사람에게 저리 정중한 걸까?"

중광이 중얼거린다. 중광의 말처럼 나이를 비교하자면 강유사가 천씨 성을 가진 노인보다 대여섯 살은 많아 보였다. 그런데도 강유사의 행동은 마치 자신이 아랫사람인 듯한 모습이다.

"글쎄, 낸들 알 수가 있냐."

궁비영도 천씨 성을 가진 노인을 유심히 살피며 중얼거렸다.

"하선한다!"

그때 백주의 목소리가 들리자 제룡가의 후기지수들이 정신을 차리고 하나둘 배에서 내리기 시작했다. 궁비영과 중광도 서둘러 배에서 내려 다시 강유사와 천씨 성의 노인을 찾았는데 그때는 이미 두 사람이 접안대와 이어진 목조 건물로 들어가고 난 이후였다.

"앞날이 훤하다!"

중광이 작은 목기에 담긴 주먹밥과 손가락 두 개 크기의 육포를 보며 중얼거렸다. 무명도에서 제룡가의 사람들에게 내놓은 첫 음식이다. 제룡가의 다른 후기지수들도 실망한 기색이 역력하다. 구천맹의 각 가문에서 골라 뽑은 흑성의 재목들에 대한 대접으로는 어울리지 않은 음식이기 때문이다.

"굶어 죽지 않으려면 먹어."

"무슨 소리야, 굶어 죽다니?"

중광이 의아한 표정으로 되물었다. 그러자 궁비영이 재빨리 눈을 굴려 주위를 살피며 말했다.

"사방에 사람들이 있어."

"음, 그건 나도 눈치챘어."

중광이 고개를 끄떡였다.

"더군다나 그 기운이 만만찮아."

"그야 경계를 삼엄하게 해야 하니까. 흑성은 아주 비밀스런 존재라고 했잖아."

"우리를 보는 시선이 심상치 않다고."

"우리를 보는 시선이라고?"

중광이 놀란 표정을 짓더니 재빨리 주위를 살폈다. 모습을 감추고 있는 자들도 있었지만 드러낸 자들도 있었으므로 그들의 모습을 살피는 것은 어려운 일이 아니었다.

"젠장, 그러네. 마치 우리 속에 가둬놓은 소나 말을 보는 것 같잖아?"

"그러니까 잘 먹어둬."

"아니, 저자들의 눈빛과 이 망할 놈의 음식을 먹는 것이 무슨 상관인데?"

"어쩌면 오늘이 지나면 이런 음식조차 귀해질지 모르니까. 본래 손님에게 가장 먼저 내놓는 음식이 제일 좋은 음식이란 말이야. 더군다나 저들의 눈빛을 보건대 아마도 이런 음식조차 제때 줄지 의문이다."

"젠장, 무슨 그런 악담을 하냐?"

중광이 투덜거리면서도 주먹밥을 입에 쑤셔 넣는다.

"악담이 아냐. 생각해 보면 당연한 일이지. 흑성이란 존재가 구천맹을 마천의 손에서 구했다고 했어. 그런 존재가 쉽게 만들어지겠냐? 아마도 지옥에 한두 번은 들어갔다 나와야 할 거야."

"제길, 듣고 보니 틀린 말이 하나 없네. 먹자, 먹어."

중광이 누가 음식을 뺏기라도 할 것처럼 순식간에 손에 든 음식을 해치웠다. 궁비영 역시 빠르게 목기에 담긴 음식을 비웠는데 그때쯤 강유사가 천씨 성을 가진 노인과 다시 모습을 드러냈다. 다른 제룡가의 후기지수들은 주먹밥을 채 반절도 먹지 않은 상태였다.

"잘들 들어라."

건물을 벗어난 강유사가 주변에 늘어앉아 요기를 하고 있는 제룡가의 후기지수들을 돌아보며 입을 열었다. 그러자 제룡가의 후기지수들이 조금은 두려운 눈으로 강유사를 바라봤다. 그도 그럴 것이, 강유사의 말투가 무척 냉정했기 때문이다.

"난 지금 이곳을 떠난다."

"다, 당주님!"

곳곳에서 당황하는 목소리가 흘러나왔다. 아직 강호 출행 경험이 없는 제룡가의 후기지수들에게 강유사는 어렵지만 한 편으론 든든한 부모와 같은 존재였기 때문이다.

"이곳은 수련처다. 내가 있을 이유가 없다. 앞으로 다시 내 얼굴을 보기 위해선 삼 년이란 시간을 잘 건뎌내야 할 것이다. 명심하라. 이곳에서의 삶은 북산에서의 삶과 전혀 다를 것이다. 북산은 너희를 너그럽게 품어주었지만 이곳에서 너희는 혼자의 힘으로 살아남아야 할 것이다."

강유사가 매정한 말을 계속 이어간다. 그럴수록 주먹밥과 육포를 손에 든 제룡가 후기지수들의 얼굴이 파랗게 질려갔다.

"아주 운이 없다면… 이 중 몇은 죽을 수도 있을 것이다."

절대 듣고 싶지 않은 말이 강유사의 입에서 흘러나왔다. 제
룡가의 후기지수들이 손에 든 것을 내려놓고 자리에서 일어났
다. 그러자 강유사가 다시 입을 열었다.

"가혹한 수련이 될 것이다. 그러나 그 수련을 이겨내면 너희
는 구천맹에서 가장 가치 있는 무인이 되어 있을 것이다. 그러
니 수련을 생사전으로 여기고 부딪쳐라. 그리하여 제룡가의
기백을 구천맹의 형제들에게 보여주기 바란다. 모두 알겠느
냐?"

강유사가 물었지만 대답을 하는 자가 없다. 그러자 강유사
가 다시 입을 열었다.

"모두 귀가 먹은 것이냐?"

"알겠습니다. 당주님 말씀, 명심하지요. 그런데 한 가지 질
문이 있습니다."

중광이 입을 열었다. 그러자 강유사는 물론 그 뒤에 서 있던
천씨 성의 노인까지 특별한 눈빛으로 중광을 바라봤다.

"무엇이냐?"

강유사가 물었다.

"그것이… 먹는 것은 제대로 줍니까? 계속 이렇게 먹어야
하는 겁니까?"

중광이 빈 목기를 들어 보이며 물었다.

"야, 이 미친놈아."

궁비영이 중광의 뒤에서 나직하게 욕설을 해댔다.

"그게 그렇게 중요한 문제냐?"

강유사도 어이없다는 표정으로 물었다.

"세상에 먹고사는 문제처럼 중요한 일이 없지요."

중광의 눈빛이 형형하게 번쩍인다. 그 눈빛에서 강유사는 중광이 농으로 허튼 질문을 하는 것이 아니란 것을 알아챘다.

"어떻습니까?"

강유사가 중광의 질문을 천씨 성의 노인에게 넘겼다. 그러자 천씨 성의 노인이 날카로운 눈으로 중광을 보며 대답했다.

"굶어 죽지는 않을 걸세."

"음, 그 말은 죽지 않을 정도만 주겠다는 거군요?"

"그건 자네 좋을 대로 생각하게. 그런데 아마도 굶주림보다는 살아남는 일을 먼저 생각해야 할 걸세."

노인이 중광을 보며 경고했다. 그러자 중광이 실실 웃음을 흘리며 대답했다.

"그건 걱정 마십시오. 이놈은 굶지만 않으면 죽지 않을 겁니다."

"듣기로 자네 이름이 중광이라고 했던 것 같은데?"

노인의 말에 궁비영도 중광도 살짝 놀란 표정을 지었다. 노인이 중광의 이름을 알고 있으리라고는 미처 생각지 못한 것이다. 어쩌면 강유사가 두 사람에 대해 특별한 당부를 했거나 혹은 노인이 이미 이곳에 온 제룡가의 후기지수들에 대해 모든 것을 파악하고 있는 것일 수도 있었다.

"소인의 이름을 알고 계시다니 영광입니다."

"후후, 좋은 재목이라 들었네. 직접 만나보니 더 기대가 되는군. 아무튼 무사히 수련을 마치기 바라네."

노인이 깊은 눈으로 중광을 보며 말했다. 그러자 강유사가 두 사람의 대화에 끼어들었다.

"중광, 이곳에서는 경거망동하지 말거라. 이곳은 북산이 아니다."

"알겠습니다, 당주님."

"비영, 너 또한 마찬가지다."

강유사가 궁비영에게도 주의를 주었다.

"제가 무슨 말을 했습니까?"

궁비영이 갑자기 화살이 자신에게로 돌아오자 억울한 표정으로 되물었다.

"북산에서 넌 중광보다 더 문제가 많던 놈이 아니냐?"

"무슨 그런 서운할 말씀을. 그래도 전 이놈과 달리 사리 분별은 할 줄 압니다."

"그 말, 믿어보겠다. 모두 듣거라. 돌아가기 전에 정식으로 이분을 소개해 주겠다."

강유사가 천씨 노인을 가리키며 말했다. 그러자 제룡가 후기지수들의 눈빛이 반짝였다. 노인이 이 무명도에서 흑성을 길러내는 책임자란 것은 확실했다. 그러니 그에게 자신들의 생사여탈권이 주어져 있을 것이다. 그런 자의 정체가 궁금하지 않을 수 없었다.

"모두 광검이란 별호를 들어봤을 것이다."

"헉!"

"음!"

광검이란 말이 강유사의 입에서 흘러나오는 순간 제룡가 후기지수들의 얼굴이 경악으로 물들었다. 그건 궁비영과 중광도 마찬가지였다.

"설마 저 노인이 광검일 줄이야."

중광이 하얗게 질린 얼굴로 중얼거렸다.

"넌 방금 전 지옥에 갔다 나온 거야."

궁비영이 말했다.

"아이구야, 어떻게 저 양반이 광검일 수 있지? 전혀 미친 사람처럼 보이지 않는데."

"그가 미친 게 아니라 그의 검이 미친 거야."

"그렇기는 하지만……."

강호에서 광검 천도수는 정사를 막론하고 공포의 이름으로 받아들여진다. 마천과의 싸움에서 가장 많은 마두를 벤 자가 바로 그였다.

그런데 그에 못지않게 정파의 고수 역시 그에게 죽은 자가 여럿 있었다. 이유는 단 하나, 마천과의 싸움에서 도주를 하거나 혹은 그들에게 조금이라도 협력한 자를 그의 칼은 용서하지 않았다.

마천이 워낙 극악한 세력이었기에 어쩔 수 없이 그들에게 약간의 도움을 준 강호의 문파가 여럿 있었는데 그중 광검 천도수의 손에 걸려 멸문한 곳이 한두 곳이 아니었다.

그런 이유로 광검 천도수는 마인들뿐 아니라 정파에서도 두려워하는 이름이었고, 개중에는 털어서 먼지 안 나오는 사람이 어디 있겠냐며 그를 비난하는 자들도 있었다.

그러나 그런 자들조차도 그의 앞에서는 감히 그의 행동을 비판하지 못했다. 그런데 기이한 것은 그런 광검 천도수의 얼굴을 아는 사람이 사실은 강호에 그리 많지 않다는 것이다.

마천의 마졸을 수없이 벤 그의 영웅적인 행적이나 마천에 협력한 정파의 무가들을 멸문시킨 살 떨리는 보복행은 모두 풍문처럼 사람들의 입을 통해 소문으로 강호에 퍼진 것이었고, 실제로 그가 검을 쓰는 것을 본 사람은 극히 드물었던 것이다.

그런 그가 설마 이 무명도의 도주가 되어 흑성을 키워내는 일을 맡았으리라고는 누구도 생각지 못했던 일이다.

"천 노사의 명성은 모두 들어 알고 있을 것이다. 그러니 모두 천 노사의 심기를 어지럽히는 일이 없기를 바란다."

강유사가 제룡가의 후기지수들에게 당부를 했다. 그러자 광검 천도수가 앞으로 나서며 말했다.

"무명도와 자네들의 수련을 책임질 천도수라 하네. 음, 한 가지 말해둘 것이 있네."

천도수의 말에 제룡가의 후기지수들이 바짝 긴장한 채 그의 말에 귀를 기울였다. 자칫 실수를 했다가는 지금이라도 치도곤을 당할 수 있기 때문이다.

"본래 강호의 소문 중 오 할은 헛소문이라네. 강호에선 나를 마치 미친 사람 취급하지만 난 절대 그리 난폭한 사람이 아니네. 단지 내 검이 조금 과격한 검법이라 그런 소문이 흘러 다니는 것이니 절대 날 두려워하지는 말게. 그러니 수련 중에 어려움이 있으면 언제든 내게 말하라는 말이네."

"명심하겠습니다."

제룡가의 후기지수들이 강유사를 대하는 것보다 더 정중하게 대답한다.

"음, 좋아. 한 가지 당부를 하자면 혹 무명도의 규칙에 불만이 있다 해도 일단은 그 규칙을 따라주기 바라네. 그 이후에 그에 대한 불편함을 나에게 말하면 내 고려해 보고 고칠 것은 고치겠네. 그러니 그 이전에는 반드시 이 섬의 규칙을 지켜야 할 걸세."

"알겠습니다, 어르신!"

"좋아, 그럼 서로에 대해서는 차차 알아가기로 하지."

광검 천도수가 말을 마치고는 강유사를 바라보며 고개를 끄떡였다. 그러자 강유사가 가볍게 고개를 숙여 보인 후 다시 입을 열었다.

"이제부터 너희는 제룡가의 식솔이 아니라 이 무명도의 사람이다. 이곳을 벗어나기 전에는 제룡가의 이름이 너희에게 아무런 도움이 되지 않을 것이다. 그러니 부디 천 노사의 가르침을 잘 받들도록 하거라."

"알겠습니다, 당주!"

"좋아, 그럼 난 이만 돌아가겠다. 모두들 무운을 빈다."

강유사가 냉정하게 말하고는 백주와 함께 급히 배에 올랐다. 그러자 제룡가의 후기지수들을 태우고 왔던 배가 미끄러지듯 포구를 떠나 그들이 들어온 절벽의 동굴을 통해 사람들의 시야에서 사라져 버렸다.

제룡가의 후기지수들은 마치 부모를 잃은 아이처럼 걱정 가득한 눈으로 사라지는 배를 바라보고 있었다. 그런 그들의 정신을 깨운 것은 역시 무명도주 광검 천도수의 목소리였다.

"오관주!"

천도수의 부름에 그와 마찬가지로 검은 무복을 입은 오십 대 중반의 사내가 건물 안쪽에서 모습을 드러냈다.

"부르셨습니까, 도주!"

"이 친구들을 화곡으로 데려가게."

"알겠습니다."

사내가 대답했다. 그러자 천도수가 제룡가의 후기지수들을 보며 말했다.

"미리 말해두지만 이곳에선 목숨을 이어가는 데 필요한 최소한의 것만 제공되네. 그러므로 안락한 생활이란 것은 애초에 기대치 말아야 할 것이네. 자네들은 구천맹과 강호를 지켜낼 재목으로 발탁된 사람들이야. 그 자존심을 잃지 말게. 어린 애처럼 칭얼거리는 것이 용납되지 않는 곳일세, 이 무명도는."

천도수의 말에 제룡가 후기지수들이 불현듯 자신의 처지를 깨닫고는 두려움에 몸을 떤다. 그러자 천도수가 다시 입을 열었다.

"그리고 지금부터는 말을 놓기로 하겠네. 그게 너희를 하루라도 빨리 이 섬에 적응시키는 데 유리할 테니까."

일단 하대를 시작하자 천도수의 위압감이 더욱 강렬해진다. 입에 올리지는 않았지만 그에게 이 무명도에 든 모든 사람의 생사여탈권이 주어져 있다는 것을 실감할 수 있는 상황이다.

"수련은 닷새쯤 뒤에 시작하게 될 것이다. 아직 도착하지 않은 사람들이 있으니 그때까지는 쉬면서 기다린다. 오관주!"

"예, 도주!"

"데려가게."

"알겠습니다. 모두 날 따라오라!"

오관주라 불린 중년 사내가 제룡가의 후기지수들에게 명을 내리고는 먼저 걸음을 옮겼다. 그러자 제룡가의 후기지수들이 천도수와 오관주를 번갈아 바라보다 누가 먼저랄 것도 없이 우르르 오관주의 뒤를 따르기 시작했다.

기이한 계곡이다. 가운데 개울이 흐르지 않는다면 도저히 사람이 머물 수 없을 것이다.

오직 남쪽으로 이어진 좁은 길을 제외하고는 사방이 검은 절벽으로 둘러싸인 계곡의 모습은 마치 마두를 가두는 금옥과 비슷했다. 그렇다고 절벽들이 매끄러운 것은 아니어서 그 중턱까지는 사람이 오르내리기에 불편함이 없어 보였다.

"벌집같이 생겼는데?"

중광이 중얼거렸다. 절벽 곳곳에 뚫려 있는 검은 동굴들이 벌집처럼 보였다.

"다 왔다."

문득 오관주라 불린 사내가 걸음을 멈췄다.

"이곳이 바로 너희가 앞으로 삼 년 동안 살아갈 곳이다."

"음……."

제룡가의 후기지수들 사이에서 나직한 탄식이 흘러나온다. 어찌 이런 곳에서 사람이 삼 년이나 살 수 있단 말인가.

"먹을 것은 줄 것이고 물이 있으니 죽을 곳은 아니다. 엄살 피우지 말거라. 보다시피 이 계곡은 사방이 절벽으로 둘러싸여 있다. 사람이라면 쉽게 벗어날 수 없는 곳이지. 그러나 너희가 수련을 견디지 못하고 도주하는 것을 막기 위해 이곳을 거처로 정한 것은 아니다. 수련을 포기하는 것은 언제든 가능하다. 물론 그렇게 되면 얼굴을 들고 구천맹의 일원으로 살아가기 힘들겠지만."

오관주가 문득 손을 들어 가볍게 허공을 휘저었다. 그러면서 다시 말을 이었다.

"모두 느꼈는지 모르겠지만 이 계곡 안쪽의 기온은 섬의 다른 곳보다 온화하다. 잘 살펴보면 먹을 수 있은 나물도 바위틈에 자라고 있을 것이다. 이 섬에서 오직 이곳만이 사람이 오랫동안 거주하며 살아갈 수 있는 곳이란 말이다. 그래서 이곳을 너희의 거처로 정한 것이다. 고통을 주자는 뜻이 아니란 말이다."

오관주의 말에 제룡가 후기지수들 얼굴에 미세하나마 생기가 돈다. 사방을 막은 검은 절벽이 만들어내던 암울한 기운이 생각을 바꾸니 온화한 온기를 만들어주는 든든한 방벽으로 생각되는 것이다.

"무명도는 사시사철 기후가 좋지 않다. 겨울에는 혹독한 추위가 몰려오고 여름에는 하루가 멀다 하고 태풍이 일어난다. 그러니 본래는 사람이 살 수 없는 섬이라고 할 수 있다. 그런데 오직 이곳 화곡(火谷)에서는 사람이 살 수 있다. 사방이 절벽이라 외풍을 막아줄 뿐 아니라 절벽에 뚫린 수백 개의 동혈은 생각보다 따뜻할 것이다. 지열이 강한 곳이란 뜻이지."

오관주의 말에 문득 중광의 표정이 어두워지면서 궁비영에게 물었다.

"결국 화산이라는 뜻이잖아?"

"바위와 돌을 보면 알 수 있잖아."

궁비영이 퉁명스레 대답했다.

"맞아. 이렇게 검고 구멍이 숭숭 뚫린 돌은 화산이 아니면 볼 수 없으니까. 그나저나, 그럼 위험한 것 아니냐? 한순간 터지기라도 하면……."

"멍청한 놈, 이곳을 흑성의 수련처로 정한 사람이 오죽노야. 그런 것도 생각지 않았을까."

"제길, 오죽노라고 땅속 사정을 모두 알 수 있겠어?"

"그 정도 계산은 할 사람이란 말이다. 아무튼 조용히 해. 말이 안 들리잖아."

궁비영의 타박에 중광이 입을 다물었다. 그러자 다시 오관주의 말이 들린다.

"이미 이곳에는 수십 명의 구천맹 후기지수가 들어 있다. 너희는 빈 동혈을 찾아 자유롭게 거처를 정하면 된다. 거처를 정한 후에는 삼 년 동안 살아갈 준비를 하거라. 너희에게 주어지는 것은 한 장의 담요와 한 달에 한 번 주어지는 건량과 땔감이 전부다. 그러니 다른 것들은 알아서 준비해야 한다. 모두 알겠느냐?"

"알겠습니다."

제룡가의 후기지수들이 일제히 대답했다. 그런데 그 목소리에 놀란 것일까. 계곡의 동굴 곳곳에서 사람들이 얼굴을 드러낸다. 아마도 앞서 무명도에 들어온 구천맹의 후기지수들일 터였다.

"그런데 각 문파별로 구역을 나누어 생활하는 것이 아닙니까?"

문득 후기지수 중 종풍이 오관주에게 물었다. 아마도 중구난방으로 흩어져 동굴을 차지하고 있는 앞선 입곡자들 때문에 의문이 생긴 모양이다. 그러자 오관주가 잊고 있었다는 듯이 얼른 대답했다.

"이런, 내가 중요한 말을 잊었군. 무명도의 규칙 중 한 가지 중요한 것을 말하겠다. 이곳에서는 출신 문파를 잊는다. 혹시라도 출신 문파를 앞세워 무리를 지어 분란을 일으키는 일은 결코 용납하지 않는다. 이곳에서는 오직 모두가 구천맹 사람일 뿐이다."

일관주의 말에 후기지수들 사이에 다시금 불안감이 감돈다. 제룡가의 그늘에서 살아온 그들에게 그 그늘을 벗어나는 것은 두려운 경험이기 때문이다.

"그래서 보다시피 화곡에 먼저 입곡한 사람들도 문파별로 무리를 짓지 않고 자유롭게 거처를 정한 것이다. 그리고 이곳에서 지내다 보면 누가 말하지 않아도 결국 자기 몸 하나도 돌보기 바쁠 것이다. 동문이라 하여 다른 사람을 도와줄 여력은 없을 거란 말이다. 저녁에 필요한 물건들을 가지고 다시 오마. 그때까지는 일단 자신의 거처를 정하라. 말했지만 오직 한 명에 하나의 동굴이다. 올라가라."

오관주의 명이 떨어진 후에도 제룡가의 후기지수들은 선뜻 발을 떼어놓지 못했다. 그러나 사람 중에는 두려움이란 것을 쉽게 극복하는 자도 있다. 궁비영과 중광이 바로 그런 성정의 사람이었다.

"어서 갑시다. 쉴 수 있을 때 쉬어야 하지 않겠소?"

중광이 큰 목소리로 말하고 제룡가의 무리에서 벗어나 화곡 안으로 들어가기 시작했다. 궁비영은 이미 중광의 앞에 서 있었다. 두 사람이 움직이자 제룡가의 후기지수들도 절벽의 동굴들을 향해 움직이기 시작했다.

"눈여겨보라더니 과연 특별한 면이 있군. 금패의 흑성을 기대할 수 있다 했던가? 그러나 금패를 얻으려면 천운이 따라야 할 일. 너희에게 그 천운이 있을지 모르겠구나."

오관주가 멀어지는 궁비영과 중광을 보며 중얼거렸다.

"생각보다 나쁘지 않군."

궁비영이 등에 지고 다니던 바랑을 동굴 안쪽에 던지고는 그 자리에 주저앉아 등을 석벽에 기댔다. 등을 통해 따뜻한 온기가 느껴진다. 오관주의 말대로 지열이 도는 동굴이 분명했다.

"살 만하냐?"

궁비영의 바로 옆 동굴에 자리를 잡은 중광이 삐쭉 얼굴을 들이밀며 물었다.

"괜찮네."

궁비영이 대답했다. 그러자 중광이 성큼성큼 동굴 안으로 들어와 앉으며 말했다.

"참 이상한 일이지?"

"뭐가?"

"무리를 짓지 못하게 하는 거 말이야."

"그거야 당연한 거 아니겠냐? 분란이 일어나는 것을 미리 방지하는 것이지."

"무리를 짓는다고 항상 분란이 일어나는 것은 아니야. 오히려 힘든 수련 시간 동안 곁을 지켜주는 무리가 있다는 것은 힘이 될 수도 있지. 그런데 굳이 무리를 짓지 말라고 강하게 요구하고 있어."

"다른 이유가 있다고 생각하냐?"

궁비영도 조금 이상한 생각이 드는지 중광에게 물었다. 그러자 중광이 어두운 안색을 하며 말했다.

"이런 경우는 우리가 수련을 마쳤을 때 제룡가가 아니라 다른 누군가의 사람이 되기를 원한다고 볼 수도 있지."

"그럴 리가 있겠어? 구천맹의 가주들이 바보가 아닌 이상."

"그렇기는 한데 말이야, 또 한 가지 경우를 생각할 수도 있긴 하지."

"네가 오늘 머리를 좀 굴리는구나. 그래, 뭐냐?"

"인성을 없애 버린 살수를 키울 때도 이런 방책을 쓸 수 있지."

"억측이야. 살수라고 문도 간의 정이 없을까."

"진정한 살수는 그러한 사사로운 정이 없어야겠지."

"제길, 우리가 살수나 되자고 여기 온 거냐?"

궁비영이 화를 냈다. 그러자 중광이 우울한 표정으로 말했다.

"비영, 미안하지만 가능성이 없는 일은 아니야. 너도 알고 나도 아는 사실이 있지. 애초에 검은 별이라는 말, 말이 좋아 어둠 속에서 구천맹과 천하를 위해 살아가는 존재인 거지, 사실은 살수와 다를 바가 없을 거야."

중광의 말에 궁비영이 대답 없이 고개를 돌려 버린다. 물론 몰랐다고 말할 수는 없다. 그러나 그렇다고 직접 자신의 입으로 살수와 같은 존재가 될 거라고 말할 수도 없었다.

"나중에… 알게 되겠지."

궁비영이 침묵 끝에 말했다.

"에이, 맞아. 그건 나중 일이지. 아무튼 난 걱정 안 해."

"어째서?"

"네놈이나 나나 살수로 살아가기에는 너무 잘나지 않았냐? 흐흐흐, 우릴 살수로 만들 생각이라면 그건 위의 놈들이 큰 착각을 한 것이지."

"위의 놈들이라……. 거기에는 가주도 포함되는 것이냐?"

"눈에 보이지도 않는데 나라님 욕이라고 못할까."

중광이 심각하던 분위기를 털어버리고 실실 웃기 시작했다. 그러자 궁비영의 마음속에도 여유가 되살아났다.

사람들은 분주하게 움직였다. 동굴이 온화하기는 하지만 수년간 살기 위해서는 손볼 곳이 많았다. 다행히 도검에 능숙한 무가의 사람들이라 바위를 깎아 동굴을 살기 편한 곳으로 정리하는 것은 그리 어려운 일이 아니었다.

궁비영 역시 바쁘게 살기 위한 준비를 해 갔다. 나무가 없어 필요한 물건은 모두 돌을 깎아 만들어야 했다. 다행히 돌은 그리 단단하지 않아 침상을 만들고 그릇도, 화덕도 만들 수 있었다.

무명도주 천도수는 그의 말대로 오직 식량과 담요, 그리고 어디서 구해 왔는지 소의 배설물을 말린 땔감만을 제공했다. 한 달 동안 먹을 것을 건네받았을 때 중광이 그 적은 양에 잠시 분노한 것을 빼고는 별일 없이 닷새가 지나갔다. 그 즈음 다시 한 무리의 젊은이가 화곡에 들었다. 그리고 그들을 태우고 온 배를 끝으로 무명도의 뱃길이 모두 끊겼다. 이후 무명도에 든 젊은이들은 그들이 예상한 것보다 훨씬 혹독한 삶 속에 던져졌다.

*　　*　　*

"으아!"

누군가의 절규가 들려온다. 몇몇은 그 소리가 듣기 싫어 귀를 막았다.

"내가 한 가지 결심을 했어."

중광이 번들거리는 눈으로 말했다. 풍채 좋던 그의 몸도 제대로 먹지 못해 피골이 상접하다. 그럼에도 불구하고 안광은 무명도에 처음 들 때보다 훨씬 강렬했다.

"뭘 결심했는데?"

궁비영이 물었다. 궁비영은 땅바닥에 누운 채 다리를 하늘로 향해 들고 이리저리 휘젓고 있었다.

"내가 삼 년 수련을 모두 마치고 누군가를 벨 수 있게 된다면, 흐흐, 그 미친 검을 반드시 손봐주겠어."

"광검 천도수를? 드디어 네놈이 미쳤구나. 하긴 그럴 만도 하지, 벌써 오 개월째 이곳에 갇혀 있으니까."

"미치긴 누가 미쳤다는 거야?"

중광이 궁비영의 말에 화를 냈다.

"미치지 않고서야 겨우 삼 년 수련으로 광검 천도수를 베겠다고 지껄이겠냐? 실없는 소리 할 시간 있으면 월천보(越天步)나 수련해."

"빌어먹을 월천보를 완성한다고 과연 저곳을 날아 건널 수 있을까?"

중광이 호기롭던 표정을 지우고 불안하게 말했다. 중광의 말에 궁비영도 시선을 돌렸다. 그의 눈에 끝을 알 수 없는 낭떠러지로 가로 나누어진 절벽이 보인다. 이쪽에서 저쪽까지 짧은 곳은 십여 장, 넓은 곳은 이십여 장에 이르는 거리다.

흑성이 되고자 무명도에 든 젊은이들은 사방이 그렇게 깊고 깊은 무저갱으로 둘러싸인 외딴 절벽 위에 모여 있었다. 근 일백여 명에 달하는 구천맹의 젊은이가 겨우 백여 장도 되지 않는 이 좁은 공간에 수개월째 갇혀 있었다.

그들이 처음 이 공간에 발을 디딜 때는 커다란 다리가 절벽 이쪽과 저쪽을 이어주고 있었다. 그런데 마지막 사람이 다리를 건너는 순간 오관주 장유자가 다리를 끊어버렸다. 이후 구천맹의 젊은이들은 이곳에 갇혀 수개월을 보내고 있었다. 오직 월천보라는 하나의 보법에 매달리면서.

'월천보는 말 그대로 하늘을 넘을 수 있는 보법이다. 그 보법을 완성한다면 다리가 없어도 그곳을 벗어날 수 있으리라. 그러나 보법을 완성하지 못한 자는 삼 년을 그곳에서 보내야 한다. 삼 년이 지나면 이 수련은 끝. 결국 남은 자는 아무것도 얻지 못하고 무명도를 떠나리라. 그러니 목숨을 걸고 수련에 임하라. 월천보의 구결은 중앙에 있는 바위에 새겨져 있으니

누구나 볼 수 있고 수련할 수 있다. 그러니 남은 것은 각자의 자질과 노력뿐이다.'

처음 이 말을 오관주 장유자에게 들었을 때 구천맹의 젊은 이들은 설마 하니 장유자가 정말로 이곳에 그들을 가둬둘 거라고는 생각하지 않았다. 그러나 장유자는 자신의 말을 그대로 행했다. 열흘이 지나고, 보름이 지나고, 다시 한 달이 지나도 장유자는 절벽을 벗어날 길을 열어주지 않았다.

살아갈 준비를 하고 오지 않았으므로 구천맹의 후기지수들은 비가 내리면 바위 밑에 들어가 비를 피해야 했고, 한밤의 추위를 불도 피우지 못한 채 서로의 체온으로 버텨냈다.

결국 그들은 공터 중앙에 있는 거대한 바위에 새겨진 월천보를 목숨을 걸고 수련하기 시작했다. 그러나 월천보는 그리 단순한 보법이 아니었다. 하늘을 날아 넘는 보법의 구결은 한 구절 풀어내기도 힘들뿐더러 그 움직임이 기괴하여 성년이 넘어 이미 굳어버린 그들의 몸으로는 제대로 흉내조차 내기 어려웠던 것이다.

그 와중에도 시간은 가고 심약한 자들은 서서히 정신이 무너져 내리기 시작했다. 그래서 가끔 이렇게 비명을 지르며 발광하는 자들이 생겨났다. 그리고 지금은 그런 비명이 아주 익숙한 것이 되어버릴 만큼의 시간이 흘렀다.

"얼마나 지났지?"

문득 궁비영이 누운 채 물었다. 궁비영이 누워 있는 것은 쉬는 것이 아니었다. 그는 누운 채 팔과 다리를 동시에 흔들며 월천보의 보법을 수련하고 있는 중이었다.

"오늘로 오 개월이야. 사람들이 미칠 만도 하지."

중광이 머리로 툭툭 바위를 치고 있는 한 젊은이를 보며 말했다.

"벗어난 자는 아직 없지?"

"지난번에 소림의 해로라는 중이 절벽을 건너려고 시도했지만 실패했지. 끈을 허리에 매지 않았다면 죽은 목숨이었을 거야."

"끈을 매고 시도할 거면 하지를 말았어야지. 창피하게 말이야. 소림 중이라더니 호승심을 버리지 못한 모양이군."

"뭐, 그럴 수도 있지. 중은 사람 아닌가?"

"그 이후에는 없지?"

"없지. 하지만 조만간 탈출하는 자가 나올 것 같기도 해."

"어째서?"

"몇몇이 며칠 전부터 절벽 이쪽과 저쪽을 가늠하기 시작하더라고. 그건 곧 그들이 탈출을 시도한다는 말 아니겠냐?"

중광의 말에 궁비영이 고개를 끄떡이다가 문득 중광에게 물었다.

"넌 어때?"

"나? 나야 뭐, 아직 조금 더 시간이 필요해. 넌?"

"네놈만 준비되면 언제든 나간다."

순간 중광의 얼굴이 일그러졌다.

"이런, 젠장. 이 중광 어른께서 네놈에게 졌다는 거냐?"

"북산에서도 발은 내가 더 빨랐어."

"음, 그렇긴 하지만……. 에이, 경공이야 내가 양보해도 되지. 아무튼 시간을 좀 줘."

"얼마나?"

"한 보름이면 어찌해 볼 수도 있을 것 같은데……."

"보름이라……. 뭐, 기다려 주지. 하지만 딱 보름이다."

"매정한 놈!"

중광이 궁비영에게 주먹을 들어 보였다. 그러자 궁비영이 훌쩍 자리에서 일어나 중광에게 속삭이듯 말했다.

"잘 봐라. 단 한 번뿐이다."

"무슨 헛소리야?"

중광이 눈살을 찌푸리며 말했다. 그러자 궁비영이 중광 앞에서 오른손을 들었다. 그러더니 가볍게 손을 흔들자 그의 손이 한순간에 반 장 거리를 이동했다.

"어?"

중광이 놀란 표정으로 궁비영을 바라봤다.

"어때? 할 수 있겠어?"

"어떻게 한 거야?"

중광이 놀란 눈으로 물었다. 궁비영은 단순하게 오른손을 왼쪽으로 옮긴 것뿐이지만 중광의 눈에 그건 그리 간단한 문제가 아니었다. 아주 빠르게 손을 움직인 것이 아니라 아예 이쪽에 있던 손이 공간을 거치지 않고 다른 쪽에 나타난 것 같았기 때문이다. 이건 빠른 것과는 다른 문제였다.

"멍청한 놈아. 이게 바로 월천보의 진정한 이치다. 다른 놈들이 하는 건 다 쓸데없는 수련이야. 물론 그렇게 해서라도 이곳을 탈출할 수는 있겠지. 그러나 그건 껍데기일 뿐 진정한 월천보는 아니지."

궁비영의 말에 중광이 물끄러미 궁비영을 바라보다 고개를 저으며 중얼거렸다.

"비영 넌 정말 괴물이야."

"흐흐, 빠름에 있어서는 그렇다고 할 수 있지. 하지만 사실 월천보의 이 기이한 이치는 이곳에서 처음 접한 게 아니야. 가문의 무영혼을 수련하며 고민하던 것인데 월천보의 구결을 보는 순간 확연하게 깨달았지. 월천보나 무영혼이나 궁극에는 결국 공간을 잡아먹는 보법이란 것을."

"공간을 잡아먹어?"

중광이 어리둥절한 표정으로 물었다.

"그래."

"어떻게 그럴 수 있지? 축지법이라도 되는 거야?"

"그건 아니지만 비슷하다고 할 수 있지. 진기를 이용해 자신 앞에 이는 공기의 압력을 변화시키고 그 응축된 압력의 힘으로 이동하는 것이니까. 옛날 사람들이 이런 움직임을 보고 축지법이라고 했을 수도 있겠어."

"도대체 무슨 소리를 지껄이는 거냐?"

중광이 이해할 수 없다는 듯 되물었다.

"월천보의 구결을 잘 참구해 봐. 내가 설명한 말을 잊지 말고. 그러면 월천보의 전혀 다른 면을 보게 될 거야. 물론 그렇다고 네가 나처럼 할 수 있는 것은 아니지만."

"왜 너처럼 할 수 없어?"

중광이 따지듯 물었다.

"이놈아, 난 어려서부터 무영혼을 수련했잖아. 무영혼과 월천보, 이 두 보법은 비슷한 구석이 많아. 가만, 그러고 보면 아버지가 흑성이서서 무영혼에 월천보의 이치를 보탠 걸까?"

궁비영이 고개를 갸웃거렸다.

제7장

공간을 훔치다

"정말 건너려고 하는 걸까?"

중광이 놀란 표정으로 자리에서 일어났다. 구천맹의 후기지
수 중 누구도 아직은 절벽 위 공터를 벗어난 자가 없었다. 그
런데 놀랍게도 가장 먼저 이 살 없는 금옥을 벗어나려 하는 자
는 여인이었다.

"도대체 누구지?"

중광이 고개를 갸웃했다. 그러자 궁비영이 중광의 머리를
툭 치며 말했다.

"봉황문의 군상화도 모르냐?"

"군상화? 저 여인이 군상화였어?"

"이거 정말 멍청한 놈일세. 몇 개월을 한곳에서 지내고도 그

녀를 몰라?'

"음, 내가 여인에게는 별 관심이 없잖아."

"미친놈. 북산의 기녀들이 배를 쥐고 웃겠다."

"흐흠, 기녀들은 좀 다르지."

"뭐가 다르다는 거야?"

"그녀들은 나의 좋은 친구야. 가식이 없잖아. 난 그녀들을 대할 때 음탕한 마음으로 대한 적이 한 번도 없어. 그건 너도 알잖아."

중광이 정색을 하며 말했다. 그러자 궁비영이 순순히 중광의 말에 수긍했다.

"하긴 그렇지. 네가 기녀들을 여인으로 대한 적은 없지. 그래서 그녀들이 널 특별히 좋아했지."

궁비영의 말에 중광이 대답을 하지 않는다. 대신 그의 얼굴에 그늘이 생긴다. 궁비영도 더 이상 기녀들에 대한 말을 하지 않았다. 기녀란 말은 중광에게 특별히 아픈 이야기이기 때문이다. 중광의 친모가 기녀였다는 사실은 북산 인근에선 공공연한 비밀이었던 것이다.

"시작하려나 봐."

중광이 침울한 기분을 떨쳐내려는 듯 다시 봉황문의 후기지수 군상화에게 시선을 주며 말했다. 군상화는 그때 절벽으로부터 사오 장 뒤로 물러나 크게 숨을 고르고 있었다.

구천맹을 이루는 아홉 개의 절대문파 중 봉황문은 아주 특별한 문파로 꼽힌다. 그 이유는 봉화문이 바로 여인의 문파이기 때문이다.

그렇다고 봉황문에 사내가 없는 것은 아니었다. 아주 간혹 봉황문에도 사내가 입문했다. 그러나 사내는 아무리 재주가 뛰어나도 봉황문에서 요직에 앉을 수 없었다. 그저 숨어 살 듯 봉황문 여고수들의 그늘에 가려 평생을 살아야 하는 것이 봉황문 남자들의 운명이었다.

그래서 봉황문은 비록 그 안에 남자들이 기거한다고 해도 강호에선 여인의 문파로 여겨지고 있었다. 그리고 지금 절벽을 벗어나려는 여인 군상화는 여인들의 문파 봉황문에서 제일 기재로 알려진 여인이었다.

그래서 그녀가 무명도에 흑성이 되기 위해 들어왔을 때 구천맹의 후기지수들 사이에서 한동안 의문이 이어졌다. 왜냐하면 무명도에 든 자 중 각 문파에서 기재로 알려진 자가 여럿 있기는 했지만 가문의 후계자로 거론되는 성골의 후기지수는 포함되지 않았기 때문이다.

흑성은 아무리 좋은 말로 치장해도 결국 어둠 속에서 살아가야 하는 사람들이니 그런 일에 가문의 정통 후계자를 투입할 수는 없었다. 그러니 군상화의 출현은 무명도에선 놀라지 않을 수 없는 일이었던 것이다.

"도움을 받으려나 보군."

"무슨 소리야? 도움이라니?"

중광이 궁비영을 보며 물었다. 그러자 궁비영이 턱으로 절벽 바로 앞에 다가서 있는 봉황문의 다른 여고수를 가리켰다.

그녀의 손에는 어디서 구했는지 팔뚝만 한 나무토막이 하나 들려 있었다.

"그러니까 저 나무토막으로 허공에 디딜 곳을 만들겠다?"

"그렇지."

"그건 규칙을 어기는 거잖아?"

"규칙이 어딨어? 이곳을 벗어나면 그것으로 족한 거지."

"젠장, 그럼 지금까지 이 고생을 하고 있을 이유가 없었잖아. 중간에 디딜 곳이 있다면 나도 벌써 건넜을 거야."

"그렇다 해도 쉬운 일은 아니지. 허공에 던져 놓은 나무토막이 얼마나 힘을 쓸까. 자칫하면 오히려 중심을 잃을 수도 있어."

"그렇기는 하지만… 하여간 어디 보자고. 그녀가 성공하면 이거 사람들이 봇물처럼 이곳을 탈출하겠는걸. 방법이 나왔으니."

그러자 궁비영이 고개를 저었다.

"돌덩이를 던지지 않는 이상 힘들지. 나무토막을 구할 수 없으니. 도대체 저 여인들은 어디서 나무토막을 구했을까?"

궁비영이 고개를 갸웃한다. 봉황문도들이 나무토막을 구한 사정을 궁비영은 알 수가 없었다. 출처만 알 수 있다면 구천맹의 후기지수들 사이에 나무토막을 두고 큰 경쟁이 벌어질 것이다.

"간다!"

중광이 낮게 소리쳤다. 과연 군상화가 천 길 낭떠러지를 향해 달려나가고 있었다.

군상화의 움직임이 새처럼 가볍다. 그녀의 몸을 감싼 무복이 날개처럼 하늘거린다. 궁비영의 눈이 날카로워졌다. 달리는 속도로 보아 중간에 디딤 나무가 필요할지 의문이 들었다.

팟!

한순간 군상화가 절벽 끝을 박차고 하늘로 날아올랐다.

"아!"

아래는 천 길 낭떠러지. 디딜 곳 하나 없는 허공에 가녀린 여인의 몸이 떠올랐다. 한순간 실수하면 목숨을 잃고 말 공간이다.

군상화가 허공에서 몇 번 빈 걸음을 걸었다. 그때마다 그녀의 몸이 쑥쑥 앞으로 나아가 어느새 반대편 절벽까지 삼분지이나 나아갔다. 그리고 그즈음 군상화의 목소리가 들렸다.

"사매!"

순간 절벽 이쪽에서 나무토막을 들고 있던 봉황문의 여고수가 재빨리 허공으로 나무토막을 던졌다. 그즈음 군상화의 몸은 아래로 떨어져 내리고 있었다. 그런 그녀의 발밑으로 매서운 파공음을 만들어내며 나무토막이 파고들었다.

탁!

둔탁한 소음이 허공에 퍼졌다. 어느새 나무토막을 찬 군상화가 재차 허공으로 도약하고 있다. 그리고는 유려하게 공중제비를 한 번 하더니 단숨에 건너편 절벽 위에 내려서는 것이었다.

"아!"

"대단하다!"

곳곳에서 부러움과 질시의 탄성이 흘러나왔다. 비록 나무토막의 힘을 빌리기는 했지만 군상화의 무공은 나이를 떠나 절정의 경지에 올라 있었다.

"사매!"

그때 멀리서 군상화의 목소리가 들린다. 그러자 이쪽에 있던 봉황문 여고수가 대답했다.

"네, 언니!"

"그리 어려운 일이 아니야. 지금 건너오겠어?"

그러자 이쪽의 여인이 고개를 저었다.

"아니에요. 아직 부족한 사매들이 있으니 얼마간 이곳에 남아 있겠어요."

"알겠어. 그럼 나무를 좀 구해 와볼게."

그런데 그때였다. 군상화가 말을 끝내자마자 어디에 있었는지 오관주 장유자가 홀연히 모습을 나타냈다.

"그것은 불가하다!"

"무슨 말씀이신지가요?"

군상화가 의아한 표정으로 장유자에게 물었다.

"외부에서는 어떤 도움도 줄 수 없다는 뜻이다. 오직 저 안에서 모든 수단을 강구해야 한다. 나무를 밟고 넘든 바위를 밟고 넘든, 혹은 사람을 밟고 넘든 그 모든 것은 저 안에서 이뤄져야 한다. 밖에서는 어떤 도움도 줄 수 없다. 그러니 넌 그만 화곡으로 돌아가거라."

장유자가 냉정하게 말했다. 그러자 군상화가 화가 난 표정으로 잠시 장유자를 바라보다 고개를 저으며 말했다.

"알겠어요. 그러나 도움을 줄 수는 없어도 형제들을 지켜보고 있을 수는 있겠지요. 전 이곳에서 형제들을 기다리겠어요."

"그거야 네 자유다만… 그래서는 수련 시간을 허비하게 될 것이다. 이 무명도에는 너희를 위해 다섯 개의 수련처가 준비되어 있다. 넌 지금 바로 그 첫 번째 관문을 통과한 것이다. 그리고 나머지 관문들은 이곳보다 훨씬 어렵다. 그러니 이곳에서 시간을 허비하다가는 삼 년 안에 오관을 통과하지 못할 수도 있다. 그래도 남겠느냐?"

장유자가 냉정한 음성으로 물었다. 그러자 군상화가 도도한 표정으로 대답했다.

"오관을 통과하는 것보다 형제들을 살피는 것이 제게는 더 중요합니다."

"음, 좋아. 그렇다면 어쩔 수 없는 일이지. 네가 우두머리의 자질을 가지고 있다는 이야기는 들었다. 그러나 한 가지 충고를 하마."

"경청하지요."

"애초에 무명도에 든 이유가 무엇인지를 잊지 마라. 이곳에 든 사람 모두는 흑성이 되기 위해 온 것이다. 그런데 이 흑성이란 신분은 무척 고독한 것이다. 그 고독을 동료가 채워줄 수 없는 존재, 철저하게 혼자이어야 하는 존재가 바로 완벽한 흑성의 모습일 것이다. 그래서 너희가 무명도에 처음 들어왔을 때 무리를 짓는 것을 불허한다고 경고한 것이다."

"무리를 짓는 것이 아니라 그저 형제들을 지켜볼 뿐입니다."

"물론 그것마저 막을 수는 없지. 하지만 그래서는 흑성으로 대성하기 힘들 것이다."

"그 역시 제가 감수할 일입니다."

"아쉽구나. 좋은 재목으로 보았는데. 그러나 본인이 원한다면 할 수 없는 일이지. 모두들 듣거라!"

장유자가 군상화에게서 시선을 돌려 건너편 절벽 위에 모여 있는 젊은이들을 보며 소리쳤다.

"이미 다섯 달이 지났다. 언제까지 그곳에 머물 테냐! 너희에게는 아직 네 개의 관문이 더 남아 있다! 그 관문이 비록 고통의 관문일지라도 그 안에는 월천보와 같은 천고의 절기들이 너희를 기다리고 있다! 삼 년 안에 그 절기들을 너희 것으로 만들기 위해서는 이제 그만 그곳에서 나와야 할 시간이다! 혹 동료를 생각해 능력이 되는데도 그곳에 남아 있는 사람이 있다면 잘 생각하거라! 시간은 너희를 기다리지 않는다!"

장유자가 일장 연설을 하고는 홀연히 장내에서 사라졌다. 그러자 궁비영이 중광을 보며 말했다.

"마치 날 보고 하는 소리 같은데?"

"망할 놈, 알겠다. 이틀만 더 기다려."

"아니, 도대체 이틀 안에 뭘 하겠다고? 되었으면 된 거고 아니면 훨씬 많은 시간이 필요할 텐데."

"히히, 사실은 지금도 건널 수는 있을 것 같은데 네놈이 보여준 기이한 수법을 좀 더 연구해 보려고. 막 실마리를 잡은 것 같기도 하거든."

"아서라. 그 이치를 이곳에서 깨달을 사람은 아무도 없다."

"아이구, 잘나셨어."

"어려서부터 무영혼을 수련한 나이기에 가능한 일이라고 말했잖아. 내가 잘나서가 아니라."

"그래도 월천보를 수련하는 데 큰 도움이 되던데?"

"당연히 도움이 되었겠지. 전혀 다른 시각으로 월천보의 구결을 해석하게 됐을 테니까. 하지만 정수에는 도달하지 못해. 내 생각에 월천보는 완전한 무공이 아니야."

"완전하지 않다고?"

"그래. 뭔가 부족해. 그 부족한 점을 무영혼이 보충해 준 것 같았단 말이지."

"음, 그렇다면 이상한 일이군. 맹에서 왜 완전하지 않은 무공을 우리에게 전한 것일까? 흑성을 길러내는 일이 맹의 운명을 좌우할 정도로 중요하다면 불완전한 무공을 전수할 리 없잖아?"

중광의 말에 궁비영이 고개를 끄덕였다.

"나도 그게 이상해. 하지만 뭐 불완전한 월천보라도 대단한 보법이긴 하니까. 수련해 보면 특별히 부작용이 있는 것도 아니고."

"심법이 아니라면 부작용을 걱정할 바는 아니지."

중광도 고개를 끄떡였다. 그러자 궁비영이 툭툭 손을 털며 말했다.

"아무튼 이틀 후에는 나가보자고. 또 어떤 무공들을 준비해 두었는지 궁금하단 말이야."

"알겠어. 그나저나 너, 괜찮으냐?"

"무슨 소리야?"

"다시 보름이야."

"그래? 잊고 있었네."

"보름이 되는 걸 잊고 지낼 수 있다면 다 나은 거군. 거참, 희한한 일일세. 독이 약이 되다니. 넌 참 천운이 따르는 놈인 것 같다."

중광이 부러운 듯 궁비영을 보며 말했다.

이틀 사이 다섯이 더 절벽을 벗어났다. 일단 봉황성의 군상화가 물꼬를 트자 기다렸다는 듯이 고립된 절벽을 벗어나는 자들이 잇달았다.

절벽을 벗어난 자들은 궁비영과 중광이 아는 자가 대부분이었다. 지난번 가장 먼저 탈출을 시도하다 실패한 소림의 해로도 드디어 무사히 절벽을 벗어났다. 그리고 제룡가의 후기지수 종풍도 금옥 같은 수련처를 떠났다. 제룡가의 후기지수 중에는 가장 앞선 탈출이었다.

후기지수들의 탈출이 이어지는 가운데 드디어 궁비영과 중광도 수련처를 떠날 준비를 마쳤다.

"가자!"

중광이 단단히 옷고름을 조여 매며 말했다.

"괜찮겠어?"

"걱정 마. 너끈하니까."

"네가 먼저 건너라."

"어라? 웬일이냐, 양보를 다 하고?"

"불안해서 그래. 떨어질 것 같으며 이걸 던져주지."

궁비영이 작은 소도를 슬쩍 꺼내 보였다. 궁가의 비기인 조도(鳥刀)다.

"음, 고맙긴 하지만 그럴 일은 없을 거야."

"나도 그러길 바란다."

궁비영이 중광의 등을 툭 쳤다. 그러자 중광이 밀리듯 앞으로 나가 섰다.

휘이잉!

절벽 아래에서 바람이 불어온다.

"오라, 이 바람을 타는 것도 한 방법이었군."

중광이 손을 들어 절벽 아래에서 불어오는 바람을 매만졌다. 제법 강한 힘이 느껴진다. 확실히 능숙한 강호의 고수라면 충분히 몸을 맡길 만한 강풍이다.

"조심해. 역풍에 휘말리면 중심을 잃을 수도 있어."

궁비영이 뒤에서 경고했다. 이런 계곡에서 부는 바람은 방향을 예측할 수 없었다.

"흐흐, 잘 타면 힘을 쓰지 않고도 건널 수 있지. 어디 정말 하늘을 뛰어넘을 수 있는 보법인지 보자고."

중광이 달리기 시작했다. 비록 제대로 먹지 못해 마르기는 했지만 그래도 워낙 뼈대가 굵은 몸이라 그의 발밑에서 쿵쿵 거리며 땅이 흔들리는 소리가 일어난다. 그 거구의 몸이 허공을 날아 건너편 절벽에 이를 수 있을 거라고는 누구도 믿기 힘들다. 그러나 중광은 망설이지 않고 허공으로 몸을 날렸다.

중광이 허공에서 가볍게 발짓을 했다. 그러자 그의 신형이 쑥쑥 앞으로 나아간다. 그러다 한순간 중광이 두 팔을 활짝 벌렸다. 순간 그의 몸이 마치 연이 바람에 날리듯 허공으로 붕 떠올랐다.

"아!"

중광을 바라보고 있던 구천맹의 후기지수들이 탄성을 자아냈다. 육중한 중광이 바람을 타는 모습이란 보고도 믿기 힘든 장면이었다.

"곰이 재주를 부리는군."

궁비영이 바람을 타는 중광을 보며 실실거렸다. 그사이 중광이 허공에서 두어 번 몸을 쓰더니 가볍게 반대편 절벽 위에 내려섰다. 그리고는 툭툭 몸을 털더니 궁비영에게 소리쳤다.

"비영, 어서 건너와라! 이 형님이 하는 것 잘 봤지?"

중광의 말에 궁비영이 쓴웃음을 짓더니 별로 힘들여 달리지도 않고 허공으로 몸을 날렸다.

궁비영의 신형이 쏘아진 화살처럼 허공을 날았다. 그의 신형이 순식간에 반대편 절벽으로 다가갔다. 지금까지 절벽을 날아 넘은 그 누구보다도 빠른 속도다. 장내의 사람들이 모두 놀란 얼굴로 궁비영을 바라봤다.

그런데 호사다마일까. 갑자기 절벽 아래에서 강렬한 바람이 불어왔다. 얼마나 바람이 강했는지 절벽에 붙어 자라던 이끼와 작은 풀, 그리고 돌멩이가 바람에 휘말려 날아올랐다.

"앗!"

사람들 사이에서 다급한 음성이 흘러나왔다. 한순간 궁비영의 몸이 바람에 휘말렸다. 위로 불어 올리는 바람이기에 괜찮은가 싶은 생각이 드는 순간 갑자기 바람의 방향이 변했다.

벼락같이 바람의 방향이 아래로 꺾였다. 바람에 휘말린 궁비영의 신형이 순식간에 절벽 아래로 떨어져 내리기 시작했다.

"비영!"

중광이 다급한 목소리로 궁비영을 부르며 절벽 앞으로 다가섰다. 궁비영은 이미 수 장 아래로 떨어져 있었다. 누구라도 궁비영을 구할 수 없었다. 어느새 나타난 오관주 장유자도 절벽 끝에서 궁비영을 찾고 있다.

"아아!"

누군가의 탄식이 흘러나온다. 끝이 보이지 않은 무저갱이므로 그 아래로 떨어져서는 누구라도 살 수 없었다.

"비영!"

다시금 중광이 울부짖듯 궁비영을 불렀다. 그런데 그때였다.

"귀먹겠다, 이놈아!"

마치 허공에서 생겨난 듯 궁비영이 홀연히 절벽 위로 올라서며 중광의 어깨를 쳤다.

"엇!"

"저, 저게 어떻게……?"

절벽의 이쪽과 저쪽에 서 있던 구천맹 후기지수들이 귀신에 홀린 듯한 음성을 흘려냈다. 도저히 살아남을 수 없는 상황. 그 신형조차 절벽 아래 어둠에 갇혀 버렸다고 믿었던 궁비영이 허깨비처럼 절벽 위에 모습을 나타냈으니 누구라도 놀라지 않을 수 없었다.

"살았구나!"

중광이 궁비영을 끌어안으며 소리쳤다.

"뭐야, 징그럽게?"

궁비영이 중광을 툭 밀쳐냈다.

"이 망할 놈! 난 꼭 네놈이 죽는 줄 알았다!"

"내가 보여줬잖아?"

궁비영이 다른 사람에게는 들리지 않게 속삭이듯 말했다.

"그거야 손으로만 할 수 있는 줄 알았지."

중광이 대답했다. 공간을 잡아먹는 보법을 두고 하는 말이다.

"정식으로 시도해 본 것은 사실 나도 오늘이 처음이야. 생각보다 괜찮네."

"그래서 일부러 바람에 휘말린 거야?"

"이런 미친놈. 내가 목숨을 걸고 무공을 시험할 만큼 멍청해 보이냐?"

"하긴 그럴 놈은 아니지. 아무튼 십년감수했다."

중광이 뒤늦게 한숨을 내쉬었다. 그러자 궁비영이 말했다.

"아무튼 말이야, 이거 곤란하게 되었어."

"뭐가?"

"어쩔 수 없이 사람들의 관심을 끌게 되었잖아. 조용히 지내고 싶었는데."

궁비영의 말에 중광이 주위를 돌아보니 절벽 이쪽과 저쪽 사람들의 시선이 모두 궁비영에게 쏠려 있다.

"아픈 척이라도 해야 하나?"

궁비영이 중얼거렸다.

"아서라. 이제 그러면 더 이상해 보인다. 이런, 그가 오는데?"

어느새 오관주 장유자가 궁비영과 중광이 있는 곳으로 다가오고 있었다.

"괜찮은가?"

두 사람에게 다가온 장유사가 날카로운 눈으로 궁비영을 살펴보며 물었다.

"뭐, 몇 군데 긁히고 진기가 좀 흔들린 것 빼고는……."

궁비영이 말을 얼버무린다. 그의 몸속 사정이야 겉으로 보아서는 모를 일이니 적당히 둘러대도 될 터였다.

"음, 월천보를 대성하려면 반드시 충분한 내력이 필요한 법이지. 자네가 무리해서 월천보의 정수를 펼쳤다면 내상을 입었을 수도 있네. 하지만 대단하군. 월천보의 정수를 깨달은 사람이 나오다니."

"뭐, 정수까지는 아니고, 그럭저럭… 운이 좋았지요."

"운으로 깨칠 무공이 아니네."

"어려서부터 가문에서 수련한 보법과 유사한 면이 있었지요."

이럴 때는 솔직한 것이 최고다.

"그런가? 아무튼 축하하네. 아마 오관에서 가장 이득을 본 것은 자네가 될 것 같군. 얼른 화곡으로 돌아가 쉬게. 삼 일 내로 사관에 들게 될 걸세."

"사관도 이런 곳입니까?"

중광이 물었다. 그러자 그제야 장유자의 얼굴에 미소가 감돈다.

"글쎄, 나도 잘 모르네. 나도 사관에는 들어가 본 적이 없어서. 그러나 기대해도 좋을 걸세."

뭘 기대하라는 건지 알 수 없었다. 걱정하라는 말보다 기분 나쁜 말이다. 묘한 말을 건넨 장유자가 두 사람에게서 멀어지더니 순식간에 장내에서 사라졌다.

"도대체 어디에 숨어 있는 걸까?"

장유자가 사라지자 중광이 혼잣말처럼 중얼거렸다.

"근처에 은신처가 있는 것 같아."

궁비영이 대답했다.

"이런 돌무더기 절벽 위 어디에 은신처를 만든다는 거냐?"

"땅속에 있든지."

"땅속? 그래, 땅속이 있었군."

중광이 마치 당장이라도 근방의 땅속을 쑤시고 다닐 사람처럼 말했다. 그러자 궁비영이 그런 중광의 목덜미를 잡아끌었다.

"쓸데없는 짓 말고 어서 화곡으로 가자. 괜히 곤욕 치르지 말고."

"아아, 알았어! 알았다고!"

중광이 궁비영의 손을 쳐내며 소리쳤다.

*   *   *

무명도주 천도수가 나무 탁자를 손끝으로 가볍게 두드리며 깊은 생각에 빠졌다가 입을 열었다.

"좋은 일일까, 나쁜 일일까?"

"그야 당연히 좋은 일이 아니겠습니까? 애초에 기대한 대로 그 아이에게 흑성의 무공이 맞는다는 의미이니 말입니다."

천도수의 맞은편에 앉아 있던 중년 사내가 대답했다.

"음, 그의 아비처럼 말이지?"

"그렇지요. 궁도요는 마치 오래전부터 흑성의 무공을 알아온 사람처럼 이 무공들을 빨아들였지요."

"그래서 걱정인 거야. 부자의 운명이 같은 곳으로 흘러갈까 봐."

"그거야 유령의 후예들이 사라진 이상 걱정할 필요가 없는 일 아닌지요."

"그런 말 말게. 한 사람이 살아 있지 않은가?"

"야유사군 말인지요."

"그렇다네."

천도수가 고개를 끄떡였다. 그러자 중년 사내가 고개를 저으며 말했다.

"반드시 그가 살아 있다고 할 수도 없지 않습니까? 그 불길 속에서……."

"시신을 찾지 못했어."

천도수가 단호하게 말했다.

"신분을 확인할 수 없는 시신이 여러 구 나오지 않았습니까? 그중에 야유사군이 있을 수도 있습니다."

"음, 그렇기는 하지만 마음에 걸리는 일이 있어. 제룡가의 사람들이 비천곡으로 향하던 중 만났다는 그 괴인. 제룡가 천무당주는 눈이 밝은 사람인데 분명 그들의 무공으로 보았다고 했단 말이지."

천도수는 여전히 불안한 표정이었다. 그러자 중년 사내가 다시 입을 열었다.

"설혹 그들 중 일부가 살아 있다 해도 이 계책에는 반드시 걸려들 것입니다. 오랜 세월을 두고 시도하는 계책이 아닙니까? 그들이 모습을 드러내는 순간 강호에서 유령곡의 전설은 끝이 나겠지요. 반면 모습을 드러내지 않는다면 정말 전멸한 것이고 말입니다."

"나타나지 않기를 바랄 뿐이지."

"하지만 그렇게 되면 아이들을 흑성으로 키우는 일은 쓸데 없는 일이 되지 않습니까?"

중년 사내가 물었다.

"그럴 리가 있겠는가? 흑성을 쓸 일이 어찌 유령곡을 상대하는 일뿐일까? 마천이 무너진 것은 흑성으로부터 시작된 일이야. 다시 말해 흑성이 유령문을 상대하는 일만 할 것은 아니라는 거지."

"듣고 보니 도주님 말씀이 맞군요. 세상은 필시 다시 어지러워지겠지요."

"맞는 말일세. 마천의 뿌리가 완전히 뽑힌 것도 아니고, 흑성은 여러모로 쓸모가 많은 도구일세. 그러니 최선을 다해주게."

"알겠습니다."

"사관이 열렸지?"

"그렇습니다."

"음, 몇이나 사관을 통과할지……."

"칠 할이면 족하지요."

사내가 대답했다.

"칠 할? 휴, 난 오 할만 되어도 좋겠네."

＊　　　＊　　　＊

약속대로 화곡으로 돌아온 사람들에게는 삼 일의 휴식이 허락됐다. 궁비영과 중광에 앞서 화곡으로 돌아온 사람 중에는 이미 사관에 들어 그 모습이 보이지 않은 사람도 여럿 있었다.

화곡에 남아 있는 사람들도 자신의 동굴에 틀어박혀 수 개월간의 피로를 풀기 위해 휴식을 취하고 있었기에 화곡은 그야말로 죽은 듯이 조용했다.

궁비영은 동굴 안에서 이리저리 서성이고 있었다. 그런데 자세히 보면 무료해서 서성이는 것이 아니란 걸 금세 알 수 있었다. 그의 신형이 한곳에서 다른 지점으로 이동할 때 순간순간 허공에서 사라졌다 완전히 다른 곳에 나타나는 것을 반복하고 있었기 때문이다.

궁비영은 절벽 위에서는 사람들의 시선 때문에 제대로 수련하지 못한 월천보를 동굴 속에서 수련하고 있었다. 월천보는 본래 발보다도 손이 바쁜 보법이다. 손으로 가고자 하는 방향의 공기를 일그러뜨려야 월천보를 펼치기 수월했다. 따라서 그의 손은 수시로 허공을 휘저었다. 한편으론 마치 물속에서 헤엄을 치는 듯 보였다. 사정을 모르는 사람이 보면 미친놈 소리를 듣기에 딱 맞는 모습이었다.

"대충 몸에 익은 것 같군."

궁비영이 홀로 중얼거렸다. 자신의 월천보에 만족하는 모습이다. 그러다가 문득 고개를 돌려 동굴 밖을 보며 입을 열었다.

"오늘인가, 사관에 드는 날이?"

그런데 그의 말이 끝나자마자 기다렸다는 듯이 누군가의 목소리가 화곡 중앙에서 들려왔다.

"모두 나와라!"

쩌렁거리는 목소리가 화곡을 뒤흔든다. 궁비영이 천천히 자신의 동굴을 벗어났다. 그러자 보지 못하던 중년 사내가 화곡의 중앙에 있는 거대한 바위 위에 올라서서 동굴을 벗어나는 흑성 수련자들을 둘러보며 말했다.

"사관에 들 시간이다. 내려들 와라."

사내의 명에 동굴을 벗어난 젊은이들이 일제히 몸을 날려 중년 사내 앞으로 다가들었다. 이들 모두가 오관을 통과한 사람이기에 그 움직임이 나는 새처럼 가벼웠다.

그렇게 사내 앞에 모인 사람의 숫자가 다섯이다. 궁비영과 중광을 비롯해 소림의 해로, 무당의 임상서, 그리고 자부문의 손치라는 자다. 이들 셋은 모두가 강호에는 잘 알려지지 않은 자들이었으므로 궁비영과 중광 역시 특별한 인연이 없는 사람들이었다.

"모두 나왔느냐?"

중년 사내가 궁비영 등에게 물었다. 그러나 다른 동굴의 사정을 알 리 없는 젊은 무인들이 대답할 수 없는 질문이다.

"뭐, 대충 다 온 것 같습니다."

중광이 얼렁뚱땅 대답했다.

"좋아, 그럼 사관으로 간다. 따라오너라."

사내가 더 이상 확인도 하지 않고 앞장서서 화곡을 벗어나기 시작했다.

"네가 다 나왔는지 어떻게 알아?"

사내의 뒤를 따르며 궁비영이 중광에게 물었다.

"뭐, 더 나오는 사람이 없으니 다 나온 거겠지."

중광이 궁비영의 말에 어깨를 으쓱하며 대답했다.

"배에 오른다!"

사내는 궁비영 등을 포구로 데려와 작은 배에 오르게 했다. 섬을 벗어날 거라고는 생각하지 못한 구천맹의 후기지수들은 잠시 당황했지만 순순히 배에 올랐다. 배는 다섯 명의 젊은이를 태우고 절벽에 난 무명도의 문을 통과해 바다로 나갔다.

일엽편주! 무명도 근처의 빠른 조류가 작은 배를 낙엽처럼 뒤흔든다. 무인이 아니라면 제대로 서 있기조차 힘든 강한 조류다. 궁비영 등은 배의 난간을 부여잡고 겨우 몸의 중심을 잡고 있었다.

배는 무명도 주위를 휘어 감고 있는 안개 속으로 들어갔다. 그리고 그 안개 속에서 방향을 알 수 없는 곳으로 이동하더니 어느새 작은 섬에 닿았다.

그런데 섬의 환경이 무명도와는 확연히 달랐다. 검은 바위만 가득하던 무명도와 달리 그들이 도착한 섬은 숲이 보였다. 곳곳에서 원숭이들이 불청객을 향해 소리를 높인다.

"어쨌든 사람 살 만한 곳에 온 것 같군."

숲을 보자 기분이 좋아졌는지 중광이 말했다. 그사이 배가
해변에 닿았다. 접안대도 없어 그대로 모래사장을 밀고 들어
가 멈춘 배다.

"하선!"

중년 사내가 짧게 말하고는 자신이 먼저 배에서 뛰어내렸
다. 다섯 젊은이가 서둘러 배에서 내렸다.

"따라와라!"

사내가 궁비영 등을 데리고 해변을 벗어나 숲으로 들어갔
다. 습한 기운이 갑자기 밀려든다. 초록의 숲 안쪽은 이렇게
사람이 견디기 힘든 습기로 가득했다.

그리고 중간중간 무명도와 마찬가지로 검은 돌들이 보였다.
아주 오래전에는 이곳 역시 화산섬이었다는 증거다.

"어서 오게."

문득 앞쪽에서 노인의 말소리가 들렸다. 그러자 궁비영 등
을 이끌고 온 사내가 조금 속도를 높여 앞으로 나아가더니 검
은 무복의 노인에게 정중하게 허리를 굽혀 보였다.

"사관주님을 뵙습니다."

"수고했네. 도주께서는 평안하신가?"

"항상 노심초사하시지요."

"음, 맡으신 일이 워낙 막중하니. 그래, 이 친구들인가?"

사관주라 불린 노인이 궁비영 등을 살피며 물었다.

"그렇습니다."

사내가 고개를 끄떡인다. 그러자 사관주가 궁비영 등을 보

며 입을 열었다.

"어서들 오게. 난 사관주 유용풍이라 하네. 스스로 고통을
자처해 강호의 안위를 지키려는 자네들의 뜻이 가상하네. 힘
들더라도 무사히 사관의 수련을 마쳐주기 바라네."

"최선을 다하겠습니다."

입을 열어 대답한 것은 무당의 임상서다. 무당 특유의 탈속
적인 분위기가 풍기는 젊은이로 궁비영이 눈여겨보기 시작한
사람이다.

"자넨 무당의 임상서군."

"기억하시는군요. 오랜만에 뵙습니다, 어르신."

"음, 자네라면 이 일에 자원할 줄 알았지. 언제나 문도들을
위해 희생하는 사람이니."

"과찬이십니다."

"아닐세. 무당의 노신선들께서도 자네에 대한 기대가 컸네.
자, 이야기는 나중에라도 할 시간이 있을 것이고, 일단 들어가
세."

사관주 유용풍이 궁비영 등에게 말하자 그들을 이곳까지 데
리고 왔던 사내가 유용풍에게 인사를 건넨다.

"전 이만 돌아가 보겠습니다."

"그러시게. 닷새 뒤에 다시 오나?"

"다른 사람이 올 수도 있습니다."

"알겠네. 도주께 안부 전해주시게."

"알겠습니다. 그럼."

사내가 유용풍에게 정중하게 고개를 숙여 보이고는 서둘러 숲을 떠나 해안가로 이동했다.

"우린 들어가세."

사내가 사라지자 유용풍이 궁비영 등을 데리고 거대한 나무 아래로 다가갔다. 기이하게도 뿌리가 바위 무더기를 감싸면서 자란 나무인데 높이가 수십 장에 이르는 것이 수백 년은 자란 것이 분명했다. 나무의 굵기가 장정 대여섯이 손을 잡고 감싸야 할 정도로 굵었다.

"열어라!"

나무 아래에 선 유용풍이 뿌리가 감싸고 있는 돌을 향해 입을 열었다. 그러자 기이하게도 돌 중 가운데 박혀 있는 거대한 바위가 안쪽으로 쑥 빠졌다. 그리고 그 안쪽으로 검은 동굴이 입을 벌리고 궁비영 일행을 맞이했다.

제8장

천환, 물처럼 스며들다

기이한 일이다. 땅속에 또 다른 세상이 존재했다. 나무뿌
리 아래에 교묘하게 만들어진 석문을 통해 땅속으로 들어온
궁비영은 사관주 유용풍에 이끌려 이 기이한 세계 앞에 섰
다.

그러나 처음의 신비감도 잠시, 궁비영은 이곳이 사람의 손
에 만들어진 세계란 것을 금세 알 수 있었다. 천장에서 해와
달처럼 빛나고 있는 야광주들, 드문드문 이끼 속에서 실체를
드러낸 잘 손질된 석재들이 그 증거였다.

그러나 사람이 만들었음을 알게 된 후에도 길게 이어진 숲
은 놀랄 만한 기경이었다.

꽥꽥!

문득 살아 있는 생명이 존재감을 드러낸다. 원숭이다.

'잔인하군.'

궁비영은 원숭이들이 이 땅속 세계에 살고 있다는 것을 확인하고는 새삼스레 인간의 잔인함에 얼굴이 일그러졌다. 아마도 원숭이들은 처음에는 섬의 숲에서 살고 있었을 것이다. 그런 원숭이들을 사람이 만든 이 지하의 세계에 가둬 키우는 것이니 원숭이들에게는 잔인한 일이다.

어쩌면 궁비영 자신의 처지 때문에 더 원숭이들이 불쌍하게 생각되는 것인지도 몰랐다. 궁비영 자신도 벗어날 수 없는 제룡가의 그늘을 힘겨워하고 있지 않은가.

"저놈들은 죽음의 사자(使者)일세."

사관주 유용풍이 뜻 모를 말을 했다. 원숭이들이 죽음의 사자라니. 설마 이곳에 사는 원숭이들이 무공이라도 수련했다는 것인가 하는 생각을 하며 궁비영이 원숭이들을 살펴보기 시작했다. 그러나 원숭이들은 지하세계에 형성된 수목들 사이에 숨어 좀처럼 그 모습을 보여주지 않는다.

"원숭이들이 도검을 씁니까?"

중광도 궁금했는지 궁금함을 참지 못하고 물었다.

"하하, 어찌 원숭이들이 도검을 쓰겠나?"

"하면 왜 저놈들이 죽음의 사자라는 겁니까?"

"그게 바로 사관의 비밀일세. 사관을 통과하는 것은 지금 자네들 앞에 펼쳐진 이 지하의 숲을 지나 반대편 문으로 나가면 되는 일이네. 물론 지금이라도 가능한 사람이 있을 수 있겠지.

그러나 도주와 내가 요구하는 것은 자네들이 이 사관에서 은신법과 환술을 수련해 관문을 통과하는 것이네."

유용풍의 말에 후기지수들이 표정이 어두워졌다. 은신법과 환술이라면 강호에서는 사이한 술법으로 경원시하는 무공이다. 누군가는 무공으로도 간주하지 않는 사특한 속임수라 여겨지는 잡술. 그걸 수련하라는 것은 정파의 명예를 가슴에 품고 사는 구천맹의 후기지수들에게 수치스런 일이었다.

"왜 그런 것을……?"

소림의 해로가 물었다. 그러자 유용풍이 정색을 하며 대답했다.

"물론 환술이라는 것이 정파의 무인들 입장에서 보자면 사술이라 생각할 수도 있네. 그러나 그건 순진한 생각이야. 검법을 생각해 보게. 적을 속이는 허초는 세상의 모든 검법에 포함되어 있네. 하면 그 검법이 모두 사특한 것인가?"

유용풍의 말에 해로가 대답을 하지 못한다. 그러자 유용풍이 다시 입을 열었다.

"마천이 처음 세상에 출현했을 때 우리 구천맹이 속절없이 그들에게 당한 것은 바로 그런 마음 때문이었네. 우리가 사특하다 여기는 것들, 독이나 암기, 혹은 환술과 기이한 술법들 말일세. 구천맹은 백여 년의 평화 속에서 지나치게 경직되었었지. 자신들의 무공과 조금이라도 다른 방식의 무공들은 마공이라 칭하며 인정하지 않은 경우가 많았네."

유용풍의 말이 워낙 진지했으므로 누구도 그의 말에 반대를 하지 못했다.

"그러다가 마천이 세상에 출현해 사특한 무공이라 부르는 것들로 우리 구천맹을 공격했을 때, 구천맹에는 그 무공들을 상대로 할 수 있는 수단이 거의 없었네. 그래서 결국 무림의 육 할을 그들의 손에 넘겨주었던 것이야. 구천맹의 수장들도 그 사실을 뼈저리게 깨달았지. 그래서 마천의 공격이 시작된 후 뜻을 모아 흑성을 양성하기 시작한 거네. 그들과 같은 방법으로 그들을 추격하고 반격하기로 한 것이지. 결국 정사의 구분은 사람의 마음에 달린 것이지 무공의 색깔에 의해 결정되는 것이 아니라는 것을 인정한 셈이네. 그 결과는 자네들이 알다시피 아주 성공적이었네. 그때 양성한 흑성들이 거의 모두 희생된 것을 제외하고는 말일세."

어둠 속에서 마천을 상대하며 죽어갔을 전대 흑성들에 대한 비통함이 장내를 숙연하게 만든다. 그 죽음이 바보 같은 죽음이라고 생각하는 궁비영조차도 그들의 겪었을 그 고독의 시간을 비하할 생각은 없었다. 그 속에 그의 아버지 궁도요가 있지 않는가.

"자네들은 선대 흑성들이 어떤 고난을 겪었는지 상상도 할 수 없을 걸세. 이곳에서 흑성이 되기 위해 무공을 수련하는 것은 그들이 겪은 고난에 비하면 어린아이 놀이 같은 것이지. 아무튼 그러하니 환술을 수련하는 것에 대해 불만 같은 것은 갖지 말게."

유용풍의 말에 구천맹의 후기지수들이 순순히 수긍하는 표정을 보인다. 그러자 유용풍이 다시 말을 이었다.

"더군다나 환술을 익히는 것은 사관문을 통과할 수 있는 가장 확실한 방법이니 사실 자네들에게 선택의 여지가 없는 일이기도 하네. 이 관문에 대해 좀 더 설명하지. 아니, 직접 눈으로 보는 것이 좋겠군."

유용풍이 말을 끊고는 곁에서 작은 나무토막을 주워 들더니 나직하게 명을 내렸다.

"기관을 작동하라!"

유용풍의 명이 내려졌음에도 장내는 조용하다. 그가 명을 내렸으니 필시 눈에 보이지 않는 그의 수하들이 장내에 존재하는 것은 분명했다. 그러니 아마도 사관을 지키는 자들은 이미 환술과 은신술에 통달한 자들일 것이다.

유용풍은 명을 내린 후 반각 정도 시간이 흐르자 나무토막을 머리 위로 들어 올렸다.

"잘들 보게."

유용풍이 말과 동시에 나무토막을 원숭이들이 숨어 있는 곳을 향해 던졌다.

퍽!

고수의 진기를 머금은 나무토막이 키는 작지만 굵기가 제법 되는 나무에 강하게 부딪쳤다. 순간 사방에서 원숭이들이 날뛰며 울기 시작했다.

꽥꽥!

우당탕!

갑자기 장내가 시장판처럼 요란해졌다. 그리고 그 순간 평화롭던 지하의 숲에 암기의 비가 내리기 시작했다.

퍼퍼퍽!

살기 가득한 소리를 내며 암기들이 사방에서 튀어나왔다. 더불어 숲 여기저기에서 희미한 안개 같은 것이 밀려들기도 했다. 사람이 들어갔다면 단번에 죽음에 이를 수밖에 없는 숲의 변화다. 그렇게 사지로 변한 지하의 숲이 안정을 찾은 것은 원숭이들의 소란이 가라앉은 이후였다.

"모두 잘 보았겠지?"

유용풍이 낭자한 암기들이 뒹굴고 있는 숲을 뒤로하고 일행을 돌아보며 물었다. 그러자 궁비영이 입을 열었다.

"원숭이들의 움직임이 기관과 연결되어 있군요."

"맞네. 이곳에 사는 원숭이들은 모두 쇠줄에 묶여 있네. 길이가 제법 되니 살아가는 데는 큰 어려움이 없지. 그 쇠줄들은 숲의 곳곳에 설치된 죽음의 덫과 연결되어 있네. 기관을 작동시키면 원숭이들이 움직일 때마다 암기와 독이 쏟아지네. 그러니 결국 저 원숭이들을 죽음의 사자라고 한 내 말은 과장이 아닌 것이네."

유용풍의 말이 아니더라도 장내의 후기지수들은 이미 두려움에 물들어 있었다. 숲에서 일어난 한순간의 변화는 아무리 무공을 수련한 사람들이라 해도 두려움을 일으키기에 충분했다.

"자네들이 환술을 수련하는 것은 바로 원숭이들의 오감을 속이면서 이 숲을 통과해야 하기 때문일세. 원숭이는 무척 민감한 녀석들이지. 그러니 그들의 오감을 피한다는 것은 극히 어려운 일일 걸세. 아마도 제법 오랜 시간이 필요할 것이네. 시간은 충분하겠지만 또한 남아 있는 다른 관문들을 생각하면 그리 넉넉하지도 않지. 그리고……."

유용풍이 살짝 인상을 찌푸리며 말을 멈췄다가 미안한 표정으로 입을 열었다.

"그리고 아마도 이곳에서의 수련 시간은 자네들에게 무척 고통스러울 것이네. 이유는 하나, 일단 수련이 시작되면 자네들은 오직 홀로 생활할 뿐 그 누구도 만나지 못하네. 각자에게 하나씩의 수련동이 주어질 것이고, 그 안에서 벗어날 수 있는 시간은 오직 한 경우, 관문에 도전할 때뿐이네. 당연히 고독하고 고통스런 수련 시간이 될 걸세. 그래서 자네들은 지금 하나의 선택을 할 수 있네."

"무엇입니까?"

입을 연 자는 자부문의 손치다. 그는 평소 자신의 가문과 무공에 대한 자부심이 무척 강한 사람이었는데 지금만큼은 그조차도 두려운 빛을 드러내고 있었다.

"지금 이곳에서 사관의 도전을 포기하는 것이네."

"그, 그건… 곧 흑성이 되길 포기한다는 말이 아닌지요?"

"그렇다네."

유용풍이 단호하게 대답했다. 그러자 손치가 고개를 저으며 말했다.

"선택할 수 없는 일이군요."

"그렇다면 어쩔 수 없네. 길고 고독한 수련을 견뎌내는 것밖에. 하나 희망적인 이야기를 해주자면 자네들에게 제공되는 환법을 오성 이상만 수련한다면 이 관문은 충분히 통과할 수 있을 걸세."

"보통 무공이 아니군요?"

이번에는 임상서가 물었다.

"보통 무공이 아니지. 아마도 천하에서 다섯 손가락 안에 꼽히는 환법일 걸세."

"구천맹에 그런 무공을 내놓을 환법의 고수가 있던가요?"

임상서가 고개를 갸웃하며 물었다. 그의 말대로 구천맹은 대대로 환법을 사술 취급한 문파들이라 환법의 고수가 거의 없었다.

"무공의 출처는 말해줄 수 없네. 그러나 자네들 각자의 문파에도 사마의 무공을 수련한 고수는 없어도 사마의 무공비급은 여러 권 존재할 걸세. 그런 정도로 이해하게."

유용풍이 말대로 구천맹에도 사마외도로 치부되는 무공 비결들이 존재한다. 거마를 제거하고 회수한 무공비급에서부터 우연히 얻은 것들까지. 단지 그 무공들을 맹의 무사들에게 수련시키지 않을 뿐이었다. 그러니 절정의 환법이 담긴 비급이 흑성의 수련에 제공된 것은 이상한 일이 아니었다.

"알겠습니다."

임상서가 순순히 유용풍의 말을 받아들인다.

"자, 그럼 자네들의 수련동으로 가세."

유용풍이 앞서서 어둠 속으로 걸음을 옮겼다. 그러자 다섯 명의 후기지수가 그를 놓칠 것을 두려워하는 어린애들처럼 얼른 유용풍의 뒤를 따라붙었다.

"젠장, 이거 곤란한걸!"

어둠 속에서 유용풍을 따라 걸으며 중광이 중얼거렸다.

"뭐가?"

"나 같은 놈에게 환술은 어울리지 않아. 아무리 수련을 해도 관문을 통과할 자신이 없어."

중광이 의기소침한 표정으로 속삭였다.

"하긴 네놈 몸에 환술은 어울리지 않지."

"젠장, 겨우 사관문에서 포기해야 하나?"

중광이 투덜거렸다. 그러자 궁비영이 고개를 저으며 말했다.

"꼭 환술을 쓰는 방법만 있는 것은 아냐."

"그럼 다른 방법이 있다는 거야?"

중광이 누가 들을세라 입을 궁비영의 귀에 바싹 대고 물었다. 그러자 궁비영이 어둠 속에서 은밀하게 중광의 손에 무엇인가를 건넸다.

"이, 이건 뭐냐?"

중광이 놀란 표정으로 궁비영에게 물었다. 그러자 궁비영이 대답했다.

"네놈 성격에 피해 가는 것보다는 치워 버리고 가는 게 어울릴 것 같아서."

"저승사자들을 죽이고 가란 말이구나. 하지만 난 이걸 다룰 줄 모르는데?"

"도갑 안쪽에 하나의 구결이 적혀 있다. 그 구결대로 수련하면 충분할 거야."

"음, 한 가지 방책이 되기는 하겠군."

중광이 희망을 본 듯 고개를 끄떡였다.

"일단 환술을 수련해 봐. 혹시 아냐? 네놈에게 생각지도 못한 재주가 있을지. 그러면서 틈틈이 그걸 쓰는 법을 익혀. 두 방법을 모두 쓰면 충분히 관문을 통과할 거다."

"알겠어. 그런데 너, 얼마나 있을 거야?"

"그야 환법을 언제 완성하느냐에 달렸지."

궁비영이 대답했다. 그러자 중광이 코웃음을 치며 말했다.

"흥, 엄살 부리지 마라. 그 공간을 훔친다는 월천보라면 지금이라도 충분히 관문을 통과할 수 있잖아?"

중광이 부러운 듯 툴툴거린다. 그러자 궁비영이 대답했다.

"환법은 욕심나는 무공이지."

"다른 사람들은 사술이라 천시하는데?"

"어리석은 놈들이나 그러지. 그러니까 너도 제대로 익혀 둬."

"아무튼 그러니까 넌 반드시 맹에서 제공한 환법으로 이곳을 벗어나겠다는 거지?"

"그래."

"기간이 얼마가 되든?"

"다섯 달은 넘기지 않는다."

"다섯 달이라……. 나도 그쯤은 수련해 보지. 아무튼 그 즈음에 나와. 환법을 대성하든 말든."

중광이 말했다.

"지루하면 네놈 먼저 나가든지."

"야야, 너도 없는데 먼저 나가서 뭐하냐, 심심하게?"

어느새 유용풍을 따라 걷던 일행 앞에 하나둘 문 닫힌 석실이 모습을 드러냈다. 아마도 그 안에서는 이들보다 먼저 사관에 든 사람들이 수련하고 있을 터였다.

다시 십여 장을 지나자 드디어 문이 열려 있는 석실이 보였다.

"원하는 석실을 정해 들어가게. 한번 들어가면 관문에 도전할 때까지 나올 수 없네. 아니, 한 가지 경우에는 다시 나올 수 있네. 흑성이 되기를 포기하는 경우."

유용풍이 궁비영 등을 돌아보며 말했다. 유용풍의 말에 잠시 망설이던 후기지수들이 제각기 비어 있는 석실을 찾아 들어갔다.

"다섯 달 뒤다."

중광이 석실 하나를 정해 걸어 들어가며 궁비영에게 말했다. 궁비영이 대답 없이 고개를 끄떡이고는 훌쩍 다른 곳의 석실로 들어갔다.

"매정한 놈!"

중광이 고개를 저으며 투덜대고는 자신의 석실로 들어갔다.

*　　　*　　　*

궁비영은 예전에도 가끔 자신의 몸에 대해 기이함을 느낄 때가 있었다. 대부분은 그가 생각지 못하던 몸의 반응이 일어날 때였는데, 그의 몸은 깜짝 놀랄 만큼의 유연함과 빠름, 그리고 본능적으로 튀어나오는 근육의 힘을 지니고 있었다. 그리고 요즈음 그 놀라움이 더욱 깊어가고 있었다.

환법을 위해 석실에 든 지 다섯 달 가까이 되어가고 있다. 궁비영은 왼쪽 벽면과 맞닿아 있는 침상에 앉아 골똘히 무엇인가를 생각하고 있었다. 전혀 무공을 수련하는 사람 같지가 않았다.

그의 곁에는 천환(千換)이란 글씨가 선명하게 쓰인 얇은 책자가 놓여 있다. 그 책자야말로 궁비영이나 다른 구천맹의 후기지수들이 석실에 든 이유였다.

그런데 사실 궁비영은 천환이란 비급을 열어보지 않은 지 이미 여러 날이 지난 상태였다. 정확히 말하자면 궁비영은 이미 천환이란 비급에 담긴 은신법과 환술을 모두 완성한 상태였다.

아마도 그가 천환을 수련해 낸 속도를 무명도주나 오관의 관주들이 안다면 그들은 경악을 금치 못할 것이다. 그러나 어쨌든 궁비영은 환술 천환을 모두 완성했다. 그것도 십성의 경지에 육박하는 완성도였다.

그런데 그 사실은 궁비영조차도 당황하게 만들었다. 요 며칠 사이 궁비영은 이 기이한 문제에 대해 심각하게 고민하고 있었다. 그의 몸은 마치 천환이라는 무공을 아주 오래전부터 수련한 것처럼 그렇게 별반 노력 없이도 순식간에 완성해 냈다.

"이유가 뭘까? 월천보야 어려서부터 수련해 온 무영혼 때문이라고 해도 이 천환은 완전히 생소한 무공인데 어떻게 이렇게 몸이 쉽게 받아들이는 거지? 아무리 생각해도 알 수 없어."

궁비영이 고개를 저으며 자리에서 일어났다. 그런 그가 천천히 석실을 오가기 시작했다. 그런데 그의 움직임이 놀라웠다. 그는 마치 힘 하나 들이지 않고 월천보를 펼치는 것처럼 순간순간 사라졌다 나타나기를 반복하며 장내를 이동하고 있었다.

그건 그의 월천보가 특별하게 신경을 쓰지 않아도 저절로 시전되는 경지에 도달했다는 의미일 터였다.

"아버지가 전해준 심법 때문일 수도 있겠지."

궁비영은 어려서부터 집안 대대로 전해져 오는 궁씨묘법(弓氏妙法)이란 심법을 수련했다. 어떤 무가라도 도검을 쓰는 법이야 가끔 타인에게 무공을 전할 수 있지만 심법만큼은 혈족 외 전수를 철저히 금한다. 당연히 제룡가는 물론 그들의 방계 가문인 십팔외가도 각자 나름대로의 심법을 발전시켜 왔는데 궁가의 심법은 바로 궁씨묘법이었다.

"궁씨묘법은 역대 가주님들에 의해 조금씩 변해왔지. 그런 데 아버지께서 말씀하시길 자신의 대에 가장 많은 변화를 이 뤘다고 했어. 그리고 이 나의 대에서는 놀라운 신공의 완성을 기대한다고 하셨지. 물론 그때는 한 귀로 듣고 한 귀로 흘렸지 만 지금 생각하면 빈말이 아니셨던 것 같아."

궁비영이 홀로 중얼거렸다. 그러다가 길게 탄식을 흘렸다.

"아! 난 왜 아버지와 좀 더 많은 시간을 갖지 못했을까. 시 전판을 떠돌던 시간의 반만 아버지와 함께 있었으면 오늘 내 게 일어나고 있는 이 기이한 일들의 이유를 알 수 있었을 텐 데."

궁비영이 그대로 침상에 누웠다. 어두운 석실을 밝히는 야 명주가 그의 눈에 들어온다.

"구천맹의 재력이 무섭긴 하군. 저런 야명주라면 큰 장원 하 나는 너끈히 살 텐데……."

그렇다고 욕심을 낼 수 있는 물건은 아니다.

'에이, 모르겠다. 고민한다고 알 수 있는 일도 아니고. 그나 저나 중광 이놈은 어찌 되었는지……. 과연 제대로 사관을 통 과할지 모르겠군.'

궁비영은 문득 오 개월 전에 헤어진 중광을 떠올렸다. 아마도 지금쯤 천환과 자신이 전해준 비도술을 수련하느라 골머리를 앓고 있을 것이다. 하지만 궁비영은 중광이 무사히 사관을 통과할 거란 걸 알고 있었다. 그가 아는 중광은 그리 만만한 친구가 아니기 때문이다.

"아마 사관 전체를 부숴 버리는 한이 있어도 통과할 놈이지. 좋아, 내일 나간다. 제길, 이렇게 편히 쉬는 것도 오늘이 마지막이겠군. 이곳을 나가면 또 다른 수련이 기다리고 있을 테니까."

그긍!

묵직한 석문의 울음소리가 들린다.

"누군가?"

사관의 관주 유용풍이 소리를 듣자마자 물었다. 그러자 문밖에서 누군가의 목소리가 들려온다.

"제룡가의 궁비영입니다."

"음, 드디어 그 녀석이군."

유용풍이 자리에서 일어났다.

"가보시렵니까?"

다시 문밖에서 누군가의 말이 들려온다.

"가봐야지. 도주께서 특별히 당부하셨네. 그 아이를 잘 살피라고."

"모시겠습니다."

문이 열렸다. 그리고 검은 무복의 사내가 모습을 드러냈다.

유용풍은 사내가 연 문을 통해 빠르게 장내를 벗어났다.

　궁비영은 작은 보따리를 옆구리에 낀 채 눈앞에 펼쳐진 지하의 길고 무성한 숲을 바라보고 있었다. 숲 곳곳에 나무 그늘 아래 누워 빈둥거리고 있는 원숭이들이 보인다.

　"도전하겠는가?"

　홀연히 궁비영의 눈앞에 중년 사내가 나타나 물었다.

　"그러겠습니다."

　궁비영이 고개를 끄떡였다.

　"조심하게. 삼 일 전 백문의 풍기욱이 크게 다쳤네. 다행히 죽지 않고 관문을 통과했지만 계속 무명도에 남을 수 있을지 장담할 수 없는 상태이네."

　"몇 명이나 나갔습니까?"

　"겨우 셋이네. 풍기욱까지 합쳐서 말이네."

　"혹 제룡가의 중광은 나갔습니까?"

　"아직일세."

　사내는 마치 적선하듯 궁비영의 말에 순순히 대답해 주었다. 그만큼 눈앞의 관문을 통과하는 것이 어렵다는 의미일 것이다. 그러나 궁비영에게선 긴장의 기색을 찾을 수 없었다. 맹에서 수련자들에게 제공한 환법 천환을 이미 십성 완성한 그에게 사관문은 어떤 위협도 될 수 없었다.

　"그럼 가보겠습니다."

　"조심하게. 숲의 길이는 오십. 열두 마리의 원숭이가 있고,

따라서 열두 개의 기관이 작동하네."

사내가 말을 하고는 그 자리에서 자취를 감췄다. 사내 역시 환법 천환을 수련했을지도 모른다는 생각을 하며 궁비영이 지하의 숲으로 걸어 들어갔다.

끽끽!

원숭이가 낮은 소리를 내며 울었다. 외인이 들어오면 발광을 하며 날뛰던 그 모습은 어디서도 찾아볼 수 없다. 만약 무명도주 천도수나 사관주 유용풍이 이 모습을 보았다면 자신들이 큰 실수를 했다고 인정할 수밖에 없는 광경이다.

궁비영은 굳이 환법을 써서 원숭이들의 시선을 피하지 않았다. 그는 가장 쉬우면서도 가장 원초적인 방법으로 사관문을 통과하고 있었다.

그가 다가가면 원숭이들은 다소곳해졌다. 그리고 궁비영이 자신들 앞에 놓아주는 건량을 먹는 데 정신이 팔려 그가 관문을 통과하는 것에는 신경도 쓰지 않았다.

끽끽!

다시 한 마리 원숭이에게 먹을 내어주자 원숭이가 마치 오랫동안 궁비영 손에 자라온 강아지처럼 머리까지 조아리면서 낮게 소리를 낸다.

"많이 먹거라. 귀찮은 일은 만들지 말고."

궁비영이 원숭이의 머리를 쓰다듬었다. 원숭이는 먹이에 정신이 팔려 낯선 사람의 손길에도 다른 반응을 보이지 않았다.

본래 야생의 동물이란 자신의 몸에 사람의 손이 닿으면 경기를 일으키는 것이 보통이지만 사관문의 원숭이들은 전혀 그런 모습을 보이지 않았다. 궁비영의 예상대로 죽음의 기관과 연결된 쇠사슬에 묶인 이 원숭이들은 오랫동안 사람의 손에 길들여진 것이 분명했다.

"너희도 불쌍한 삶이다."

궁비영이 원숭이의 목에 걸린 쇠사슬을 보며 중얼거리고는 다시 걸음을 옮겼다.

관문의 숲이 옆으로 굽어졌다. 그러자 좀 더 어두운 숲이 모습을 드러냈다. 궁비영은 잠시 서서 숲의 좌우를 살폈다. 네 마리의 원숭이가 머리를 쫑긋 들고 다가오는 그를 바라보고 있다.

"영활한 놈들, 벌써 내가 다른 놈들에게 먹이를 주며 왔다는 걸 눈치챘군."

궁비영이 빙긋 미소를 지었다. 원숭이들은 외인이 모습을 드러냈는데도 소리를 지르거나 날뛰지 않았다. 그건 궁비영이 워낙 조용히 모습을 드러낸 이유도 있지만 이미 그가 다른 원숭이들에게 먹이를 주며 이곳까지 왔다는 것을 놈들도 알고 있기 때문일 터였다.

"하지만 기대가 크면 실망도 큰 법이다."

궁비영이 입가에 침을 흘리며 기다리는 원숭이들에게 다가가지 않고 시선을 들어 어두운 숲의 끝을 바라봤다. 검은색 석문이 눈에 들어왔다. 사관의 출문이다.

"그래도 관문을 세운 사람들에게 예의는 차려야겠지. 미안하게도 네놈들에게 줄 먹이는 없구나."

궁비영의 중얼거림이 끝나기도 전에 그의 신형이 장내에서 사라졌다. 그러자 궁비영이 먹이를 주길 기다리고 있던 원숭이들이 어리둥절한 표정을 짓더니 이내 화를 내며 소리를 지르기 시작했다.

꽥꽥!

원숭이들의 외침이 지하 숲을 흔들기 시작했다. 급기야는 화가 난 원숭이들이 사방으로 날뛰자 갑자기 천장에서 천둥치는 소리가 일어났다. 그리고 한순간 비가 내리기 시작했다.

촤아악!

검고 굵은 빗줄기가 순식간에 지하 숲을 장악했다.

퍼퍼퍽!

굵은 빗줄기들이 지하 숲 바닥에 박혀들었다. 지하 숲에 내리는 것은 비가 아니라 작고 강한 암기들이었다.

쩌저적!

한순간 숲의 바닥이 갈라졌다. 그 안에서 서슬 퍼런 창살들이 몸을 들고 일어났다. 사람이 존재한다면 도저히 벗어날 수 없는 함정이다.

한 마리 원숭이가 날뛰니 사방에서 그에 동조해 원숭이들이 날뛰기 시작했다. 곳곳에서 암기가 쏟아졌고, 숲에 균열이 갔다. 제법 아름답던 지하의 숲은 순식간에 아수라장으로 변했다.

죽음의 관문이란 별칭이 괜히 붙은 것이 아니었다. 절대고수라도 이곳에서는 감히 살아 나갈 수 있으리라 장담할 수 없을 터였다. 그런데 그 모든 혼란을 일으킨 궁비영의 모습은 어디에서도 찾아볼 수 없었다.

꽥꽥꽥!

원숭이들의 울음소리는 끊이지 않고 일어났다. 이젠 궁비영 때문이 아니라 작동하기 시작한 기관에 놀란 원숭이들이 제어할 수 없이 흥분해 사방으로 날뛰기 시작했다.

그럴수록 지하 숲의 기관도 덩달아 성을 내며 그 안에 든 모든 생명을 죽이기 위해 품고 있던 암기와 독을 뿜어냈다.

쿠쿠쿵!

급기야는 한쪽 벽면이 완전히 허물어지기도 했다. 마치 세상에 종말이 온 듯한 모습이다.

그런데 그때 문득 지하 숲의 출구, 그러니까 사관문의 출구인 검은 석문 앞에서 궁비영의 목소리가 들렸다.

"대단하군. 이렇게 망가진 숲을 금세 다시 고칠 수 있단 말이지?"

혼령처럼 모습을 드러낸 궁비영이 자신이 지나온 지하 숲을 보며 중얼거렸다.

그가 감탄하는 것은 사지로 변한 지하 숲이나 기관이 아니었다. 한번 작동하면 풍비박산이 나 엉망이 된 이 기관을 하루도 안 걸려 복원하는 무명도주와 그 수하들에 대한 감탄이었다.

궁비영은 한동안 그 자리에 서서 세상이 무너져 내리는 것을 구경했다. 비록 사람 손으로 만든 세상이었지만 그 모습은 자연의 그것이 무너져 내리는 것과 크게 다를 바 없어 보였다. 만약 정말 세상에 종말이 온다면 이러할 것이란 생각조차 들었다.

그러나 세상의 모든 일에는 끝이 있게 마련이다. 그 요란하던 기관도 품고 있던 암기를 모두 쏟아냈는지 서서히 움직임을 멈췄다. 기관이 멈추자 원숭이들도 조금씩 진정되어 갔다. 비록 먹을 것은 얻지 못했지만 더 이상 하늘이 무너지고 땅이 갈라지지 않으니 원숭이들도 안정을 찾기 시작한 것이다.

더군다나 놈들에게는 처음 겪은 일도 아니었다. 이렇게 한 번 천지가 요동치고 나면 한동안은 평화가 찾아온다는 것을 원숭이들은 경험으로 알고 있었다.

"끝났군. 요란한 작별이야."

궁비영이 풍비박산이 난 사관문을 보며 중얼거렸다. 미련이 남을 리는 없지만 그래도 한동안 지낸 곳이라 잠시 눈길을 주는 정도의 정은 남아 있었다.

"중광! 얼른 나오거라!"

갑자기 궁비영이 크게 한번 소리치고는 이내 신형을 돌려 석문을 밀었다. 석문이 무거운 소리를 내며 옆으로 밀려났다. 그러자 다시 검은 동굴이 입을 열고 궁비영을 기다리고 있다.

궁비영은 그 동굴로 걸어 들어가기 시작했다.

　한순간 눈부신 빛이 화살처럼 쏟아졌다. 궁비영은 손으로
빛을 가렸다. 그 아래 장대하게 펼쳐진 바다가 있다. 궁비영은
자신이 다시 세상으로 나왔음을 실감했다.
　"나왔는가?"
　사람의 목소리가 들리니 조금은 반갑기도 하다. 목소리만으
로도 누군지 알 수 있었다. 사관주 유용풍이 그곳에 있었다.
　"관주를 뵙습니다."
　궁비영이 유용풍에게 가볍게 머리를 숙여 보였다.
　"오랜만이네."
　"정확히 오 개월 만이지요."
　"생각보다 오래 걸렸군."
　유용풍의 말에 궁비영이 그의 의도를 알지 못해 그를 바라
봤다. 그러자 유용풍이 웃으며 말했다.
　"하하, 실망했다는 말은 아니네. 그저 자네가 게으름을 피우
고 있는 것 같다는 생각은 했지."
　"무슨 말씀이신지?"
　"솔직히 말해 난 자네가 삼 개월 안에 이곳을 나올 줄 알았
네."
　"그렇게 빨리 나올 수 있는 사람이 있을까요?"
　궁비영이 고개를 저으며 물었다. 그러자 유용풍이 대답했
다.

"물론 거의 불가능한 일이지. 그러나 자네는 가능하리라 생각했네."

"무슨 이유에서입니까?"

"도주께 들었지. 자네가 오관을 벗어날 때 월천보의 진수를 얻은 듯 보였다고. 월천보의 진수라면 공간을 제압하는 것인데 그런 보법이라면 이 사관의 관문도 무용지물이지. 기관이 움직이기 전에 이곳을 벗어날 수 있을 테니."

"도주께서 오해를 하신 모양이군요."

궁비영이 고개를 저으며 말했다.

"월천보의 진수를 얻은 것이 아니란 말인가?"

유용풍이 눈을 가늘게 뜨며 물었다. 궁비영을 의심한다는 뜻이다.

"물론 그 정수가 어떤 것인지는 깨달았지만 그래도 아직은 미숙하지요. 사관을 무리 없이 통과할 정도는 아닙니다."

"음, 아무튼 월천보의 정수를 보았다는 것만으로도 대단한 거지. 어쨌거나 그런 자네가 오 개월이나 사관 수련동에 머물렀다는 것은 의외야."

유용풍이 다시금 궁비영을 살피며 말했다.

"천환이라는 비술이 제법 재미가 있더군요."

"음, 천환을 수련하기 위해 일부러 머물렀다는 건가?"

유용풍이 물었다.

"그렇습니다."

"그럼 천환의 성취가 만만치 않겠군."

"사관을 벗어날 정도는 되지요."

"그 이상이겠지. 자네가 사관을 벗어난 일에 대해 들었네. 원숭이들에게 먹이를 주며 나왔다고?"

"굳이 힘들일 필요가 없었지요."

궁비영의 말에 유용풍이 고개를 젓는다.

"그렇지가 않지. 본래 그놈들은 외인이 등장하면 반응을 하게 되어 있어. 그렇게 길러진 녀석들이지. 그런데 그놈들이 먹이를 줄 때까지 날뛰지 않았다는 건 자네의 기운이 녀석들을 안심시켰다는 것인데, 그건 천환의 비술 중 자신의 기운을 조절하는 비술을 썼기에 가능한 것이었지."

"역시 사관주시군요. 맞습니다."

"그렇다면 자넨 최소한 천환을 구성 이상 수련했다는 의미네."

"운이 좋았습니다."

궁비영이 부인하지 않고 대답했다. 사관주 유용풍 같은 고수는 쉽사리 속일 수 없다. 십성을 구성으로 생각한다면 그 정도는 인정해 주는 것이 좋다.

"음……."

궁비영의 대답에 유용풍의 침음성을 흘리며 안색을 흐렸다. 그러자 궁비영은 의아한 생각이 들었다. 자신이 천환을 높은 수준까지 수련한 것이 어째서 유용풍을 걱정하게 만드는 것일까.

"천환을 깊이 수련한 것이 문제가 됩니까?"

궁금한 것은 마음에 오래 담아두지 못하는 궁비영이다.

"천환은… 사술일세."

예상치 못한 말이다. 사관을 책임지며 구천맹의 후기지수들에게 환술 천환의 필요성을 역설하던 유용풍의 입에서 이런 말이 나올 줄은 생각지도 못한 궁비영이다.

천환을 사술이라 말한다는 것은 유용풍 자신의 존재를 부정하는 말과도 같았다.

"무슨 말씀이신지……. 사관에 들 때 하신 것과 다른 말씀을 하시는군요. 저로서는 이해하기 어렵습니다."

궁비영이 정색하며 물었다. 그러자 유용풍이 경고하듯 말한다.

"내 비록 자네들을 흑성으로 성장시키기 위해 천환의 필요성을 말하고 그 무공을 전수하고 있지만 천환은 본래 정파의 무공이 아니네."

"이미 말씀하시지 않았습니까?"

"그랬지. 아무튼 말이야, 정파에 그러한 무공이 없다는 것은 그것이 곧 사술이라는 의미일세."

궁비영은 유용풍이 생각보다 고지식한 면이 있다는 것을 뒤늦게 깨달았다. 환술 천환이 반드시 필요한 무공임을 역설하고 그 무공을 전수하면서도 사관주 유용풍은 내심 천환에 대해 거부감을 가지고 있음이 드러났다.

그것은 유용풍이 정파로서의 신념이 골수에 박혀 있는 인물이라는 의미일 터였다. 하긴 그러하기에 구천맹의 수뇌들이 그에게 천환을 맡겼을 수도 있었다. 가장 위험한 것은 가장 믿을 만한 사람에게 맡겨야 하는 법이기 때문이다.

궁비영은 사관주 유용풍의 말에 달리 대답을 하지 않았다. 이런 자는 절대 말로서 설복할 수 없다. 이럴 때는 침묵이 답이다. 그러자 유용풍이 다시 입을 열었다.

"흑성은 어둠 속에서 적의 심장에 들어가 맹을 위해 일해야 하므로 천환의 수련이 필요하네. 그래서 나도 자네들이 천환을 반드시 수련해야 한다고 말했던 것이지. 그러나 천환 자체가 위험한 무공이라는 생각은 변함이 없네. 그저 몸을 숨기는 정도면 모를까, 천환의 대성에 힘을 쓸 필요는 없다는 것이지. 무슨 무공이든 극에 이르면 그 무공이 지니고 있는 본래의 기운에 영향을 받을 수밖에 없다는 것을 명심하게."

궁비영이 천환을 극한으로 수련하면 사기가 침범할 수도 있다는 경고였다.

"관주님의 충고, 명심하겠습니다."

궁비영은 순순히 유용풍의 말을 받아들였다. 그러자 유용풍이 만족한 듯 고개를 끄덕였다.

"늙은이의 충고를 잔소리라 생각지 않고 받아주니 고맙네. 피곤할 테니 그만 쉬게. 먼저 나온 자들을 위해 쉴 곳을 마련해 두었네."

유용풍이 손을 들어 해안가에 접해 있는 나무집을 가리켰다.

"그럼 들어가 보겠습니다."

궁비영 대답했다.

"삼 일 뒤에 배가 올 걸세. 그때 무명도로 갈 수 있네."

"저는 중광이 나오면 함께 가겠습니다."

"언제 나올 줄 알고?"

"약속한 시간이 있으니 곧 나올 겁니다."

"허허, 사관의 통과가 어디 약속대로 이뤄진다던가?"

유용풍이 어이없다는 듯 고개를 저으며 말했다.

"그래도 그놈이 약속 하나는 잘 지키지요. 곰같이 미련하긴 하지만."

"알겠네. 무명도에 들어 흑성이 되기 위한 수련을 하면서도 우정을 잃지 않으니 보기에 좋군. 들어가 쉬게."

"그럼."

궁비영이 고개를 숙여 보이고는 나무집을 향해 걸음을 옮겼다. 그러면서 유용풍이 듣지 못하게 중얼거렸다.

"이기적인 늙은이 같으니라고. 흑성을 기르고 환술을 가르치면서도 내심으로는 저따위 생각을 하고 있다니. 미안하게도 난 이미 천환을 십성 완성했소. 그럼에도 난 지금 마인이 아니거든. 정사의 구분은 사람 마음에 달린 것을 나도 아는데 육십이 넘은 노인이 모르다니, 쯧쯧."

*　　　*　　　*

쿵!

바위 부서지는 소리에 궁비영이 잠에서 깼다. 워낙 맛난 단잠이었기에 궁비영의 얼굴이 자연 찌푸려졌다.

"어쩐 놈이 소란이야?"

궁비영이 구시렁대며 창으로 고개를 내밀었다. 그러자 멀리 사관의 관문을 부수며 나오고 있는 중광의 모습이 보였다.

"어이쿠! 저놈이 단단히 화가 난 모양이군."

궁비영이 얼른 일어나 창문으로 몸을 날렸다.

"이게 무슨 짓이냐?"

궁비영이 부서진 석문 앞에 도착했을 때 유용풍의 호통 소리가 들렸다. 관문을 박살 낸 중광을 꾸짖는 소리였다. 그러자 중광의 굵은 목소리가 대답했다.

"죄송합니다. 하지만 살려고 애를 쓰다 보니 그만 출문조차도 기관이 설치되어 있을 거라 생각해서……. 출문에는 기관이 없는 것을 중도에 알았지만 그만 도에 실린 진기를 거두지 못해 이렇게 되었습니다."

"음, 너의 도로 만든 일이란 말이냐?"

유용풍이 미심쩍은 표정으로 물었다. 약관을 갓 넘긴 중광이 도를 써서 이 무거운 석문을 박살 낸 것이 믿기 어려운 모양이었다.

"저도 사실 믿기지가 않습니다. 제게 그런 신력이 있을 줄이야. 살려다 보니 그런 힘이 나오더군요. 어, 비영이구나? 역시 네놈이 먼저 나왔군."

중광이 말을 하다 말고 궁비영을 발견하고는 반겼다. 그러자 유용풍이 뭔가를 더 물으려다 말고 입을 닫았다. 죽음의 관문을 뚫고 온 자다. 그런 사람에게 더 이상 문을 부순 일을 추궁하는 것은 속 좁은 위인이나 할 짓이었다.

"볼만하구나!"

궁비영이 중광의 행색을 보며 놀렸다.

"그러게 말이야. 젠장! 한 며칠은 누워 있어야 할 것 같아."

중광이 투덜거렸다. 그도 그럴 것이, 중광의 몸 곳곳에는 암기가 박혀 있고 낡은 옷은 선혈이 낭자했다. 가볍지 않은 부상을 입은 것이 분명했다.

"무식한 놈. 힘으로 밀어내며 왔구나."

"흥, 네놈이 가르쳐 준 방법 아니냐?"

"아무튼 살아서 왔으니 됐다. 가서 쉬자."

"아아, 정말 그래야겠어. 한 이틀은 잘 것 같은데? 관주님, 가봐도 됩니까?"

중광이 유용풍에게 물었다. 그러자 유용풍이 고개를 끄떡였다.

"그리하거라. 배가 올 때까지는 편히 쉬거라."

"알겠습니다. 가자, 비영. 오늘 저녁은 네가 해라. 물고기도 여러 마리 잡아서 굽고."

중광이 궁비영의 어깨에 손을 올려 지친 몸을 지탱하며 말했다.

"오늘만은 그렇게 해주지."

"흐흐, 이거 다칠 만한걸. 천하의 궁비영에게 음식을 다 시키고 말이야. 하하하!"

중광이 호탕한 웃음을 터뜨리며 궁비영에게 기댄 채 해변으로 걸어갔다. 그러자 유용풍이 두 사람을 바라보며 중얼거렸다.

"역시 피는 속일 수 없는 건가?"

『검은 별』 2권에 계속…

FANATICISM HUNTER

광신사냥꾼

류승현 판타지 장편 소설

FANTASY FRONTIER SPIRIT

「블레이드 마스터」의 류승현 작가가 펼쳐내는
판타지의 새로운 신화!

마도대전을 승리로 이끈 유리언 대륙의 영웅,
최강의 아크 메이지 제온!

그러나 '세상의 섭리'에 아내와 아이를 빼앗기는데……

『광신사냥꾼』

만약 그것이 정말로 세상의 섭리라면,
그마저도 무너뜨리고 말리라!

복수를 위한 제온의 위대한 여정이 시작된다!

Book Publishing CHUNGEORAM

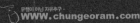
유행이 아닌 자유추구 -
WWW.chungeoram.com

무경 新무협 판타지 소설

FANTASTIC ORIENTAL HEROES

암제귀환록

마흔에 이르기도 전에 얻은 위명.
암제(暗帝).

무림맹의 충실한 칼날이었던 사내.
그가 무림맹 최후의 날에
모든 것을 후회하며 무릎을 꿇었다.

"만약 그때로 돌아갈 수 있다면……."

사내의 눈이 형용할 수 없는 빛을 토했다.

"혈교는 밤을 두려워하게 될 것이다!"

Book Publishing CHUNGEORAM

유행이 아닌 자유추구 -
WWW. chungeoram.com

성상영 新무협 판타지 소설 FANTASTIC ORIENTAL HEROES

醫員歸選

의원귀환

**서른다섯의 의무쌍수 장호,
열두 살 소년으로 돌아오다!**

황밀교의 음모를 분쇄하고자 동분서주하던
영웅들은 함정에 빠져 몰살의 위기에 처하고⋯⋯
죽음 직전 마지막 비법을 위해 진기를 모은 순간,
번쩍하는 빛 뒤에 펼쳐진 곳은
23년 전의 세상.

**세상의 위험으로부터 가족을 지키기 위한
의원(?) 장호의 고군분투기!**

『더 게이머』의 성상영 작가가
선보이는 귀환 무협의 정수!

Book Publishing CHUNGEORAM

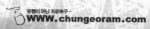

유행이 아닌 자유추구 -
WWW.chungeoram.com

절정고수들이 하늘 높은 줄 모르고 질주하는 현 세상.
서른여덟 개의 세력이 서로를 견제하는 혼돈의 시대.

그 일족즉발의 무림 속에
첫 발을 디딘 어린 소년.

"나는 네가 점창의 별이 되기를 원한다."

사부와의 약속을 지키고
난세로 빠져드는 천하를 구하기 위해
작은 손이 검을 들었다!

박선우 新무협 판타지 소설 FANTASTIC ORIENTAL HE

풍운사일

내일을 향해 쏴라

김형석 장편 소설

FUSION FANTASTIC STORY

1만 시간의 법칙!
'성공은 1만 시간의 노력이 만든다' 는 뜻이다.

그러나…
사회복지학과 복학생 수.
전공 실습으로 나간 호스피스 병동에서
미지와 조우하다.

1만 시간의 법칙?
아니, 1분의 법칙!

전무후무한 능력이 수에게 강림하다!
맨주먹 하나로 시작한 수의
인생역전이 시작된다!

Book Publishing CHUNGEORAM

WWW. chungeoram.com

한량 아버지를 뒷바라지하며
호시탐탐 가출을 꿈꾸던 궁외수.

어린 시절 이어진 인연은
그를 세상 밖으로 이끄는데…….

"내가 정혼녀 하나 못 지킬 것처럼 보여?"

글자조차 모르는 까막눈이지만,
하늘이 내린 재능과 악마의 심장은
전 무림이 그를 주목하게 한다.

"이 시간 이후 당신에겐 위협 따윈 없는 거요."

무림에 무서운 놈이 나타났다!

Book Publishing CHUNGEORAM

유행이 아닌 자유추구 -
WWW.chungeoram.com